历朝通俗演义（插图版）——前汉演义 II

大汉崛起

蔡东藩　著

北方联合出版传媒(集团)股份有限公司

万卷出版公司

© 蔡东藩 2015

图书在版编目（CIP）数据

前汉演义. 2, 大汉崛起 / 蔡东藩著. — 沈阳：万
卷出版公司, 2015.1（2017.5重印）
　　（历朝通俗演义）
　　ISBN 978-7-5470-3091-2

　　Ⅰ. ①前… Ⅱ. ①蔡… Ⅲ. ①章回小说－中国－现代
Ⅳ. ①I246.4

中国版本图书馆CIP数据核字（2014）第154409号

出版发行：北方联合出版传媒（集团）股份有限公司
　　　　　万卷出版公司
　　　　　（地址：沈阳市和平区十一纬路29号　邮编：110003）
印　刷　者：北京航天伟业印刷有限公司
经　销　者：全国新华书店
幅面尺寸：168mm×233mm
字　　数：240千字
印　　张：14.5
出版时间：2015年1月第1版
印刷时间：2017年5月第2次印刷
责任编辑：周莉莉　康艳玲
封面设计：向阳文化　吕智超
版式设计：范思越
ISBN 978-7-5470-3091-2
定　　价：33.00元

联系电话：024-23284090/010-57262361
传　　真：010-88332248
E-mail：200514509@qq.com
网　　址：http://e.weibo.com/zhipinshuye

常年法律顾问：徐涌　　版权所有　侵权必究　　举报电话：010-57262361
如有质量问题，请与印务部联系。联系电话：010-57262361

目　录

第一回

宴深宫奉觞祝父寿
系诏狱挤死白王冤

却说冒顿听了妻言，已经心动，又因韩王信及赵利等亦未到来，疑他与汉通谋，乃即于次日早起，传令出去，把围兵撤开一角，纵放汉兵。高祖自接得使臣复报，一夜不睡，专在山冈上面，眼巴巴地瞧着胡马。待至天色大明，才见山下有一角隙地，平空腾出，料知冒顿已听从阏氏，此时不走，尚待何时？乃即指麾大众，立刻下山。陈平忙说道："且慢，山下虽有走路，但也不可不防，须令弓弩手夹护陛下，张弓搭箭，各用双镞，视敌进止，方可下山。"又顾语太仆夏侯婴道："宁缓毋速，速即有祸！"夏侯婴听着，遂为高祖御车，徐徐下阪。两旁由弓弩手拥护，夹行而下，到了山麓，匈奴兵虽然望见，却也未尝拦阻，汉兵亦不发一箭，慢慢儿地过去，后面汉兵已陆续出围，幸皆走脱。到了平城附近，才得与步兵会合，一齐入城。冒顿见高祖从容不迫，始终防有他谋，不复追击，收兵自去。高祖经过七日的苦楚，侥幸逃生，当然不愿再击匈奴，也即引兵南还。行经广武，亟赦刘敬出狱，向敬面谢道："我不用公言，致中虏计，险些儿不得相见！前次侦骑，不审虚实，妄言误我，我已把他尽诛了！"乃加封敬为关内侯，食邑二千户，号为建信侯。**善能悔过，方不愧为英主。**又加封夏侯婴食邑千户，再南行至曲逆县，见城池高峻，屋宇连绵，不由的赞叹道："壮哉此县！我遍行天下，有洛阳与此城，最算形胜哩。"乃召过陈平，说他解围有功，便将全县采地，悉数酬庸，且改封户牖侯为曲逆侯。总计陈平，随征有年，屡献智谋，一是捐金行反间计，二是用恶劣菜蔬进食楚使，三是夜出妇女，解荥阳围，四是潜蹑帝足，请封韩信，五是伪游云梦，六是救出白登，这便叫作六出奇计。高祖转战四方，幕中谋士，张良以外，要推陈平，此外都声望平常，想是不过如此了。话休絮烦。

且说高祖至曲逆县，略略休息，仍复启行，路过赵国，赵王张敖，出郊迎接，执礼甚恭。他与高祖谊属君臣，情兼翁婿，就是吕后所生一女，许字张敖，虽尚未曾下嫁，却已定有口约，因此敖格外殷勤，小心伺候。史中但言张敖执子婿礼，未及公主下嫁事，但观后来娄敬所言，请以长公主嫁单于，则其未嫁可知。谁知高祖瞧他不起，箕踞谩骂，发了一番老脾气，便即动身自去。为下文贯高谋叛伏笔。行到洛阳，方才住下，忽见刘仲狼狈回来，说是匈奴移兵寇代，抵敌不住，只好奔回。刘仲封代事，见三十四回。高祖发怒道："汝只配株守田园，怪不得见敌就逃，连封土都不管了。"刘仲碰了一鼻子灰，俯首退出。高祖本欲将他加罪，因念手足相关，不忍重惩，因从宽发落，降仲为合阳侯。另封少子如意为代王，如意为戚姬所出，见三十二回。得蒙高祖宠爱，故年仅八岁，便得王封，嗣恐如意年幼，未能就国，特命阳夏侯陈豨为代相，先往镇守。陈豨也领命就任去了。

唯高祖接得萧何奏报，咸阳宫阙，大致告就，请御驾亲往巡视，高祖乃由洛阳至栎阳，复由栎阳至咸阳。萧何当然接驾，导入游览。最大的叫做未央宫，周围约有二三十里，东北两方，阙门最广，殿宇规模，亦多高敞。前殿尤为壮丽。还有武库太仓，分造殿旁，也是崇闳轮奂，气象巍峨。高祖巡视未周，便勃然动怒道："天下汹汹，劳苦已甚，成败尚未可知，汝修治宫室，怎得这般奢侈哩！"何不慌不忙，正容答说道："臣正因天下未定，不得不增高宫室，借壮观瞻。试想天子以四海为家，若使规模狭隘，如何示威！且恐后世子孙，仍要改造，反多费一番工役，还不如一劳永逸，较为得宜！"说到宜字，见高祖改怒为喜，和颜与语道："汝说亦是，我又不免错怪了。"看官听说！前时修筑的长乐宫，不过踵事增华，没甚烦费，若未央宫乃是新造，由萧何煞费经营，两载始成，虽不及秦代的阿房宫，却也十得二三，不过占地较少，待役较宽，自然不致聚怨，激成民变。萧何与高祖结识多年，岂不知高祖性情，也是好夸，所以开拓宏规，务从藻饰，高祖责他过奢，实是佯嗔佯怒，欲令萧何代为解释，才免贻讥。一主一臣，心心相印，瞒不过明人炬眼，唯庸耳俗目，还道是高祖俭约哩！**勘透一层。读史得问。**高祖又命未央宫四围，添筑城垣，作为京邑，号称长安。当即带同文武官吏，至栎阳搬取家眷，徙入未央宫，从此皇居已定，不再迁移了。

但高祖生性好动，不乐安居，过了月余，又往洛阳。一住半年，又要改岁。至八年元月，闻得韩王信党羽，出没边疆，遂复引兵出击。到了东垣，寇已退去，乃南归过赵，至柏人县中寄宿。地方官早设行幄，供张颇盛，高祖已经趋入，忽觉得心下不安，急问左右道："此县何名？"左右答是柏人县，高祖愕然道："柏与迫声音相近，莫非要被迫不成？我不便在此留宿，快快走罢？"**命不该死，故有此举。**左右闻言，仍出整法驾，待着高祖上车，一拥而去。看官试阅下文，才知高祖得免毒手，幸亏有此一走呢。**作者故弄狡狯，不肯遽说。**

高祖还至洛阳，又复住下。光阴易过，转瞬年残，淮南王英布，梁王彭越，赵王张敖，楚王刘交，陆续至洛，朝贺正朔。高祖欲还省亲，乃命四王扈跸同行。及抵长安，已届岁暮。未几便是九年元旦，高祖在未央宫中，奉太上皇登御前殿，自率王侯将相等人，一同谒贺。拜跪礼毕，大开筵宴，高祖陪着太上皇正座饮酒，两旁分宴群臣，按班坐下。殽核既陈，笾豆维楚，高祖即捧觞起座，为太上皇祝寿。太上皇笑容可掬，接饮一觞，王侯将相，依次起立，各向太上皇恭奉寿酒。太上皇随便取饮，约莫喝了好几杯，酒酣兴至，越觉开颜，高祖便戏说道："从前大人常说臣儿无赖，不能治产，还是仲兄尽力田园，善谋生计。今臣儿所立产业，与仲兄比较起来，究竟是谁多谁少呢？"**大庭广众之间，亦不应追驳父言，史家乃传为美谈，真是怪极。**太上皇无词可答，只好微微笑着。群臣连忙欢呼万岁，闹了一阵，才把戏言搁过一边，各各开怀畅饮，直至夕阳西下，太上皇返入内廷，大众始谢宴散归。

才过了一两日，连接北方警报，乃是匈奴犯边，往来不测，几乎防不胜防。高祖又添了一种忧劳，因召入关内侯刘敬，与议边防事宜。刘敬道："天下初定，士卒久劳，若再兴师远征，实非易事，看来这匈奴国不是武力所能征服哩。"高祖道："不用武力，难道可用文教么？"敬又道："冒顿单于，弑父自立，性若豺狼，怎能与谈仁义？为今日计，只有想出一条久远的计策，使他子孙臣服，方可无虞；但恐陛下未肯照行。"高祖道："果有良策，可使他子孙臣服，还有何说！汝尽可明白告我。"

敬乃说道："欲要匈奴臣服，只有和亲一策，诚使陛下割爱，把嫡长公主遣嫁单于，他必慕宠怀恩，立公主为阏氏，将来公主生男，亦必立为太子，陛下又岁时问遗，赐他珍玩，谕他礼节，优游渐渍，俾他感格，今日冒顿在世，原是陛下的子婿，他日冒顿死后，外孙得为单于，更当畏服。天下岂有做了外孙，敢与外王父抗礼么？这乃是不战屈人的长策呢。还有一言，若陛下爱惜长公主，不令远嫁，或但使后宫子女，冒充公主，遣嫁出去，恐冒顿刁狡得很，一经察觉，不肯贵宠，仍然与事无益了。"*刘敬岂无耳目？难道不知长公主已字赵王？且冒顿不知有父，何知妇翁，此等计策，不值一辩。*高祖道："此计甚善，我亦何惜一女呢。"*想是不爱张敖，因想借端悔婚。*当下返入内寝，转语吕后，欲将长公主遣嫁匈奴。吕后大惊道："妾唯有一子一女，相依终身，奈何欲将女儿，弃诸塞外，配做番奴？况女儿已经许字赵王，陛下身为天子，难道尚可食言？妾不敢从命！"说至此处，那泪珠儿已莹莹坠下，弄得高祖说不下去，只好付诸一叹罢了。

　　过了一宵，吕后恐高祖变计，忙令太史择吉，把长公主嫁与张敖。好在张敖朝贺未归，趁便做了新郎，亲迎公主。高祖理屈词穷，只好听她所为。良辰一届，便即成婚，两口儿恩爱缠绵，留都数日，便进辞帝后，并辇回国去了。这位长公主的封号，叫做鲁元公主，一到赵国，当然为赵王后，不消细说。唯高祖意在和亲，不能为此中止，乃取了后宫所生的女儿，诈称长公主，使刘敬速诣匈奴，结和亲约。往返约越数旬，待敬归报，入朝见驾，说是匈奴已经允洽，但究竟是以假作真，恐防察觉，仍宜慎固边防，免为所乘。高祖道："朕知道了。"刘敬道："陛下定都关中，不但北近匈奴，须要严防，就是山东一带，六国后裔，及许多强族豪宗，散居故土，保不住意外生变，觊觎帝室，陛下岂真可高枕无忧吗？"高祖道："这却如何预防！"敬答道："臣看六国后人，唯齐地的田怀二姓，楚地的屈昭景三族，最算豪强，今可徙入关中，使他屯垦。无事时可以防胡，若东方有变，也好率领东征。就是燕赵韩魏的后裔，以及豪杰名家，俱可酌迁入关，用备驱策。这未始非强本弱末的法制，还请陛下采纳施行！"高祖又信为良策，即日颁诏出去，令齐王肥楚王交等饬徙齐楚豪族，西入关中。还有英布彭越张敖诸王，已早归国，亦奉到诏令，调查豪门贵阀，迫使挈眷入关。统共计算，不下十余万口。亏得关中经过秦乱，户口散离，还有隙地，可以安插，不致失居。但无故移民，乃是前秦敝政，为何不顾民艰，复循旧辙？当时十万余口，为令所迫，不得不扶老携幼，狼狈入关。后来居住数年，语庞人杂，遂致京畿重地，变做五方杂处。豪徒侠客，借此混迹，渐渐地结党弄权，所以汉时三辅，号称难治。京兆、左冯翊、右扶风，号称三辅。看官试想！这不是刘敬遗下的祸祟么？

高祖还都两月，又赴洛阳，适有赵相贯高的仇人，上书告变。高祖阅毕，立即大怒，遂亲写一道诏书，付与卫士，叫他前往赵国，速将赵王张敖，及赵相贯高赵午等人，一并拿来。这事从何而起？便由高祖过赵，谩骂赵王，激动贯高赵午两人，心下不平，竟起逆谋。他两人年过六旬，本是赵王张敖父执，使他为相，好名使气，到老不衰。自从张敖为高祖所侮，便觉得看不过去，互相私语，讥敖孱弱，且同入见敖，屏人与语道：“大王出郊迎驾，备极谦恭，也算是致敬尽礼了。乃皇帝毫不答礼，任情辱骂，难道做得天子，便好如此？臣等愿为大王除去皇帝！”张敖大骇，啮指出血，指天为誓道：“这事如何使得？从前先王失国，全仗皇帝威力，得复故土，传及子孙，此恩此德，世世不忘，君等奈何出此妄言！”还有良心。两人见敖不从，出语私人道：“我等原是弄错了，我王生性忠厚，不忍背德，唯我等义难受辱，总要出此恶气，事成归王，不成当自去受罪罢。”何必如此。两人遂暗地设法，欲害高祖。

高祖匆匆过境，并不久留，一时无从下手，只好作罢。嗣闻高祖出次东垣，还兵过赵，遂密遣刺客数人，伺候高祖行踪，意图行刺。当时高祖行经柏人，心动即行，并未尝知有刺客，其实刺客正隐身厕壁，想要动手。偏偏高祖似有神助，不宿而去，乃致贯高等所谋不成。回应本回前文，说明事迹。及贯高怨家，讦发密谋，一道严诏，颁到赵国，赵王张敖，全然不觉，冤冤枉枉的受了罪名，束手就缚。赵午等情急拚生，统皆自到，独贯高怒叱诸人道：“我王并未谋逆，事由我等所为，今日连累我王，都教一死了事，试问我王的冤枉，何人替他申辩呢？”于是情愿受绑，随敖同行。有几个赤胆忠心的赵臣，也想随着。偏诏书中不准相从，并有罪及三族的厉禁，乃皆想出一法，自去髡钳，注释见前。假充赵王家奴，随诣洛阳，高祖也不与张敖相见，即交廷尉典狱官名。讯办。廷尉因张敖曾为国王，且是高祖女婿，当然另眼相待，留居别室。独使贯高对簿，贯高朗声道：“这都是我等所为，与王无涉。”廷尉疑他祖护赵王，不肯直供，便令隶役重笞贯高。贯高咬牙忍受，绝无他言。一次讯毕，明日再讯，后日三讯，贯高唯坚执前词，为王呼冤，廷尉复喝用严刑，当由隶役取过铁针向火烧热，刺入贯高肢体，可怜贯高不堪忍受，晕过数次，甚至身无完肤，九死一生，仍然不改前言。廷尉也弄得没法，只好把高系狱，从缓定谳。可巧鲁元公主，为了丈夫被逮，急往长安，谒见母后，涕泣求援。吕后也忙至洛阳，见了高祖，力为张敖辩诬，且说他身为帝婿，不应再为逆谋。高祖尚发怒道："张敖若得据天下，难道尚少汝一个女儿。"

吕后见话不投机，未便再请，但遣人往问廷尉。廷尉据实陈明，且即将屡次审讯情形，详奏高祖。高祖也不禁失声道："好一个壮士！始终不肯改言。"口中虽这般说，心下尚不能无疑，乃遍问群臣，何人与贯高相识？中大夫泄公应声道："臣与贯高同邑，也曾相识，高素尚名义，不轻然诺，却是一个志士。"高祖道："汝既识得贯高，可即至狱中探视，问明隐情，究竟赵王是否同谋？"泄公应命，持节入狱。狱吏见了符节，始敢放入。行至竹床相近，才见贯高奄卧床上，已是遍体鳞伤，不忍逼视。可谓黑暗地狱。因轻轻地唤了数声，贯高听着，方开眼仰视道："君莫非就是泄公么？"泄公答声称是。贯高便欲起坐，可奈身子不能动弹，未免呻吟。泄公仍叫他卧着，婉言慰问，欢若平生。及说到谋逆一案，方出言探问道："汝何必硬保赵王，自受此苦？"贯高张目道："君言错了！人生世上，那一个不爱父母，恋妻子，今我自认首谋，必致三族连坐，难道我痴呆至此？为了赵王一人，甘送三族性命？不过赵王实未同谋，如何将他扳入，我宁灭族，不愿诬王。"泄公乃依言返报，高祖才信张敖无罪，赦令出狱。且复语泄公道："贯高至死，且不肯诬及张王，却是难得，汝可再往狱中，传报张王已经释出，连他也要赦罪了。"于是泄公复至狱中，传述谕旨。贯高跃然起床道："我王果已释出么！"泄公道："主上有命，不止释放张王，还说足下忠信过人，亦当赦罪。"贯高长叹道："我所以拚着一身，忍死须臾，无非欲为张王白冤。今王已出狱，我得尽责，死亦何恨！况我为人臣，已受篡逆的恶名，还有何颜再事主上？就使主上怜我，我难道不知自愧么？"说罢，扼吭竟死。小子有诗咏道：

> 一身行事一身当，拚死才能释赵王。
> 我为古人留断语，直情使气总粗狂！

泄公见贯高自尽，施救无及，乃回去复命。欲知高祖如何措置，且至下回说明。

观汉高之言动，纯是粗豪气象，未央宫之侍宴上皇，尚欲与仲兄比赛长短，追驳父语，非所谓得意忘言欤？鲁元公主，已字张敖，乃欲转嫁匈奴，其谬尤甚。帝王驭夷，叛则讨之，服则舍之，从未闻有与结婚姻者，刘敬之议，不值一辩，况鲁元之先已字人乎？本回叙鲁元公主事，先字后嫁，最近人情。否则鲁元已为赵王后，夺人妻以嫁匈奴，就使高祖刘敬，愚鲁寡识，亦不至此。彼贯高等之谋弑高祖，亦由高祖之谩骂而来。谋泄被逮，宁灭族而不忍诬王，高之小信，似属可取。然弑主何事，而敢行乎？高祖之欲赦贯高，总不脱一粗豪之习。史称其豁达大度，大度者果若是乎？

第二回

议废立周昌争储
讨乱贼陈豨败走

却说高祖闻贯高自尽，甚是叹惜。又闻有几个赵王家奴，一同随来，也是不怕死的好汉，当即一体召见，共计有十余人，统是气宇轩昂，不同凡俗。就中有田叔孟舒，应对敏捷，说起赵王冤情，真是慷慨淋漓，声随泪下。廷臣或从旁诘难，都被他据理申辩，驳得反舌无声。高祖瞧他词辩滔滔，料非庸士，遂尽拜为郡守，及诸侯王中的国相。田叔孟舒等谢恩而去。高祖乃与吕后同返长安，连张敖亦令随行。既至都中，降封敖为宣平侯，移封代王如意为赵王，即将代地并入赵国，使代相陈豨守代，另任御史大夫周昌为赵相。如意封代王，陈豨为代相，均见前回。周昌系沛县人，就是前御史大夫周苛从弟。苛殉难荥阳，见前文。高祖令昌继领兄职，加封汾阴侯。见三十四回。昌素病口吃，不善措词，唯性独强直，遇事敢言，就使一时不能尽说，挣得头面通红，也必要徐申己意，不肯含糊，所以萧曹等均目为诤臣，就是高祖也称为正直，怕他三分。

一日，昌有事入陈，趋至内殿，即闻有男女嬉笑声，凝神一瞧，遥见高祖上坐，怀中揽着一位美人儿，调情取乐，那美人儿就是专宠后宫的戚姬，昌连忙掉转了头，向外返走。不意已被高祖窥见，撇了戚姬，赶出殿门，高呼周昌。昌不便再行，重复转身跪谒，高祖趁势展开两足，骑住昌项，成何体统？且俯首问昌道："汝既来复去，想是不愿与朕讲话，究竟看朕为何等君主呢？"昌仰面睁看高祖，把嘴唇乱动片刻，激出了一句话说道："陛下好似桀纣哩！"*应有此说。*高祖听了，不觉大笑，就将足移下，放他起来。昌乃将他事奏毕，扬长自去。

唯高祖溺爱戚姬，已成癖性，虽然敬惮周昌，哪里能把床笫爱情，移减下去？况且戚姬貌赛西施，技同弄玉，能弹能唱，能歌能舞，又兼知书识字，信口成腔，当时有《出塞》《入塞》《望妇》等曲，一经戚姬度入娇喉，抑扬宛转，真个销魂，叫高祖如何不爱？如何不宠？高祖常出居洛阳，必令戚姬相随。入宫见嫉，掩袖工啼，本是妇女习态，不足为怪。因高祖素性渔色，那得不堕入迷团！*古今若干英雄，多不能打破此关。*戚姬既得专宠，便怀着夺嫡的思想，日夜在高祖前颦眉泪眼，求立子如意为太子。高祖不免心动，且因太子盈秉性柔弱，不若如意聪明，与己相类，索性趁早废立，既可安慰爱姬，复可保全国祚。只吕后随时防着，但恐太子被废，几视戚姬母子，似眼中钉。无如色衰爱弛，势隔情疏，戚姬时常伴驾，吕后与太子盈每岁留居长安，咫尺天涯，总不敌戚姬的亲媚，所以储君位置，暗致动摇。会值如意改封，年已十龄，高祖欲令他就国，惊得戚姬神色仓皇，慌忙向高祖跪下，未语先泣，扑簌簌的泪珠儿，不知堕落几许！高祖已窥透芳心，便婉语戚姬道："汝莫非为了如意么？我本思立为太子，只是废长立幼，终觉名义未顺，只好从长计议罢！"那知戚姬听了此言，索性号哭失声，宛转娇啼，不胜悲楚。高祖又怜又悯，不由得脱口道："算了罢！我就立如意为太子便了。"

翌日临朝，召集群臣，提出废立太子的问题，群臣统皆惊骇，黑压压地跪在一地，同声力争，无非说是立嫡以长，古今通例，且东宫册立有年，并无过失，如何无端废立，请陛下慎重云云。高祖不肯遽从，顾令词臣草诏，蓦听得一声大呼道："不可！不……不可！"高祖瞧着，乃是口吃的周昌，便问道："汝只说不可两字，究竟是何道理？"昌越加情急，越觉说不出口，面上忽青忽紫，好一歇才挣出数语道："臣口不能言，但期期知不可行。陛下欲废太子，臣期期不奉诏。"高祖看昌如此情形，忍不住大笑起来，就是满朝大臣，听他说出两个期期，也为暗笑不置。究竟期期二字是什么解，楚人谓极为蓁，昌又口吃，读蓁如期，并连说期期，倒反引起高祖欢肠，笑了数声，退朝罢议。群臣都起身退归，昌亦趋出，殿外遇着宫监，说是奉皇后命，延入东厢，昌不得不随他同去。既至东厢门内，见吕后已经立候，正要上前行礼，不料吕后突然跪下，急得昌脚忙手乱，慌忙屈膝俯伏，但听吕后娇声道："周君请起，我感君保全太子，所以敬谢。"*未免过礼，即此可见妇人心性。*昌答道："为公不为私，怎敢当此大礼？"吕后道："今日若非君力争，太子恐已被废了。"说毕乃起，昌亦起辞，随即自去。看官阅此：应知吕后日日关心，早在殿厢伺着，窃听朝廷会议，因闻周昌力争，才得罢议，不由的感激非常，虽至五体投地，也是甘心了。

唯高祖退朝以后，戚姬大失所望，免不得又来絮聒。高祖道："朝臣无一赞成，就使改立，如意也不能安，我劝汝从长计议，便是为此。"戚姬泣语道："妾并非定欲废长立幼，但妾母子的性命，悬诸皇后手中，总望陛下曲为保全！"高祖道："我自当慢慢设法，决不使汝母子吃亏。"戚姬无奈，只好收泪，耐心待着，高祖沉吟了好几日，未得良谋，每当愁闷无聊，唯一与戚姬相对悲歌，唏嘘欲绝。*家事难于国事。*

掌玺御史赵尧，年少多智，揣知高祖隐情，乘间入问道："陛下每日不乐，想是因赵王年少，戚夫人与皇后有隙，恐万岁千秋以后，赵王将不能自全么？"高祖道："我正虑此事，苦无良法。"赵尧道："陛下何不为赵王择一良相，但教为皇后太子及内外群臣素来所敬畏的大员，简放出去，保护赵王，就可无虞。"高祖道："我亦尝作是想，唯群臣中何人胜任。"尧又道："无过御史大夫周昌。"高祖极口称善。便召周昌入见，令为赵相，且与语道："此总当劳公一行。"昌泫然流涕道："臣自陛下起兵，便即相从，奈何中道弃臣，乃使臣出为赵相呢？"*明知赵相难为，故有此设词。*高祖道："我亦知令君相赵，迹类左迁，*当时尊右卑左，故谓贬秩为左迁。*但私忧赵王，除公无可为相，只好屈公一行，愿公勿辞？"昌不得已受了此命，遂奉赵王如意，陛辞出都。如意与戚姬话别，戚姬又洒了许多珠泪，不消细说。*屡次下泪，总是不祥之兆。*唯御史大夫一缺，尚未另授，所遗印绶，经高祖摩弄多时，自言自语道："这印绶当属何人？"已而旁顾左右，正值赵尧侍侧，乃熟视良久。又自言自语道："看来是莫若赵尧为御史大夫。"尧本为掌玺御史，应属御史大夫管辖。赵人方与公，尝语御史大夫周昌道："赵尧虽尚少年，乃是奇士，君且另眼相看，他日必代君位。"昌冷笑道："尧不过一刀笔吏，何能至此！"及昌赴赵国，尧竟继昌后任。昌得知消息，才佩服方与公的先见，这也不在话下。

且说汉高祖十年七月，太上皇病逝，安葬栎阳北原。栎阳与新丰毗连，太上皇乐居新丰，视若故乡。*见三十四回。*故高祖徙都长安，太上皇不过偶然一至，未闻久留。就是得病时候，尚在新丰，高祖闻信往视，才得将他移入栎阳宫，未几病剧去世，就在栎阳宫治丧。皇考升遐，当然有一番热闹，王侯将相，都来会葬，独代相陈豨不至。及奉棺告窆，特就陵寝旁建置一城，取名万年，设吏监守。高祖养亲的典礼，从此告终。**此事原不能略去。**

葬事才毕，赵相周昌，乘便进谒，说有机密事求见。高祖不知何因，忙即召入。昌行过了礼，屏人启奏道："代相陈豨，私交宾客，拥有强兵，臣恐他暗中谋变，故特据实奏闻。"高祖愕然道："陈豨不来会葬，果想谋反么？汝速回赵坚守，我当差人密查；若果有此事，我即引兵亲征，谅豨也无能为呢！"周昌领命去讫，高祖即遣人赴代，实行查办。豨本宛朐人氏，前从高祖入关，累著战功，得封阳夏侯，授为代相。代地北近匈奴，高祖令他往镇，原是格外倚任的意思。豨与淮阴侯韩信友善，且前日也随信出征，联为至交。当受命赴代时，曾至韩信处辞行，信挈住豨手，引入内廷，屏去左右，独与豨步立庭中，仰天叹息道："我与君交好有年，今有一言相告，未知君愿闻否？"豨答道："唯将军命。"信复道："君奉命往代，代地士马强壮，天下精兵，统皆聚集，君又为主上信臣，因地乘势，正好图谋大事。若有人报君谋反，主上亦未必遽信，及再至三至，方激动主上怒意，必且亲自为将，督兵北讨，我为君从中起事，内应外合，取天下也不难了。"豨素重信才，当即面允道："谨受尊教。"信又嘱托数语，方才相别。豨到了代地，阴结爪牙，预备起事。他平时本追慕魏信陵君，**即魏公子无忌。**好养食客，此次复受韩信嘱托，格外广交，无论豪商巨猾，统皆罗致门下。尝因假归过赵，随客甚多，邯郸旅舍，都被占满。周昌闻豨过境，前去拜会，见他人多势旺，自然动疑。及豨假满赴镇，从骑越多，豨且意气自豪，越觉得野心勃勃，不可复制。昌又与晤谈片刻，待豨出境，正想上书告密，适值上皇驾崩，西行会葬，见陈豨未尝到来，当即谒见高祖，说明豨有谋变等情。嗣由高祖派员赴代，查得陈豨门客，诸多不法，豨亦未免同谋，乃即驰还报闻。高祖尚不欲发兵，但召豨入朝，豨仍不至，潜谋作乱。韩王信时居近塞，侦悉陈豨抗命情形，遂遣部将王黄、曼丘臣，入诱陈豨，豨乐得与他联结，举兵叛汉，自称代王，胁迫赵代各城守吏，使为己属。

高祖闻报，忙率将士出发，星夜前进，直抵邯郸。周昌出城迎入，由高祖升堂坐定，向昌问道："陈豨兵有无来过？"昌答言未来，高祖欣然道："豨不知南据邯郸，但恃漳水为阻，不敢遽出，我本知他无能为，今果验了。"昌复奏道："常山郡共二十五城，今已有二十城失去，应把该郡守尉，拿来治罪。"高祖道："守尉亦皆造反否？"昌答称尚未。高祖道："既尚未反，如何将他治罪？他不过因兵力未足，致失去二十城。若不问情由，概加罪责，是迫使造反了。"随即颁出赦文，悉置不问，就是赵代吏民，一时被迫，亦准他自拔来归，不咎既往。这也是应有之事。复命周昌选择赵地壮士，充做前驱将弁。昌挑得四人，带同入见，高祖忽漫骂道："竖子怎配为将哩！"四人皆惶恐伏地，高祖却又令他起来，各封千户，使为前锋军将。全是权术驭人。左右不解高祖命意，待四人辞退，便进谏道："从前一班开国功臣，经过许多险难，尚未尽得封赏，今此四人并无功绩，为何就沐恩加封？"高祖道："这非汝等所能知，今日陈豨造反，赵代各地，多半被豨夺去，我已传檄四方，征集兵马，乃至今还没有到来。现在单靠着邯郸兵士，我岂可惜此四千户，反使赵地子弟，无从慰望呢！"左右乃皆拜服。高祖又探得陈豨部属，多系商人，即顾语左右道："豨属不难招致，我已想得良法了。"于是取得多金，令干吏携金四出，收买豨将，一面悬赏千金，购拿王黄、曼丘臣二人。二人一时未获，豨将却陆续来降。高祖便在邯郸城内，过了残年。至十一年元月，诸路兵马，奉檄援赵，会讨陈豨。豨正遣部将张春，渡河攻聊城，王黄屯曲逆，侯敞带领游兵，往来接应，自与曼邱臣驻扎襄国。还有韩王信，亦进居参合，赵利入守东垣，总道是内外有备，可以久持。那高祖亦分兵数道，前去攻击，聊城一路，付与将军郭蒙，及丞相曹参；曲逆一路，付与灌婴；襄国一路，付与樊哙；参合一路，付与柴武；自率郦商夏侯婴等，往攻东垣。另派绛侯周勃，从太原进袭代郡。代郡因陈豨他出，空虚无备，被周勃一鼓入城，立即荡平。复乘胜进攻马邑，马邑固守不下，由勃猛扑数次，击毙守兵多人，方才还军。已而郭蒙会合齐兵，亦击败张春，樊哙又略定清河常山等县，击破陈豨及曼丘臣，灌婴且阵斩张敞，击走王黄，数路兵均皆得胜。唯高祖自击东垣，却围攻了两三旬，迭次招降，反被守城兵士，罗罗苏苏，叫骂不休。顿时恼动高祖，亲冒矢石，督兵猛攻，城中尚拚死守住，直至粮尽势穷，方才出降。高祖驰入城中，命将前时叫骂的士卒，悉数处斩，唯不骂的始得免死。赵利已经窜去，追寻无着，也即罢休。

是时四路胜兵，依次会集，已将代地平定，王黄、曼丘臣，被部下活捉来献，先后受诛。陈豨一败涂地，逃往匈奴去了。独汉将柴武，出兵参合，未得捷报。高祖不免担忧，正想派兵策应，可巧露布驰来。乃是参合已破，连韩王信都授首了。事有先后，故叙笔独迟。原来柴武进攻参合，先遣人致书韩王信，劝他悔过归汉，信报武书，略言仆亦思归，好似痿人不忘起，盲人不忘视，但势已至此，归徒受诛，只好舍生一决罢。柴武见信不肯从，乃引兵进击，与韩王信交战数次，多得胜仗。信败入城中，坚守不出。武佯为退兵，暗地伏着，俟韩王信出来追赶，突然跃出，把信劈落马下，信众皆降，武方露布告捷。

高祖当然喜慰，乃留周勃防御陈豨，自引诸军西归。途次想到赵代二地，不便强合，还是照旧分封，才有专责。乃至洛阳下诏，仍分代赵为二国，且从子弟中择立代王。诸侯王及将相等三十八人，统说皇中子恒，贤智温良，可以王代，高祖遂封恒为代王，使都晋阳。这代王恒就是薄姬所生，薄姬见幸高祖，一索得男。见前文。后来高祖专宠戚姬，几把薄姬置诸不睬，薄姬却毫无怨言，但将恒抚养成人，幸得受封代地。恒辞行就国，索性将母妃也一同接去。高祖原看薄姬如路人，随他母子偕行，薄姬反得跳出祸门，安享富贵去了。小子有诗咏道：

其道生离不足欢，北行母子尚团圆；
试看人彘贻奇祸，得宠何如失宠安！

高祖既将代王恒母子，遣发出去，忽接着吕后密报，说是诛死韩信，并夷三族。惹得高祖又喜又惊。毕竟韩信何故诛夷，且至下回再详。

周昌固争废立，力持正道，不可谓非汉之良臣。或谓太子不废，吕后乃得擅权，几至以吕代刘，是昌之一争，反足贻祸，此说实似是而非。吕氏之得擅权于日后，实自高祖之听杀韩彭，乃至酿成隐患，于太子之废立与否，尚无与也。唯高祖既欲保全赵王，不若使与戚姬同行。戚姬既去，则免为吕后之眼中钉，而怨亦渐销。试观代王母子之偕出，并无他虞，可以知矣。乃不忍远离宠妾，独使周昌相赵，昌虽强项，其如吕后何哉！若夫陈豨之谋反，启于韩信，而卒致无成，例以"春秋"大义，则豨实有不忠之罪，正不得徒咎淮阴也，豨若效忠，岂淮阴一言所能转移乎？纲目不书信反，而独书豨反，有以夫！

第三回

悍吕后毒计戮功臣
智陆生善言招蛮酋

　　却说韩信自降封以后，怏怏失望，前与陈豨话别，阴有约言。及豨谋反，高祖引兵亲征，信托故不从，高祖也不令随行。原来高祖得灭项王，大功告成，不欲再用韩信，信还想夸功争胜，不甘退居人后，因此君臣猜忌，越积越深。一日信入朝见驾，高祖与论诸将才具，信品评高下，均未满意。高祖道："如我可领多少兵马？"信答道："陛下不过能领十万人。"高祖道："君自问能领若干？"信遽答道："多多益善。"高祖笑道："君既多多益善，如何为我所擒？"信半晌才道："陛下不善统兵，却善驭将，信所以为陛下所擒。且陛下所为，均由天授，不是单靠人力呢。"高祖又付诸一笑。待信退朝，尚注目多时，方才入内。看官可知高祖意中，是更添一层疑忌了。及出师征豨，所有都中政事，内委吕后，外委萧何，因得放心前去。

　　吕后正想乘隙揽权，做些惊天动地的事业，使人畏服。*三语见血。*适有韩信舍人栾说，遣弟上书，报称信与陈豨通谋，前次已有密约，此次拟遥应陈豨，乘着夜间不备，破狱释囚，进袭皇太子云云。吕后得书，当然惶急，便召入萧何，商定秘谋。特遣一心腹吏役，假扮军人，悄悄的绕出北方，复入长安，只说由高祖遣来，传递捷音，已将陈豨破灭云云。朝臣不知有诈，便即联翩入贺，只韩信仍然称病，杜门不出。萧何借着问病的名目，亲来探信，信不便拒绝，没奈何出室相迎。何握手与语

14

道："君不过偶然违和，当无他虑，现在主上遣报捷书，君宜入宫道贺，借释众疑。奈何杜门不出呢？"信听了何言，不得已随何入宫。谁知宫门里面，已早伏匿武士，俟信入门，就一齐拥出，把信拿下。信急欲呼何相救，何早已避开，唯吕后含着怒脸，坐在长乐殿中，一见信至：便娇声喝道："汝何故与陈豨通谋，敢作内应？"信答辩道："此话从何而来？"吕后道："现奉主上诏命，陈豨就擒，供称由汝主使，所以造反，且汝舍人亦有书告发，汝谋反属实，尚有何言？"信还想申辩，偏吕后不容再说，竟令武士将信推出，即就殿旁钟室中，处置死刑。信仰天长叹道："我不用蒯彻言，反为儿女子所诈，岂非天命？"说至此，刀已近颈，砉然一声，头已坠地。

看官阅过前文，应知萧何追信回来，登坛拜将，何等重用。就是垓下一战，若非信足智多谋，围困项王，高祖亦未必骤得天下，乃十大功劳，一笔勾销，前时力荐的萧丞相，反且向吕后进策，诱信入宫，把他处决，岂不可叹？后人为信悲吟云：成也萧何，败也萧何，原是一句公论。尤可痛的是韩信被杀，倒也罢了，信族何罪，也要夷灭，甚至父族母族妻族，一股脑儿杀尽，冤乎不冤，惨乎不惨！*世间最毒妇人心，即此已见吕后之泼悍。*

高祖接得此报，惊喜交并，当即至长安一行，夫妻相见，并不责后擅杀，只问韩信死时，有无他语。*其欲信之死也，久矣。*吕后谓信无别言，但自悔不用蒯彻计议。高祖惊愕道："彻系齐人，素有辩才，不应使他漏网，再哄他人。"乃即使人赴齐，传语曹参，速将蒯彻拿来。参怎敢违慢，严饬郡吏，四处兜拿，任他蒯彻如何佯狂，也无从逃脱，被吏役拿解进京，由高祖亲自鞫问，怒目诘责道："汝敢教淮阴侯造反么？"彻直答道："臣原叫他独立，可惜竖子不听我言，遂至族诛，若竖子肯用臣计，陛下怎得杀他？"高祖大怒，喝令左右烹彻。彻呼天鸣冤，高祖道："汝教韩信造反，罪过韩信，理应受烹，还有何冤？"彻朗声说道："秦失其鹿，天下共逐，高材疾足，方能先得。此时有什么君臣名义，箝制人心。臣闻跖犬可使吠尧，尧岂不仁？犬但知为主，非主即吠。臣当时亦唯知韩信，不知陛下，就是今日海内粗平，亦未尝无暗地怀谋，欲为陛下所为。试问陛下能一一尽烹否？人不尽烹，独烹一臣，臣所以要呼冤了！"*佯狂不能免祸，还是用彼三寸舌。蒯彻佯狂见前文。*高祖闻言，不禁微笑道："汝总算能言善辩，朕便赦汝罢！"遂令左右将彻释缚，彻再拜而出，仍回到齐国去了。*究竟是能说的好处。*

　　且说梁王彭越，佐汉灭楚，战功虽不及韩信，却也相差不远，截楚粮道，烧楚积聚，卒使项王食尽，蹙死垓下，这种功劳，也好算是汉将中的翘楚。自韩信被擒，降王为侯，越亦恐及祸，阴有戒心。到了陈豨造反，高祖亲征，曾派人召越，使越会师，越托病不赴，是越亦大失着。惹动高祖怒意，驰诏诘责。越又觉生恐，拟自往谢罪，部将扈辄旁阻道：“王前日不行，今日始往，定必成擒，不如就此举事，乘虚西进，截住汉帝归路，尚可快心。”越听了扈辄一半计策，仍然借口生病，未尝往谢。但究竟不敢造反，只是蹉跎度日。不料被梁太仆闻知，暗暗记着，当下瞧越不起，擅自行事。越欲把他治罪，他却先发制人，竟一溜烟似的往报高祖。适值高祖返洛，途中遇着，便即上书告讦，谓越已与扈辄谋反。高祖信为实事，立遣将士赍诏到梁，出其不意，把越与扈辄两人，一并拘至洛阳，便令廷尉王恬开讯办。恬开审讯以后，已知越不听辄言，无意造反，但默窥高祖微旨，不得不从重定谳，略言谋反计画，出自扈辄，越果效忠帝室，理应诛辄报闻，今越不杀辄，显是反形已具，应该依法论罪等语。高祖为了韩信受诛，入都按问情形，因将越事悬搁数日。前后呼应。及再到洛阳，乃下诏诛辄，贷越死罪，废为庶人，谪徙至蜀地青衣县居住。越无可奈何，只好依诏西往，行至郑地，却碰着一位女杀星，要将彭越的性命催讨了去。看官道是何人？原来就是擅杀韩信的吕雉。直斥其名，痛嫉之至。

　　吕后闻得彭越下狱，私心窃喜，总道高祖再往洛阳，定将越置诸死刑，除绝后患。偏高祖将他赦免，但令他废徙蜀中，她一得此信，大为不然，所以即日启行，要向高祖面谈，请速杀越。冤家路狭，蓦地相逢，便即呼越停住，假意慰问。越忙拜谒道旁，涕泣陈词，自称无罪，且乞吕后乘便说情，请高祖格外开恩，放回昌邑故里。向女阎罗求生，真是妄想。吕后毫不推辞，一口应允，就命越回，从原路同入洛阳，自己进见高祖，使越在宫外候信，越眼巴巴地恭候好音，差不多待了一日，那知宫中有卫士出来，复将他横拖直拽，再至廷尉王恬开处候讯。王恬开也暗暗称奇，便探听宫内消息，再定谳词。未几已得确音，乃是吕后见了高祖，便劝高祖诛越，大旨谓越本壮士，徙入蜀中，仍旧养虎遗患，不如速诛为是，今特把越截住，嘱使同来云云。一面嘱令舍人告变，诬越暗招部兵，还想谋反，内煽外蛊，不由高祖不从，因再执越，交付廷尉，重治越罪。恬开是个逢迎好手，更将原谳加重，不但诛及越身，还要灭越三族。越方知一误再误，悔无及了。诏令一下，悉依定谳，遂将越捆缚出去，枭首市曹。并把越三族拘至，全体屠戮。越既枭首示众，还要把尸身醢作肉酱，分赐诸侯。**何其残忍若此？** 且就悬首处揭张诏书，如有人收祀越首，罪与越同。

才阅数日，忽有一人素服来前，携了祭品，向着越首，摆设起来，且拜且哭，当被守吏闻知，便将那人捉住，送至高祖座前。高祖怒骂道："汝何人？敢来私祭彭越。"那人道："臣系梁大夫栾布。"高祖越厉声道："汝难道不见我诏书，公然哭祭，想是与越同谋，快快就烹！"时殿前正摆着汤镬，卫士等一闻命令，即将栾布提起，要向汤镬中掷入。布顾视高祖道："容待臣一言，死亦无恨。"高祖道："尽管说来！"栾布道："陛下前困彭城，败走荥阳成皋间，项王带领强兵，西向进逼，若非彭王居住梁地，助汉苦楚，项王早已入关了。当时彭王一动，关系非浅，从楚即汉破，从汉即楚破，况垓下一战，彭王不至，项王亦未必遽亡。今天下已定，彭王剖符受封，岂不欲传诸万世，乃一征梁兵，适值彭王有病，不能遽至，便疑为谋反，诛彭王身，灭彭王族，甚至悬首醢肉，臣恐此后功臣，人人自危，不反也将逼反了！今彭王已死，臣尝仕梁，敢违诏私祭，原是拼死前来，生不如死，情愿就烹。"高祖见他语言慷慨，词气激昂，也觉得所为过甚，急命武士放下栾布，松开捆绑，授为都尉，布乃向高祖拜了两拜，下殿自去。

这栾布本是彭越旧友，向为梁人，家况甚寒，流落至齐充当酒保。后来被人掠卖，入燕为奴，替主报仇，燕将臧荼，举为都尉。及荼为燕王，布即为燕将，已而荼起兵叛汉，竟至败死，布为所掳，亏得梁王彭越，顾念交情，将布赎出，使为梁大夫。越受捕时，布适出使齐国，事毕回梁，始闻越已被诛，乃即赶至洛阳，向越头下，致祭尽哀。古人有言："烈士徇名。"又云："士为知己者死。"栾布才算不愧哩！**应该称扬。**

唯高祖既诛彭越，即分梁地为二，东北仍号为梁，封子恢为梁王；西南号为淮阳，封子友为淮阳王。两子为后宫诸姬所出，母氏失传，小子也不敢臆造。只高祖猜忌异姓，改立宗支，明明是将中国土地，据为私产，也与秦始皇意见相似，异迹同情。若吕后妒悍情形，由内及外，无非为保全自己母子起见，这更可不必说了。**讥刺得当。**

梁事已了，吕后劝高祖还都，高祖乃挈后同归，入宫安居。约阅月余，忽想起南粤地方，尚未平服，因特派楚人陆贾，赍着印绶，往封赵佗为南粤王，叫他安辑百越，毋为边害。赵佗旧为龙川令，属南海郡尉任嚣管辖。嚣见秦政失纲，中原大乱，也想乘时崛起，独霸一方，会因老病缠绵，卧床不起，到了将死时候，乃召赵佗入语道：“天下已乱，胜广以后，复有刘项，几不知何时得安。南海僻处蛮夷，我恐被乱兵侵入，意欲塞断北道，自开新路，静看世变如何，再定进止，不幸老病加剧，有志未逮，今郡中长史，无可与言，只有足下倜傥不羁，可继我志。此地负山面海，东西相距数千里，又有中原人士，来此寓居，正可引为臂助，足下能乘势立国，却也是一州的主子呢！”佗唯唯受教，嚣即命佗行南海尉事。未几嚣死，佗为嚣发丧，实任南海尉，移檄各关守将，严守边防，截阻北路。所有秦时派置各县令，陆续派兵捕戮，另用亲党接充。嗣是袭取桂林象郡，自称南粤武王。及汉使陆贾，到了南海，佗虽不拒绝，却大模大样的坐在堂上，头不戴冠，露出一个椎髻，身不束带，独伸开两脚，形状似箕，直至陆贾进来，仍然这般容态。陆贾素有口才，也不与他行礼，便朗声开言道：“足下本是中国人，父母兄弟坟墓，都在真定，今足下反易天常，弃冠裂带，要想举区区南越，与天子抗衡，恐怕祸且立至了！试想秦为不道，豪杰并起，独今天子得先入关，据有咸阳，平定暴秦。项羽虽强，终致败亡，先后不过五年，海内即归统一，这乃天意使然，并不是专靠人力呢！今足下僭号南越，不助天下诛讨暴逆，天朝将相，俱欲移兵问罪，独天子怜民劳苦，志在休息，特遣使臣至此，册封足下，足下正应出郊相迎，北面称臣。不意足下侈然自大，骤思抗命，倘天子得闻此事，赫然一怒，掘毁足下祖墓，屠灭足下宗族，再遣偏将领兵十万，来讨南越，足下将如何支持？就是南越吏民，亦且共怨足下，足下生命，就在这旦夕间了！”怵以利害，先挫其气。佗乃竦然起座道：“久处蛮中，致失礼仪，还请勿怪！”贾答道：“足下知过能改，也好算是一位贤王。”佗因问道：“我与萧何、曹参、韩信等人，互相比较，究竟孰贤？”贾随口说道：“足下似高出一筹。”略略奉承，俾悦其心。佗喜溢眉宇，又进问道：“我比皇帝如何？”贾答说道：“皇帝起自丰沛，讨暴秦，诛强楚，为天下兴利除害，德媲五帝，功等三王，统天下，治中国，中国人以亿万计，地方万里，尽归皇帝，政出一家，自从天地开辟以来，未尝得此！今足下不过数万兵士，又僻居蛮荒，山海崎岖，约不过大汉一郡，足下自思，能赛得过皇帝否？”佗大笑道：“我不在中国起事，故但王此地；若得居中国，亦未必不如汉帝呢！”乃留贾居客馆中，连日与饮，纵谈时事，贾应对如流，备极欢洽。佗欣然道：“越中乏才，无一可与共语，今得先生到来，使我闻所未闻，也是一幸。"贾因他气谊相投，乐得多住数日，劝他诚心归汉。佗为所感动，乃自愿称臣，遵奉汉约，并取出越中珍宝，作为赆仪，价值千金。贾亦将随身所带的财帛，送给赵佗，大约也不下千金，主客尽欢，方才告别。

贾辞归复命，高祖大悦，擢贾为大中大夫。贾既得主眷，时常进谒，每与高祖谈论文治，辄援据《诗》《书》，说得津津有味。高祖讨厌得很，向贾怒骂道："乃公以马上得天下，要用什么《诗》《书》？"贾答道："马上得天下，难道好马上治天下么？臣闻汤武逆取顺守，方能致治，秦并六国，任刑好杀，不久即亡。向使秦得有天下，施行仁义，效法先王，陛下怎能得灭秦为帝呢？"明白痛快。高祖听说，暗自生惭，禁不住面颊发赤。停了半晌，方与贾语道："汝可将秦所以失天下，与我所以得天下，分条解释，并引古人成败的原因，按事引证，著成一书，也可垂为后鉴了。"贾奉命趋出，费了好几天工夫，辑成十二篇，奏闻高祖。高祖逐篇称善，左右又齐呼万岁，遂称贾书为《新语》。小子有诗咏道：

> 奉书出使赴南藩，折服枭雄语不烦。
> 更有一编传治道，古今得失好推原。

欲知后事如何，且看下回分解。

韩信谋反，出自舍人之一书，虚实尚未可知，吕后遽诱而杀之，无论其应杀与否，即使应杀，而出自吕后之专擅，心目中亦岂尚有高祖耶？或谓高祖出征，必有密意授诸帷房，故吕后得以专杀，此言亦不为无因，试观高祖之不责吕后，与吕后之复请诛越，可以知矣。然吾谓韩彭之戮，高祖虽未尝无意，而主其谋者，必为吕后。高祖擒信而不杀信，拘越而不杀越，犹有不忍之心，唯吕后阴悍过于高祖，高祖第黜之而不杀，吕后必杀之而后快，越可诬，信亦何不可诬？《纲目》于韩彭之杀，皆不书反，而杀信则独书皇后，明其为吕后之专杀，于高祖固尚有恕辞也。妇有长舌，洵可畏哉！彼陆贾之招降赵佗，乃以口舌取功名，与郦食其随何相类。唯马上取天下，不能以马上治二语，实足为佐治良谟，《新语》之作，流传后世，谓为汉室良臣，不亦宜乎！

第四回

讨淮南箭伤御驾
过沛中宴会乡亲

却说高祖既臣服南越，复将伪公主遣嫁匈奴，也得冒顿欢心，奉表称谢，正是四夷宾服，函夏风清。偏偏天有不测风云，人有旦夕祸福，高祖政躬不豫，竟好几日不闻视朝。群臣都向宫中请安，那知高祖不愿见人，吩咐守门官吏，无论亲戚勋旧，一概拒绝，遂致群臣无从入谒，屡进屡退，究不知高祖得何病症，互启猜疑。独舞阳侯樊哙，往返数次，俱不得见，惹得一时性起，号召群僚，排闼直入，门吏阻挡不住，只得任令入内。哙见高祖躺在床上，用一小太监作枕，皱着两眉，似寐非寐，便不禁悲愤道："臣等从陛下起兵，大小百战，从未见陛下气沮，确是勇壮得很，今天下已定，陛下乃不愿视朝，累日病卧，又为何困惫至此！况陛下患病，群臣俱为担忧，各思觐见天颜，亲视安否？陛下奈何拒绝不纳，独与阉人同处，难道不闻赵高故事么？"樊哙敢为是言，想知高祖并非真病。高祖闻言，一笑而起，方与哙等问答数语。哙见高祖无甚大病，也觉心安，遂不复多言，须臾即退。其实高祖乃是愁病，一大半为了戚姬母子，踌躇莫决，所以闷卧宫中，独自沉思。一经樊哙叫破，只好撇下心事，再起听政，精神一振，病魔也自然退去了。

过了数日，忽来一个淮南中大夫贲赫，报称淮南王英布谋反，速请征讨。高祖恐赫挟嫌诬控，未便轻信，乃把赫暂系狱中，别令人查办淮南。究竟英布谋反，是否属实，容小子约略表明。先是彭越被诛，醢肉为酱，分赐王侯。布得酿大惊，恐轮到自己身上，阴使部将带兵守边，预防不测。会因爱姬得病，就医诊治，医家对门，就是中大夫贲赫宅第。赫尝在英布左右，与王姬亦曾见过。此时因姬就医，便想乘便奉承。特购得奇珍异宝，作为送礼。待至姬病渐瘥，又备了一席盛筵，即借医家摆设，恭请王姬上坐，自就末座相陪。**男女有别，奈何不避嫌疑？** 王姬不忍却情，就也入席畅饮，直至玉山半颓，酒阑席散，方才谢别还宫。布见姬已就痊，倒也心喜。有时追问病中情景，姬即就便称赫，说他忠义兼全。那知布面色陡变，迟疑半晌，方说出一语道："汝为何知赫忠义？"姬被他一诘，才觉得出言冒昧，追悔无及，但又不能再讳，只好将赫如何厚馈，如何盛宴，略说一遍。布不听犹可，听他说完，越加动怒，厉声诃责道："贲赫与汝何亲？乃这般优待，莫非汝与赫另有别情！"姬且悔且惭，又急又恼，慌忙带哭带辩，宁死不认。偏英布不肯相信，竟欲贲赫对质，使人宣召。**何必这般性急。** 赫见了来使，还道是王姬代为吹嘘，非常高兴。及见来使语言有异，乃殷勤款待，探问情由。使人感赫厚情，便与他附耳说明，赫始知弄巧成拙，不敢应召，佯说是病不能起，只好从宽。待至使人去后，又恐布派兵来拿，当即乘车出门，飞奔而去。果然不到半日，即由布发到卫兵，围住赫第，入宅搜捕。四处寻觅，并不见赫，只得回去告布。布又命卫兵追赶，行了一二百里，杳无赫踪，仍然退归。赫已兼程西进，入都告变。

高祖恨不得杀尽功臣，正要他自来寻祸，还是萧何防赫挟嫌，奏明高祖，才得高祖首肯，也虑赫怀有诈意，一面将赫系住，一面派使查布。布因追赫不及，已料他西往长安，讦发隐情。至朝使到来，虽然没有严诏，但见他逐事调查，定由赫从中挑唆。自知一不做，二不休，索性将赫家全眷，尽行屠戮，且欲拿住朝使，一刀两段，亏得朝使预得风声，先期逃脱，奔还长安，报称布已起反。

高祖闻知，乃赦赫出狱，拜为将军，并召诸将会议出师。诸将统齐声道："布何能为？但教大兵一到，便好擒来。"高祖却不免迟疑，一时不能遽决。原来高祖病体新愈，尚未复原，意欲使太子统兵，出击英布。**莫非与头曼单于同一思想？** 太子有上宾四人，统是岩栖谷隐，皓首庞眉。一叫做东园公，一叫做夏黄公，一叫做绮里季，一叫做用甪音禄里先生。向来蛰居商山，号为商山四皓。高祖尝闻他重名，屡征不至。建成侯吕释之，系吕后亲兄，奉吕后命，要想保全太子，特向张良问计。良教他往迎四皓，辅佐太子，当不致有废立情事。释之也不知他有何妙用，但依了张良所言，卑礼厚币，往聘四人。四人见来意甚诚，勉允出山，面谒储君。及至长安，太子盈格外礼遇，情同师事，四人又不好遽去，只得住下。到了英布变起，太子盈有监军消息，四皓已窥透高祖微意，亟往见吕释之道："太子出去统兵，有功亦不能加封，无功却不免受祸，君何不急入皇后，泣陈上前，但言英布为天下猛将，素善用兵，不可轻敌。现今朝廷诸将，都系陛下故旧，怎肯安受太子节制。今若使太子为将，何异使羊率狼，谁肯为用？徒令英布放胆，乘隙西来，中原一动，全局便至瓦解。看来只有陛下力疾亲征，方可平乱云云。照此进言，太子方可无虞了。"释之得四皓教导，忙入宫报知吕后。吕后即记着嘱语，乘间至高祖前，呜呜咽咽，泣述一番。高祖乃慨然道："我原知竖子不能任事，总须乃公自行，我就亲征便了。"*谁知已中了四皓的秘计。*

是日即颁下诏命，准备亲征。汝阴侯夏侯婴，尚谓英布未必遽反，特召入门客薛公，与他商议。薛公为故楚令尹，向有才智，料事如神，既入见夏侯婴，说起英布造反等情，便以为确实无疑。婴复问道："主上已裂地封布，举爵授布，布得南面称王，难道还要造反么？"薛公道："往年杀彭越，前年杀韩信，布与信越，同功一体，两人受诛，布怎能不惧？因惧思反，何足为怪？"婴又道："布果能逞志否？"薛公道："未必！未必！"婴深服薛公言论，遂入白高祖，力为保荐。高祖也即传见，向他问计。薛公道："布反不足深虑，设使布出上策，山东恐非汉有；若出中策，胜负尚未可知；唯出下策，陛下好高枕安卧了！"高祖道："上策如何？"薛公道："南取吴，西取楚，东并齐鲁，北收燕赵，坚壁固守，乃为上策，布能出此，山东即非汉有了！"高祖又问及中策下策。薛公道："东取吴，西取楚，并韩取魏，据敖仓粟，塞成皋口，便是中策。若东取吴，西取下蔡，聚粮越地，身归长沙，这乃所谓下策哩。"高祖道："汝料布将用何策？"薛公道："布一骊山刑徒，遭际乱世，得封王爵；其实是无甚远识，但顾一身，不顾日后，臣料他必出下策，尽可无忧！"高祖听了，欣然称善，面封薛公为关内侯，食邑千户。且立赵姬所生子长为淮南王，预为代布地步。

时方新秋，御跸启行，战将多半相从，唯留守诸臣，辅着太子，得免从军，但皆送行出都，共至霸上。留侯张良，平时多病，至此亦强起出送。*想是辟谷所致。*临别时方语高祖道："臣本宜从行，无如病体加剧，未便就道，只好暂违陛下！唯陛下此去，务请随时慎重，楚人生性剽悍，幸勿轻与争锋！"高祖点首道："朕当谨记君言。"良又说道："太子留守京都，关系甚重，陛下应命太子为将军，统率关中兵马，方足摄服人心。"高祖又依了良议，且嘱良道："子房为朕故交，今虽抱病，幸为朕卧傅太子，免朕悬念。"良答道："叔孙通已为太子太傅，才足胜任，请陛下放心。"高祖道："叔孙通原是贤臣，但一人恐不足济事，故烦子房相助，子房可屈居少傅，还望勿辞！"良乃受职自归。无非为着太子。高祖又发上郡北地陇西车骑，及巴蜀材官，并中尉卒三万人，使屯霸上，为太子卫军。部署既定，然后麾兵东行，逐队进发。

布已出兵略地，东攻荆，西攻楚，号令军中道："汉帝已老，必不亲来，从前善战诸将，只有韩信彭越，智勇过人，今已皆死，余不足虑，诸君能努力向前，包管得胜，取天下也不难呢！"部众闻命，遂先向荆国进攻。荆王刘贾，战败走死。布取得荆地，复移兵攻楚。楚王刘交，分兵三路，出城拒布，有人谓楚统将道："布善用兵，为众所惮，我若并力抵拒，还可久持。今作为三路，势分力散，彼若败我一军，余军皆散，楚地便不保了！"楚将不从，果然两造交锋，前军为布所败，左右二军，不战自溃，楚将亦遁。就是楚王刘交，也保不住淮西都城，避难奔薛。布以为荆楚已下，正好西进，遂如薛公所料，甘出下计，溯江西行，及抵蕲州属境会甀地方，正值高祖亲率大队，迤逦前来。布望将过去，隐隐见有黄屋左纛，却也吃了一惊。偏不如汝所料。但势成骑虎，不能再下，只得摆成阵势，与决雌雄。

高祖就庸城下营，登高窥敌，见布军甚是精锐，一切阵法，仿佛与项羽相似，心下很是不悦，因即策励诸将，出营与战。布严装披挂，立住阵门，高祖遥与布语道："我封汝为王，也足报功，何苦兴兵动众，猝然造反！"布说不出什么理由，但随口答说道："为王何如为帝，我亦无非想做皇帝呢！"倒也痛快。高祖大怒，痛骂数语，便即用鞭一挥，诸将依次杀出，突入布阵。布令前驱射箭，群镞齐飞，争注汉军，汉军虽不免受伤，仍然拼死直前，有进无退。高祖也冒矢督战，毫无惧色。忽遇一箭飞来，迫不及避，竟中胸前，还亏身披铁甲，镞未深入，不过入肉数分，痛楚尚可忍耐。高祖用手扪胸，保护痛处，越觉得怒气上冲，大呼杀贼。诸将见高祖已经中箭，尚且舍命奋呼，做臣子的理应为主效劳，争先赴敌，还管什么生死利害，但教一息尚存，总要拚个你死我活，于是从众矢攒集的中间，拨开一条血路，齐向布阵杀入。布兵矢已垂尽，汉军气尚未衰，顿时布阵捣破，横冲直撞，好似生龙活虎，不可复制，布众七零八落，纷纷四溃，布亦禁止不住，带领残骑，回头退走。高祖尚麾众追击，直逼淮水。布兵渡淮东行，只恐汉军追及，急忙凫水，多被漂没。及渡过对岸，随兵已不满千人，再加沿途散失，相从只百余骑兵，哪里还能保守淮南。布势尽力穷，不敢还都，专望江南窜走。适有长沙王吴臣，贻书与布，叫他避难长沙。吴臣即吴芮子，芮已病殁，由臣嗣立，与布为郎舅亲。布得书心喜，急忙改道前往。行至鄱阳，夜宿驿中，不料驿舍里面，伏着壮士，突起击布。布猝不及防，竟被杀死，好与韩信彭越一班阴魂，混做一淘，彼此诉苦去了。看官不必细猜，便可晓得杀布的壮士，乃是吴臣所遣。既得布首，当然赍献高祖，释嫌报功。*大义灭亲，原不足怪，但必诱而杀之，毋乃不情。*

那时高祖已顺道至沛，省视故乡父老，寓有衣锦重归的意思。沛县官吏，预备行宫，盛设供帐，待至高祖到来，出城跪迎。高祖因他是故乡官吏，却也另眼相看，就在马上答礼，命他起身，引入城中。百姓统扶老携幼，欢迎高祖，香花载道，灯彩盈街，高祖瞧着，非常高兴，一入行宫，即传集父老子弟，一体进见，且嘱他不必多礼，两旁分坐。沛中官吏，早已备着筵席，摆设起来。高祖坐在上面，即令父老子弟，共同饮酒，又选得儿童二百二十人，教他唱歌侑觞，儿童等满口乡音，咿咿呀呀地唱了一番，高祖倒也欢心。并因酒入欢肠，越加畅适，遂令左右取筑至前，亲自击节，信口作歌道：

大风起兮云飞扬，威加海内兮归故乡，安得猛士兮守四方！

歌罢，命儿童学习，同声唱和。儿童伶俐得很，一经教授，便能上口，并且抑扬顿挫，宛转可听，引得高祖喜笑颜开，走下座来，回旋起舞。*无赖依然旧酒徒。*舞了片刻，又回想到从前苦况，不由的悲感交乘，流下数行老泪。父老子弟等，看到高祖泪容，都不禁相顾错愕。高祖亦已瞧着，便向众宣言道："游子悲故乡，乃是常情。我虽定都关中，万岁以后，魂魄犹依恋故土，怎能忘怀？且我起自沛公，得除暴逆，幸有天下，是处系朕汤沐邑，可从此豁免赋役，世世无与。"大众听了，俱伏地拜谢。

高祖又令他起身归座，续饮数巡，至晚始散。到了次日，复使人召入武负，王媪，及亲旧各家老妪，都来与宴。妇女等未知礼节，由高祖概令免礼，大众不过是敛衽下拜，便算是觐见的仪制。草草拜毕，依次入座。高祖与他谈及旧事，相率尽欢，且笑且饮，又消磨了一日。嗣是男女出入，皆各赐宴，接连至十余日，方拟启行，父老等固请再留。高祖道："我此来人多马众，日需供给，若再留连不去，岂不是累我父兄？我只好与众告辞了！"乃下令起程。

父老等不忍相别，统皆备办牛酒，至沛县西境饯行，御驾一出，全县皆空。高祖感念父老厚情，命在沛西暂设行幄，与众共饮，眨眨眼又是三日，始决计与别。父老复顿首请命道："沛中幸免赋役，唯丰邑未沐殊恩，还乞陛下矜怜！"高祖道："丰邑是我生长地，更当不忘，只因从前雍齿叛我，丰人亦甘心助齿，负我太甚，今既由父老固请，我就一视同仁，允免赋役罢了。"雍齿已给侯封，何必再恨丰人？父老等再为丰人叩谢。高祖待他谢毕，拱手上车，向西自去。父老等回入沛中，就在行宫前筑起一台，号为歌风台。曾记清朝袁子才，咏有歌风台诗云：

> 高台击筑记英雄，马上归来句亦工。
> 一代君民酣饮后，千年魂魄故乡中。
> 青天弓剑无留影，落日河山有大风。
> 百二十人飘散尽，满村牧笛是歌童。

高祖行次淮南，连接两次喜报，心下大悦。究竟所报何事，待看下回自知。

韩彭未反而被戮，英布已反而始诛，是布固明明有罪，与韩彭之受戮不同。然韩彭不死，布亦未必遽反，兔死狐悲，物伤其类，布之反，实汉高有以激成之耳！究令布终不反，亦未必免祸。功成身危，千古同慨，此张子房之所以独称明哲也。及高祖破布，过沛置酒，宴集父老，大风作歌，慨思猛士，是岂因功臣之死，自觉寂寥，乃为慷慨悲歌乎？夫猛士可使守，枭将亦不反矣。甚矣哉高祖之徒知齐末，不知揣本也！

第五回

保储君四皓与宴
留遗嘱高祖升遐

　　却说高祖到了淮南，连接两次喜报，一即由长沙王吴臣，遣人献上英布首级，高祖看验属实，颁诏褒功，交与来使带回。一是由周勃发来的捷音，乃是追击陈豨，至当城破灭豨众，将豨刺死，现已悉平代郡，及雁门云中诸地，候诏定夺云云。高祖复驰诏与勃，叫他班师。*周勃留代，见三十八回。* 唯淮南已封与子长，楚王交复归原镇，独荆王贾走死以后，并无子嗣，特改荆地为吴国，立兄仲子濞为吴王。濞本为沛侯，年方弱冠，膂力过人，此次高祖讨布，濞亦随行，临战先驱，杀敌甚众。高祖因吴地轻悍，须用壮王镇守，方可无患，乃特使濞王吴。濞受命入谢，高祖留神细视，见他面目犷悍，隐带杀气，不由的懊悔起来。便怅然语濞道："汝状有反相，奈何？"说到此句，又未便收回成命，大费踌躇。濞暗暗生惊，就地俯伏，高祖手抚濞背道："汉后五十年，东南有乱，莫非就应在汝身？汝当念天下同姓一家，慎勿谋反，切记！切记！" *既知濞有反相，何妨收回成命，且五十年后之乱事，高祖如何预知？此或因史笔好诙，故有是记载，未足深信。* 濞连称不敢，高祖乃令他起来，又嘱咐数语，才使退出。濞即整装去讫。嗣是子弟分封，共计八国，齐楚代吴赵梁淮阳淮南，除楚王交吴王濞外，余皆系高祖亲子。高祖以为骨肉至亲，当无异志，就是吴王濞，已露反相，还道是犹子比儿，不必过虑，谁知后来竟变生不测呢？这且慢表。

汉高祖过鲁祀圣

　　且说高祖自淮南启跸，东行过鲁，遣官备具太牢，往祀孔子。待祀毕复命，改道西行。途中箭创复发，匆匆入关，还居长乐宫，一卧数日。戚姬早夕侍侧，见高祖呻吟不辍，格外担忧，当下觑便陈词，再四吁请，要高祖保全母子性命。高祖暗想，只有废立太子一法，尚可保他母子，因此旧事重提，决议废立。张良为太子少傅，义难坐视，便首先入谏，说了许多言词，高祖只是不睬。良自思平日进言，多见信从，此番乃格不相入，料难再语，不如退归，好几日杜门谢客，托病不出。当时恼了太子太傅叔孙通，入宫强谏道："从前晋献公宠爱骊姬，废去太子申生，晋国乱了好几十年，秦始皇不早立扶苏，自致灭祀，尤为陛下所亲见。今太子仁孝，天下共闻，吕后与陛下，艰苦同尝，只生太子一人，如何无端背弃？今陛下必欲废嫡立少，臣情愿先死，就用颈血洒地罢。"说着，即拔出剑来，竟欲自刎。高祖慌忙摇手，叫他不必自尽，且与语道："我不过偶出戏言，君奈何视作真情？竟来尸谏，幸勿如此误会！"通乃把剑放下，复答说道："太子为天下根本，根本一摇，天下震动，奈何以天下为戏哩？"高祖道："我听君言，不易太子了！"通乃趋退。既而内外群臣，亦多上书固争，累得高祖左右两难，既不便强违众意，又不好过拒爱姬，只好延宕过去，再作后图。

　　既而疮病少瘥，置酒宫中，特召太子盈侍宴。太子盈应召入宫，四皓一同进去，俟太子行过了礼，亦皆上前拜谒。高祖瞧着，统是须眉似雪，道貌岩岩，心中惊异得很，便顾问太子道："这四老乃是何人？"太子尚未答言，四皓已自叙姓名。高祖愕然道："公等便是商山四皓么？我求公已阅数年，公等避我不至，今为何到此，从吾儿游行？"四皓齐声道："陛下轻士善骂，臣等义不受辱，所以违命不来。今闻太子仁孝，恭敬爱士，天下都延颈慕义，愿为太子效死。臣等体念舆情，故特远道来从，敬佐太子。"高祖徐徐说道："公等肯来辅佐我儿，还有何言？幸始终保护，毋致失德。"四皓唯唯听命，依次奉觞上寿。高祖勉强接饮，且使四皓一同坐下，共饮数卮。约有一两个时辰，高祖总觉寡欢，就命太子退去。太子起座，四皓亦起，随着太子，谢宴而出。高祖急召戚姬至前，指示四皓，且唏嘘向戚姬道："我本欲改立太子，奈彼得四人为辅，羽翼已成，势难再动了。"戚姬闻言，立即泪下。*妇女徒知下泪，究属无益。*高祖道："汝亦何必过悲，须知人生有命，得过且过，汝且为我作楚舞，我为汝作楚歌。"戚姬无奈，就席前飘扬翠袖，轻盈回舞。高祖想了片刻，歌词已就，随即高声唱着道：

> 鸿鹄高飞，一举千里。羽翼已就，横绝四海。
>
> 横绝四海，当可奈何！虽有缯缴，尚安所施！

歌罢复歌，回环数四，音调凄怆。戚姬本来通文，听着语意，越觉悲从中来，不能成舞，索性掩面痛哭，泣下如雨。高祖亦无心再饮，吩咐撤肴，自携戚姬入内，无非是婉言劝解，软语温存，但把废立太子的问题，却从此搁起，不复再说了。太子原不宜废立，但欲保全戚姬，难道竟无别法么？

是时萧何已进位相国，益封五千户。高祖意思，实因何谋诛韩信，所以加封。群僚都向何道贺，独故秦东陵侯召平往吊。平自秦亡失职，在长安种瓜，味皆甘美，世称为东陵瓜。萧何入关，闻平有贤名，招致幕下，尝与谋议。此次平独入吊道："公将从此惹祸了！"何惊问原因，平答道："主上连年出征，亲冒矢石，唯公安守都中，不被兵革。今反得加封食邑，名为重公，实是疑公，试想淮阴侯百战功劳，尚且诛夷，公难道能及淮阴么？"何惶急道："君言甚是，计将安出？"平又道："公不如让封勿受，尽将私财取出，移作军需，方可免祸。"何点首称善，乃只受相国职衔，让还封邑，且将家财佐军。果得高祖欢心，褒奖有加。及高祖讨英布时，何使人输运军粮，高祖又屡问来使，谓相国近作何事。来使答言，无非说他抚循百姓，措办粮械等情，高祖默然。寓有深意。来使返报萧何，何也未识高祖命意，有时与幕客谈及，忽有一客答说道："公不久便要灭族哩！"又作一波。何大惊失色，连问语都说不出来。客复申说道："公位至相国，功居第一，此外已不能再加了。主上屡问公所为，恐公久居关中，深得民心，若乘虚号召，据地称尊，岂不是驾出难归，前功尽隳么？今公不察上意，还要孳孳为民，益增主忌！忌日益深，祸日益迫，公何不多买田地，胁民贱售，使民间稍稍谤公，然后主上闻知，才能自安，公亦可保全家族了。"何依了客言，如议施行，嗣有使节往返，报知高祖，高祖果然欣慰。已而淮南告平，还都养疴，百姓遮道上书，争劾萧何强买民田，高祖全不在意，安然入宫。至萧何一再问疾，才将谤书示何，叫他自己谢民，何乃补给田价，或将田宅仍还原主，谤议自然渐息了。过了数旬，何上了一道奏章，竟触高祖盛怒，把书掷下，信口怒骂道："相国萧何，想是多受商人货赂，敢来请我苑地，这还当了得么？"说着，遂指示卫吏，叫他往拘萧何，交付廷尉。可怜何时时关心，防有他变，不料大祸临头，竟来了一班侍卫，把他卸除冠带，加上锁链，拿交廷尉，向黑沉沉的冤狱中，亲尝苦味去了。古时刑不上大夫，况属相国，召平等胡不劝何早去，省得受辱？一连幽系了数日，朝臣都不知何因，未敢营救。后来探得萧何奏牍，乃是为了长安都中，居民日多，田地不敷耕种，请将上苑隙地，俾民入垦，一可栽植菽粟，瞻养穷氓，二可收取槁草，供给兽食。这也是一条上下交济的办法，谁知高祖疑他讨好百姓，又起猜嫌，竟不计前功，饬令系治！*猜忌之深，无孔不入。*群臣各为呼冤，但尚是徘徊观望，惮发正言。幸亏有一王卫尉，代何不平，时思保救。一日入侍，见高祖尚有欢容，遂乘问高祖道："相国有何大罪，遽致系狱？"高祖道："我闻李斯相秦，有善归主，有恶自受，今相国受人货赂，向我请放苑地，求媚人民，我所以把他系治，并不冤诬。"卫尉道："臣闻百姓足，君孰与不足？相国为民兴利，请辟上苑，正是宰相应尽的职务，陛下奈何疑他得贿呢？且陛下距楚数年，又出讨陈豨黥布，当时俱委相国留守。相国若有异图，但一动足，便可坐据关中，乃相国效忠陛下，使子弟从军，出私财助饷，毫无利己思想，今难道反贪商贾财贿么？况前秦致亡，便是由君上不愿闻过，李斯自甘受谤，实恐出言遭谴，何足为法？陛下未免浅视相国了！"*力为萧何洗释，语多正直，可惜史失其名。*高祖被他一驳，自觉说不过去，踌躇了好多时，方遣使持节，敕何出狱。何年已老，械系经旬，害得手足酸麻，身躯困敝，不得已赤了双足，徒跣入谢。高祖道："相国可不必多礼了！相国为民请愿，我不肯许，我不过为桀纣主，相国乃成为贤相，我所以系君数日，欲令百姓知我过失呢！"何称谢而退，自是益加恭谨，静默寡言。高祖也照常看待，不消细说。

适周勃自代地归来，入朝复命，且言陈豨部将，多来归降，报称燕王卢绾，与豨曾有通谋情事。高祖以绾素亲爱，未必至此，不如召他入朝，亲察行止。乃即派使赴燕，传旨召绾。绾却是心虚，通谋也有实迹，说将起来，仍是由所用非人，致被摇惑，遂累得身名两败，贻臭万年！先是豨造反时，尝遣部将王黄至匈奴求援，匈奴已与汉和亲，一时未肯发兵，事为卢绾所闻，也遣臣属张胜，前往匈奴，说是豨兵已败，切勿入援。张胜到了匈奴，尚未致命，忽与故燕王臧荼子衍，旅次相遇。*衍奔匈奴，见前文。*两下叙谈，衍是欲报父仇，恨不得汉朝危乱，乃用言诱胜道："君习知胡事，乃为燕王所宠信，燕至今尚存，乃是因诸侯屡叛，汉不暇北顾，暂作羁縻，若君但知灭豨，豨亡必及燕国，君等将尽为汉虏了！今为君计，唯有一面援豨，一面和胡，方得长保燕地，就使汉兵来攻，亦可彼此相助，不至遽亡。否则汉帝好猜，志在屠戮功臣，怎肯令燕久存哩！"张胜听了，却是有理。遂违反卢绾命令，竟入劝冒顿单于，助豨敌汉。绾待胜不至，且闻匈奴发兵入境，防燕攻豨，不由得惊诧起来。暗想此次变端，定由张胜暗通匈奴，背我谋反，乃飞使报闻高祖，要将张胜全家诛戮。使人方发，胜却自匈奴回来，绾见了张胜，当然要把他斩首，嗣经胜具述情由，说得绾亦为心动，乃私赦胜罪，掉了一个狱中罪犯，绑出市曹，枭去首级，只说他就是张胜。暗中却遣胜再往匈奴与他连和，另派属吏范齐，往见陈豨，叫他尽力御汉，不必多虑。偏偏陈豨不能久持，败死当城，遂致绾计不得逞，悔惧交并。蓦地里又来了汉使，宣召入朝，绾怎敢遽赴？只好托言有病，未便应命。

汉使当然返报，高祖尚不欲讨绾，又派辟阳侯审食其，及御史大夫赵尧，相偕入燕，察视绾病虚实，仍复促绾入朝。两使驰入燕都，绾越加惊慌，仍诈称病卧床中，不能出见，但留两使居客馆中。两使住了数日，未免焦烦，屡与燕臣说及，要至内室问病。燕臣依言报绾，绾叹息道："从前异姓分封，共有七国，现在只存我及长沙王两人，余皆灭亡。往年族诛韩信，烹醢彭越，均出吕后计划。近闻主上抱病不起，政权均归诸吕后，吕后妇人，阴贼好杀，专戮异姓功臣，我若入都，明明自去寻死，且待主上病愈，我方自去谢罪，或尚能保全性命呢！"燕臣乃转告两使，虽未尝尽如绾言，却也略叙大意。赵尧还想与他解释，独审食其听着语气，似含有不满吕后的意思，心中委实难受，遂阻住赵尧言论，即与尧匆匆还报。*审食其祖护吕后，却有一段隐情，试看下文便知。*

高祖得两人复命，已是愤恨得很，旋又接到边吏报告，乃是燕臣张胜，仍为燕使，通好匈奴，并未有族诛等情。高祖不禁大怒道："卢绾果然造反了！"遂命樊哙率兵万人，往讨卢绾。哙受命即去。高祖因绾亦谋反，格外气忿，一番盛怒，又致箭疮迸裂，血流不止。好容易用药搭敷，将血止住。但疮痕未愈，痛终难忍，辗转榻中，不能成寐。自思讨布一役，本拟令太子出去，乃吕后从中谏阻，使我不得不行，临阵中箭，受伤甚重，这明明是吕后害我，岂不可恨？所以吕后太子，进来问疾，高祖或向他痛骂一顿。吕后太子，不堪受责，往往避不见面，免得时听骂声。适有侍臣与樊哙不协，趁着左右无人，向前进谗道："樊哙为皇后妹夫，与吕后结为死党，闻他暗地设谋，将俟宫车宴驾后，引兵报怨，尽诛戚夫人、赵王如意等人，不可不防！"高祖瞋目道："有这等事么？"侍臣说是千真万真，当由高祖召入陈平、周勃，临榻与语道："樊哙党同吕后，望我速死，可恨已极，今命汝两人乘驿前往，速斩哙首，不得有误！"两人闻命，面面相觑，不敢发言。高祖顾陈平道："汝可将哙首取来，愈速愈妙！"又顾周勃道："汝可代哙为将，讨平燕地！"两人见高祖盛怒，并且病重，未便为哙解免，只好唯唯退出，整装起行。在途私议道："哙系主上故人，积功甚多，又是吕后妹夫，关系贵戚，今主上不知听信何人，命我等速去斩哙！我等此去，只好从权行事，宁可把哙拘归，请主上自行加诛罢。"这计议发自陈平，周勃亦极口赞成，便即乘驿前往。两人尚未至哙军，那高祖已经归天了。

高祖一病数月，逐日加重，至十二年春三月中，自知创重无救，不愿再行疗治，吕后却遍访良医，得了一有名医士，入宫诊视，高祖问疾可治否？医士却还称可治，高祖谩骂道："我以布衣提三尺剑，取得天下，今一病至此，岂非天命？命乃在天，就使扁鹊重生，也是无益，还想什么痊愈呢！"说罢，顾令近侍取金五十斤赐与医士，令他退去，不使医治。*医士无功得金，却发了一注小财。*吕后亦无法相劝，只好罢了。高祖待吕后退出，便召集列侯群臣，一同入宫，嘱使宰杀白马，相率宣誓道："此后非刘氏不得封王，非有功不得封侯。如违此约，天下共击之！"誓毕乃散，高祖再寄谕陈平，令他由燕回来，不必入报，速往荥阳，与灌婴同心驻守，免致各国乘丧为乱。布置已毕，再召吕后入宫，嘱咐后事，吕后问道："陛下百岁后，萧相国若死，何人可代？"高祖道："莫若曹参。"吕后道："参年亦已将老，此后当属何人？"高祖道："王陵可用。但陵稍愚直，不能独任，须用陈平为助。平智识有余，厚重不足，最好兼任周勃。勃朴实少文，但欲安刘氏，非勃不可，就用为太尉便了。"*大约是阅历有得之谈。*吕后还要再问后人，高祖道："后事恐亦非汝所能知了。"吕后乃不复再言。又越数日，已是孟夏四月，高祖在长乐宫中，瞑目而崩。享年五十有三。自高祖为汉王后，方才改元，五年称帝，又阅八年，总计得十有二年。*称帝以五年为始，故合计只十二年。*小子有诗咏道：

仗剑轻挥灭暴秦，功成垓下壮图新，

如何功狗垂烹尽，身后牝鸡得主晨。

高祖已崩，大权归诸吕后手中，吕后竟想尽诛遗臣，放出一种辣手出来。当下召入一人，秘密与商，这人为谁？容至下回再详。

四皓为秦时遗老，无权无勇，安能保全太子，使不废立？高祖明知废立足以召祸，故迟回审慎，终不为爱妾所移，其所谓羽翼已成，势难再动，特绐戚夫人耳。戚姬屡请易储，再四涕泣，高祖无言可答，乃借四皓以折其心，此即高祖之智术也。厥后械系萧何，命斩樊哙，无非恐太子柔弱，特为此最后之防维。何本谦恭，挫辱之而已足，哙兼亲贵，刑戮之而始安。至若预定相位，嘱用周勃，更为身后之图，特具安刘之策，盖其操心危，虑患深，故能谈言微中，一二有征。必谓其洞察未来，则尧舜犹难，遑论汉高。况戚姬赵王，固为高祖之最所宠爱者，奈何不安之于豫，而使有人彘之祸也哉！

第六回

折雄狐片言杜祸

看人彘少主惊心

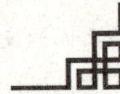

却说吕后因高祖驾崩，意欲尽诛诸将，竟将丧事搁起，独召一心腹要人，入宫密商。这人姓名，就是辟阳侯审食其。食其与高祖同里，本没有什么才干，不过面目文秀，口齿伶俐，夤缘迎合，是他特长。高祖起兵以后，因家中无人照应，乃用为舍人，叫他代理家务。食其得了这个美差，便在高祖家中，厮混度日。高祖出外未归，家政统由吕后主持，吕后如何说，食其便如何行，唯唯诺诺，奉命维谨，引得吕后格外喜欢。于是日夕聚谈，视若亲人，渐渐的眉来眼去，渐渐的目逗心挑，太公已经年老，来管什么闲事，一子一女，又皆幼稚，怎晓得他秘密情肠？他两人互相勾搭，居然入彀，瞒过那老翁幼儿，竟演了一出露水缘。这是高祖性情慷慨，所以把爱妻禁脔，赠送他人。一番偷试，便成习惯，好在高祖由东入西，去路越远，音信越稀，两人乐得相亲相爱，双宿双飞。及高祖兵败彭城，家属被掳，食其仍然随着，不肯舍去，无非为了吕后一人，愿同生死。好算有情。吕后与太公被拘三年，食其日夕不离，私幸项王未尝虐待，没有什么刑具，拘挛肢体，因此两人仍得续欢，无甚痛苦。到了鸿沟议约，脱囚归汉，两人相从入关，高祖又与项王角逐江淮，毫不知他有私通情事。两人情好越深，俨如一对患难夫妻，昼夜不舍。既而项氏破灭，高祖称帝，所有从龙诸将，依次加封，吕后遂从中怂恿，乞封食其。高祖也道他保护家属，确有功劳，因封为辟阳侯。床第功劳，更增十倍。

食其喜出望外，感念吕后，几乎铭心刻骨，从此入侍深宫，较前出力。吕后老且益淫，只避了高祖一双眼睛，镇日里偷寒送暖，推食解衣。高祖又时常出征，并有戚夫人为伴，不嫌寂寞，但教吕后不去缠扰，已是如愿以偿。吕后安居宫中，巴不得高祖不来，好与食其同梦。有几个宫娥彩女，明知吕后暗通食其，也不敢漏泄春光，且更帮两人做了引线，好得些意外赏钱，所以高祖戴着绿巾，到死尚未知晓。唯吕后淫妒性成，见了高祖已死，便即起了杀心，一是欲保全太子，二是欲保全情人。他想遗臣杀尽，自然无人为难，可以任所欲为。当下召入食其，与他计议道："主上已经归天，本拟颁布遗诏，立嗣举丧，但恐内外功臣，各怀异志，若知主上崩逝，未必肯屈事少主，我欲秘不发丧，佯称主上病重，召集功臣，受遗辅政，一面埋伏甲士，把他悉数杀死，汝以为可好否？"食其听着，倒也暗暗吃惊，转思功臣诛夷，与自己亦有益处，因即信口赞成，唯尚恐机谋不慎，反致受害，所以除赞成外，更劝吕后慎密行事。

吕后也未免胆小，复召乃兄吕释之等入商。释之也与食其同意，故一时未敢发作。转眼间已阅三日，朝臣俱启猜疑，不过没有的确消息。独曲周侯郦商子寄，素与释之子禄，斗鸡走马，互相往来，禄私与谈及宫中秘事，寄亟回家报告乃父。乃父商愕然惊起，匆匆趋出，径往辟阳侯宅中，见了审食其，屏人与语道："足下祸在旦夕了！"食其本怀着鬼胎，蓦闻此言，不由的吓了一跳，慌忙问为何事？商低声说道："主上升遐，已有四日，宫中秘不发丧，且欲尽诛诸将。试问诸将果能尽诛么？现在灌婴领兵十万，驻守荥阳，陈平又奉有诏令，往助灌婴，樊哙死否，尚未可知，周勃代哙为将。北徇燕代，这都是佐命功臣，倘闻朝内诸将，有被诛消息，必然连兵西向，来攻关中。大臣内畔，诸将外入，皇后太子，不亡何待？足下素参宫议，何人不晓，当此危急存亡的时候，未尝进谏，他人必疑足下同谋，将与足下拚命，足下家族，还能保全么？"怵心之语。食其嗫嚅道："我……我实未预闻此事！外间既有此谣传，我当禀明皇后便了。"还想抵赖。

商乃告别，食其忙入宫告知吕后。吕后一想，风声已泄，计不得行，只好作为罢论，唯嘱食其转告郦商，切勿喧传。食其自然应命，往与郦商说知。商本意在安全内外，怎肯轻说出去，当令食其返报吕后，尽请放怀。吕后乃传令发丧，听大臣入宫哭灵。总计高祖告崩，已四日有余了。棺殓以后，不到二旬，便即奉葬长安城北，号为长陵。群臣进说道："先帝起自细微，拨乱反正，平定天下，为汉太祖，功德最高，应上尊号为高皇帝。"皇太子依议定谥，后世遂称为高帝，亦称高祖。又越二日，太子盈嗣践帝位，年甫一十七岁，尊吕后为皇太后，赏功赦罪，布德行仁，后来庙谥曰惠，故沿称惠帝。

喜诏一颁，四方遂听，燕王卢绾，闻樊哙率兵出击，本不欲与汉兵对仗，自率宫人家属数千骑，避居长城下，拟俟高祖病愈，入朝谢罪。及惠帝嗣立的消息，传达朔方，料知太子登基，吕后必专国政，何苦自来寻死，遂率众投奔匈奴，匈奴使为东胡卢王。事见后文。

唯樊哙到了燕地，绾已避去，燕人原未尝从反，不劳征讨，自然畏服。哙进驻蓟南，正拟再出追绾，忽有一使人持节到来，叫他临坛受诏。哙问坛在何处？使人答称在数里外。哙亦不知何因，只好随着使人，前去受命。行了数里，已至坛前，望见陈平登坛宣敕，不得不跪下听诏。才听得一小半，突有武士数名，从坛下突出，把哙揿住，反接两手，绑缚起来。哙正要喧嚷，那陈平已读完敕文，三脚两步的走到坛下，将哙扶起，与他附耳说了数语，哙方才无言。当由平指麾武士，把哙送入槛车。哙手下只有数人，见哙被拿，便欲返身跑去，可巧周勃瞧着，出来喝住，命与偕行。于是勃与平相别，向北自去，平押哙同走，向西自归。这也是陈平达权的妙计。*可谓六出以外又一出。* 勃驰至哙营，取出诏书，晓示将士，将士等素重周勃，又见他奉诏代将，倒也不敢违慢，相率听令。勃得安然接任，并无他患。独陈平押着樊哙，将要入关，才接到高祖后诏，命他前往荥阳，帮助灌婴，所有樊哙首级，但速着人送入都中。平与诏使本来相识，当即与他密谈意见，诏使也佩服平谋，且知高祖病已垂危，不妨缓复，索性与平同宿驿中。逍遥了两三日，果然高祖驾崩的音耗，传将出来。平一得风声，急忙出驿先行，使诏使代押樊哙，随后继进。诏使尚欲细问，那知平已加了一鞭，如风驰电掣一般，赶入关中去了。*又要作怪。*

看官听说！陈平不急诛哙，无非为了吕后姊妹。幸而预先料着，尚把哙命保留，但哙已被辱。哙妻吕媭，或再从中进谗，仍然不美，不如赶紧入宫，相机防备为是。*毕竟多智。* 计划一定，刻不容缓，因此匆匆入都，直至宫中，向高祖灵前下跪，且拜且哭，泪下如雨。吕后一见陈平，急向帷中扑出，问明樊哙下落，平始收泪答说道："臣奉诏往斩樊哙，因念哙有大功，不敢加刑，但将哙押解来京，听候发落。"吕后听了，方转怒为喜道："究竟君能顾大局，不乱从命，唯哙今在何处？"平又答道："臣闻先帝驾崩，故急来奔丧，哙亦不日可到了。"吕后大悦，便令平出外休息。平复道："现值宫中大丧，臣愿留充宿卫。"吕后道："君跋涉过劳，不应再来值宿，且去休息数天，入卫未迟。"平顿首固请道："储君新立，国是未定，臣受先帝厚恩，理宜为储君效力，上答先帝，怎敢自惮劳苦呢！"吕后不便再却，且听他声声口口，顾念嗣君，心下愈觉感激，乃温言奖励道："忠诚如君，世所罕有，现在嗣主年少，随时需人指导，敢烦君为郎中令，傅相嗣主，使我释忧，便是君不忘先帝了！"平即受职谢恩，起身告退。

甫经趋出，那吕媭已经进来，至吕后前哭诉哙冤。并言陈平实主谋杀哙，应该加罪。吕后怫然道："汝亦太错怪好人，他要杀哙，哙死久了，为何把他押解进来？"吕媭道："他闻先帝驾崩，所以变计，这正是他的狡猾，不可轻信。"吕后道："此去到燕，路隔好几千里，往返须阅数旬，当时先帝尚存，曾命他立斩哙首，他若斩哙，亦不得责他专擅。奈何说他闻信变计呢？况汝我在都，尚不能设法解救，幸得他保全哙命，带同入京，如此厚惠，正当感谢，想汝亦有天良，为什么恩将仇报哩？"这一番话，驳得吕媭哑口无言，只好退去。未几樊哙解到，由吕后下了赦令，将哙释囚。哙入宫拜谢，吕后道："汝的性命，究亏何人保护？"哙答称是太后隆恩。吕后道："此外尚有他人否？"哙记起陈平附耳密言，自然感念，便即答称陈平。吕后笑道："汝倒还有良心，不似汝妻痴狂哩！"*都不出陈平所料。*哙乃转向陈平道谢。聪明人究占便宜，平非但无祸，反且从此邀宠了。

唯吕太后既得专权，自思前时谋诛诸将，不获告成，原是无可如何，若宫中内政，由我主持，平生所最切齿的，无过戚姬，此番却在我手中，管教她活命不成。当下吩咐宫役，先将戚姬从严处置，援照髡钳为奴的刑律，加她身上。可怜戚姬的万缕青丝，尽被宫役拔去，还要她卸下宫装，改服赭衣，驱入永巷内圈禁，勒令舂米，日有定限。戚姬只知弹唱，未娴井臼，一双柔荑的玉手，怎能禁得起一个米杵？偏是太后苛令，甚是森严，欲要不遵，实无别法。*何不自尽。*没奈何勉力挣扎，携杵学舂，舂一回，哭一回，又编成一歌，且哭且唱道：

子为王，母为虏！终日舂薄暮，常与死相伍！相离三千里，谁当使告汝！

歌中寓意，乃是纪念赵王如意，汝字就指赵王。不料被吕太后闻知，愤然大骂道："贱奴尚想倚靠儿子么？"说着，便使人速往赵国，召赵王如意入朝。一次往返，赵王不至，二次往返，赵王仍然不至。吕太后越加动怒，问明使人，全由赵相周昌一人阻往。昌曾对朝使道："先帝嘱臣服事赵王，现闻太后召王入朝，明明是不怀好意，臣故不敢送王入都。王亦近日有病，不能奉诏，只好待诸他日罢！"吕太后听了，暗思周昌作梗，本好将他拿问，只因前时力争废立，不为无功，此番不得不略为顾全，乃想出一调虎离山的法儿，征昌入都，昌不能不至。及进谒太后，太后怒叱道："汝不知我怨戚氏么？为何不使赵王前来？"昌直言作答道："先帝以赵王托臣，臣在赵一日，应该保护一日，况赵王系嗣皇帝少弟，为先帝所钟爱。臣前力保嗣皇帝，得蒙先帝信任，无非望臣再保赵王，免致兄弟相戕，若太后怀有私怨，臣怎敢参预？臣唯知有先帝遗命罢了！"吕太后无言可驳，叫他退出，但不肯再令往赵。一面派使飞召赵王，赵王已失去周昌，无人作主，只得应命到来。

是时惠帝年虽未冠，却是仁厚得很，与吕后性情不同。他见戚夫人受罪司春，已觉太后所为，未免过甚。至赵王一到，料知太后不肯放松，不如亲自出迎，与同居住，省得太后暗中加害。于是不待太后命令，便乘辇出迓赵王。可巧赵王已至，就携他上车，一同入宫，进见太后。太后见了赵王，恨不得亲手下刃，但有惠帝在侧，未便骤然发作，勉强敷衍数语。惠帝知母不欢，即挈赵王至自己宫中。好在惠帝尚未立后，便教他安心住着，饮食卧起，俱由惠帝留心保护。好一个阿哥，可惜失之柔弱。赵王欲想一见生母，经惠帝婉言劝慰，慢慢设法相见。毕竟赵王年幼，遇事不能自主，且恐太后动怒，只好含悲度日。太后时思害死赵王，唯不便与惠帝明言，惠帝也不便明谏太后，但随时防护赵王。

俗语说得好，明枪易躲，暗箭难防，惠帝虽爱护少弟，格外注意，究竟百密也要一疏，保不定被他暗算。光阴易过，已是惠帝元年十二月中，惠帝趁着隆冬，要去射猎，天气尚早，赵王还卧着未醒，惠帝不忍唤起，且以为稍离半日，谅亦无妨，因即决然外出。待至射猎归来，赵王已七窍流血，呜呼毕命！惠帝抱定尸首，大哭一场，不得已吩咐左右，用王礼殡葬，谥为隐王。后来暗地调查，或云鸩死，或云扼死，欲要究明主使，想来总是太后娘娘，做儿子的不能罪及母亲，只好付诸一叹！唯查得助母为虐的人物，是东门外一个官奴，乃密令官吏搜捕，把他处斩，才算为弟泄恨，不过瞒着母后，秘密处治罢了。

哪知余哀未了，又起惊慌，忽有宫监奉太后命，来引惠帝，去看"人彘"。惠帝从未闻有"人彘"的名目，心中甚是稀罕，便即跟着太监，出宫往观。宫监曲曲折折，导入永巷，趋入一间厕所中，开了厕门，指示惠帝道："厕内就是'人彘'哩。"惠帝向厕内一望，但见是一个人身，既无两手，又无两足，眼内又无眼珠，只剩了两个血肉模糊的窟窿，那身子还稍能活动，一张嘴开得甚大，却不闻有什么声音。看了一回，又惊又怕，不由的缩转身躯，顾问宫监，究是何物？宫监不敢说明，直至惠帝回宫，硬要宫监直说，宫监方说出戚夫人三字。一语未了，几乎把惠帝吓得晕倒，勉强按定了神，要想问个底细。及宫监附耳与语，说是戚夫人手足被断，眼珠挖出，熏聋两耳，药哑喉咙，方令投入厕中，折磨至死。惠帝不待说完，又急问他"人彘"的名义，宫监道："这是太后所命，宫奴却也不解。"惠帝不禁失声道："好一位狠心的母后，竟令我先父爱妃，死得这般惨痛么？"说也无益。说着，那眼中也不知不觉，垂下泪来。随即走入寝室，躺卧床上，满腔悲感，无处可伸，索性不饮不食，又哭又笑，酿成一种呆病。宫监见他神色有异，不便再留，竟回复太后去了。

惠帝一连数日，不愿起床，太后闻知，自来探视，见惠帝似傻子一般，急召医官诊治。医官报称病患怔忡，投了好几服安神解忧的药剂，才觉有些清爽，想起赵王母子，又是呜咽不止。吕太后再遣宫监探问，惠帝向他发话道："汝为我奏闻太后，此事非人类所为，臣为太后子，终不能治天下，可请太后自行主裁罢！"宫监返报太后，太后并不悔杀戚姬母子，但悔不该令惠帝往看"人彘"，旋即把银牙一咬，决意照旧行去，不暇顾及惠帝了。小子有诗叹道：

> 娄猪未定寄豭来，人彘如何又惹灾！
> 可恨淫姬太不道，居然为蝎复为虺。

欲知吕太后后来行事，且看下回再叙。

有史以来之女祸，在汉以前，莫如褒妲。褒妲第以妖媚闻，而惨毒尚不见于史。

自吕雉出而淫悍之性，得未曾有，食其可私，韩彭可杀，甚且欲尽诛诸将，微郦商，则冤死者更不少矣。厥后复鸩死赵王，惨害戚夫人，虽未始非戚氏母子之自取，而忍心辣手，旷古未闻，甚矣，悍妇之毒逾蛇蝎也。惠帝仁有余而智不足，既不能保全少弟，复不能几谏母后，徒为是惊忧成疾，夭折天年，其情可悯，其咎难辞，敝笱之刺，宁能免乎！

第七回

媚公主觍颜拜母
戏太后谩语求妻

却说吕太后害死赵王母子，遂徙淮南王友为赵王，且把后宫妃嫔，或锢或黜，一律扫尽，方出了从前恶气。只赵相周昌，闻得赵王身死，自恨无法保全，有负高祖委托，免不得郁郁寡欢，嗣是称疾不朝，厌闻外事。吕太后亦置诸不问，到了惠帝三年，昌竟病终，赐谥悼侯，命子袭封，这还是报他力争废立的功劳。吕太后又恐列侯有变，增筑都城，迭次征发丁夫，数至二三十万，男子不足，济以妇女，好几年才得造成。周围计六十五里，城南为南斗形，城北为北斗形，造得非常坚固，时人号为斗城。**无非民脂民膏。**

惠帝二年冬十月，齐王肥由镇入朝。肥是高祖的庶长子，比惠帝年大数岁，惠帝当然待以兄礼，邀同入宫，谒见太后。太后佯为慰问，心中又动了杀机，想把齐王肥害死。**毒上加毒。**可巧惠帝有意接风，命御厨摆上酒肴，请太后坐在上首，齐王肥坐在左侧，自己坐在右旁，如家人礼。肥也不推辞，竟向左侧坐下，太后越生忿恨，目注齐王，暗骂他不顾君臣，敢与我子作为兄弟，居然上坐。眉头一皱，计上心来，遂借更衣为名，返入内寝，召过心腹内侍，密嘱数语，然后再出来就席。惠帝一团和气，方与齐王乐叙天伦，劝他畅饮，齐王也不防他变，连饮了好几杯。嗣由内侍献上酒来，说是特别美酒，酌得两卮，置诸案上。太后令齐王饮下，齐王不敢擅饮，起座奉觞，先向太后祝寿。太后自称量窄，仍令齐王饮尽，齐王仍然不饮，转敬惠帝。惠帝亦起，欲与齐王互相敬酒，好在席上共有两卮，遂将一卮与肥，一卮接在手中，正要衔杯饮入，不防太后伸过一手，突将酒卮夺去，把酒倾在地上。惠帝不知何因，仔细一想，定是酒中有毒，愤闷得很。齐王见太后举动蹊跷，也把酒卮放下，假称已醉，谢宴趋出。

返至客邸，用金贿通宫中，探听明白，果然是两卮鸩酒。当下喜惧交并，自思一时幸免，终恐不能脱身，辗转图维，无术解救。没奈何召入随员，与他密商，有内史献议道："大王如欲回齐，最好自割土地，献与鲁元公主，为汤沐邑。公主系太后亲女，得增食采，必博太后欢心，太后一喜，大王便好辞行了！"*幸有此策。*齐王依计行事，上表太后，愿将城阳郡献与公主，未几即得太后褒诏。齐王乃申表辞行，偏偏不得批答，急得齐王惊惶失措，再与内史等商议，续想一法写入表章，愿尊鲁元公主为王太后，事以母礼。*以同父姊妹为母，不知他从何处想来？*这篇表文呈递进去，果有奇效，才经一宿，便有许多宫监宫女，携着酒肴，趋入邸中，报称太后皇上，及鲁元公主，在后就到，为王饯行。齐王大喜，慌忙出邸恭迎。小顷便见銮驾到来，由齐王跪伏门外，直至銮舆入门，方敢起身随入。吕太后徐徐下舆，挈着惠帝姊弟两人，登堂就座。齐王拜过太后，再向鲁元公主前，行了母子相见的新礼，引得吕太后笑容可掬。就是鲁元公主，与齐王年龄相类，居然老着脸皮，自命为母，戏呼齐王为儿，一堂笑语，备极欢娱。及入席以后，太后上坐，鲁元公主坐左，惠帝坐右，齐王下坐相陪。浅斟低酌，逸兴遄飞，再加一班乐工，随驾同来，笙簧杂奏，雅韵悠扬，太后悦目赏心，把前日嫌恨齐王的私意，一齐抛却，直饮到日落西山，方才散席。齐王送回銮驾，乘机辞行，赍夜备集行装，待旦即去，离开了生死关头，驰还齐都，仿佛似死后还魂，不胜庆幸了。*命中不该枉死，故得生还。*

是年春正月间，兰陵井中，相传有两龙现影。想是一条老雌龙，一条小雄龙。未几又得陇西传闻，地震数日。到了夏天，又复大旱。种种变异，想是为了吕后擅权，阴干天谴。是为新学界中所不道，但我国古史，尝视为天人相应，故特录之。及夏去秋来，萧相国何，抱病甚重，惠帝亲往视病，见他骨瘦如柴，卧起需人，料知不能再治，便唏嘘问何道："君百年后，何人可代君任？"何答说道："知臣莫若君。"惠帝猛忆起高祖遗嘱，便接口道："曹参可好么？"何在榻上叩首道："陛下所见甚是，臣死可无恨了！"惠帝又安慰数语，然后还宫。过了数日，何竟病殁，蒙谥为文终侯，使何子禄袭封酇侯。何毕生勤慎，不敢稍纵，购置田宅，必在穷乡僻壤间，墙屋毁损，不令修治。尝语家人道："后世有贤子孙，当学我俭约，如或不贤，亦省得为豪家所夺了！"后来子孙继起，世受侯封，有时因过致谴，总不至身家绝灭，这还是萧相国以俭传家的好处。**留诲后世。**

齐相曹参，闻萧何病逝，便令舍人治装。舍人问将何往？参笑说道："我即日要入都为相了。"舍人似信非信，权且应命料理，待行装办齐，果得朝使前来，召参入都为相，舍人方知参有先见，惊叹不休。参本是一员战将，至出为齐相，刻意求治，志在尚文，因召集齐儒百余人，遍询治道，结果是人人异词，不知所从。嗣访得胶西地方，有一盖公，老成望重，不事王侯，乃特备了一份厚礼，使人往聘，竭诚奉迎。幸得盖公应聘到来，便殷勤款待，向他详询。盖公平日，专治黄帝老子的遗言，此时所答，无非是归本黄老，大致谓治道毋烦，须出以清静，自定民心。参很是佩服，当下避居厢房，把正堂让给盖公，留他住着，所有举措，无不奉教施行，民心果然翕服，称为贤相。自从参到齐国，已阅九年，至此应召起行，就将政务一切，交与后任接管，且嘱托后相道："君此后请留意狱市，慎勿轻扰为要。"后相答问道："一国政治，难道除此外，统是小事么？"参又说道："这也并不如此，不过狱市两处，容人不少，若必一一查究，奸人无所容身，必致闹事，这便叫做庸人自扰了，我所以特别嘱托呢！"**惩奸不应过急，纵奸亦属非宜。**曹参此言，得半失半。后相才无异言。参遂向齐王告别，随使入都，谒过惠帝母子，接了相印，即日视事。

当时朝臣私议，共说萧曹二人，同是沛吏出身，本来交好甚密，嗣因曹参积有战功，封赏反不及萧何，未免与何有嫌。现既入朝代相，料必至怀念前隙，力反前政，因此互相戒傲，唯恐有意外变端，关碍身家。还有相府属官，日夜不安，总道是曹参接任，定有一番极大的调动。谁知参接印数日，一些儿没有变更，又过数日，仍然如故，且揭出文告，凡用人行政，概照前相国旧章办理，官吏等始放下愁怀，誉参大度。参不动声色，安历数旬，方渐渐的甄别属僚，见有好名喜事，弄文舞法的人员，黜去数名，另选各郡国文吏，如高年谨厚，口才迟钝诸人，罗致幕下，令为属吏，嗣是日夕饮酒，不理政务。

有几个朝中僚佐，自负才能，要想入陈谋议，他也并不谢绝，但一经见面，便邀同宴饮，一杯未了，又是一杯，务要劝入醉乡。僚佐谈及政治，即被他用言截住，不使说下，没奈何止住了口，一醉乃去。古人有言，上行下效，捷于影响，参既喜饮，属史也无不效尤，统在相府后园旁，聚坐饮酒。饮到半酣，或歌或舞，声达户外。参虽有所闻，好似不闻一般，唯有二三亲史，听不过去，错疑参未曾闻知，故意请参往游后园。参到了后园中，徐玩景色，巧有一阵声浪，传递过来，明明是属史宴笑的喧声，参却不以为意，反使左右取入酒肴，就在园中择地坐下，且饮且歌，与相唱和。这真令人莫名其妙，暗暗地诧为怪事。原是一奇。参不但不去禁酒，就是属史办事，稍稍错误，亦必替他掩护，不愿声张，属史等原是感德，唯朝中大臣，未免称奇，有时入宫白事，便将参平日行为，略略奏闻。

惠帝因母后专政，多不惬意，也借这杯中物，房中乐，作为消遣，聊解幽愁。及闻得曹参所为，与己相似，不由得暗笑道：“相国也来学我，莫非瞧我不起，故作此态。”正在怀疑莫释的时候，适值大中大夫曹窋入侍，窋系参子，当由惠帝顾语道：“汝回家时，可为朕私问汝父道：高祖新弃群臣，嗣皇帝年尚未冠，全仗相国维持，今父为相国，但知饮酒，无所事事，如何能治平天下？如此说法，看汝父如何答言，即来告我。”窋应声欲退，惠帝又说道：“汝不可将这番言词，说明由我教汝哩。”窋奉命归家，当如惠帝所言，进问乃父，唯遵着惠帝密嘱，未敢说出上命。道言甫毕，乃父曹参，竟攘袂起座道：“汝晓得什么？敢来饶舌！”说着，就从座旁取过戒尺，把窋打了二百下，随即叱令入侍，不准再归。又是怪事。窋无缘无故，受了一番痛苦，怅然入宫，直告惠帝。知为君隐，不知为父隐，想是有些恨父了。

惠帝听说，越觉生疑，翌日视朝，留心左顾，见参已经站着，便召参向前道：“君为何责窋？窋所言实出朕意，使来谏君。”参乃免冠伏地，顿首谢罪，又复仰问惠帝道：“陛下自思圣明英武，能如高皇帝否？”惠帝道：“朕怎敢望及先帝？”参又道：“陛下察臣材具，比前相萧何，优劣如何？”惠帝道：“似乎不及萧相国。”参再说道：“陛下所见甚明，所言甚确。从前高皇帝与萧何定天下，明订法令，备具规模，今陛下垂拱在朝，臣等能守职奉法，遵循勿失，便算是能继前人，难道还想胜过一筹么？”惠帝已经悟着，乃更语参道：“我知道了，君且归休罢。”参乃拜谢而出，仍然照常行事。百姓经过大乱，但求小康，朝廷没有什么兴革，官府没有什么征徭，就算做天下太平，安居乐业，所以曹参为相，两三年不行一术，却得了海内讴歌，交相称颂。当时人民传诵道："萧何为法，顜音较若画一，曹参代之，守而勿失。载其清净，民以宁一。"到了后世史官，亦称汉初贤相，要算萧曹，其实萧何不过恭慎，曹参更且荒怠，内有淫后，外有强胡，两相不善防闲，终致酿成隐患。秉公论断，何尚可原，参实不能无咎呢！抑扬得当。

　　且说匈奴国中冒顿单于，自与汉朝和亲以后，总算按兵不动，好几年不来犯边。至高祖驾崩，耗问遥传，冒顿遂遣人入边侦察，探得惠帝仁柔，及吕后淫悍略情，遂即藐视汉室，有意戏弄，写着几句谑浪笑傲的谩词，当作国书，差了一个弁目，赍书行至长安，公然呈入。惠帝方纵情酒色，无心理政，来书上又写明汉太后亲阅，当然由内侍递至宫中，交与吕后。吕后就展书亲览，但见书中写着：

　　孤偾之君，生于沮泽之中，长于平野牛马之域，数至边境，愿游中国。陛下独立，孤偾独居，两主不乐，无以自娱，愿以所有，易其所无。

　　吕后看到结末两语，禁不住火星透顶，把书撕破，掷诸地上。想是只喜审食其，不喜冒顿。一面召集文武百官，入宫会议，带怒带说道："匈奴来书，甚是无礼，我拟把他来人斩首，发兵往讨，未知众意如何？"旁有一将闪出道："臣愿得兵十万，横行匈奴中！"语尚未完，诸将见是舞阳侯樊哙发言，统皆应声如响，情愿从征。忽听得一人朗语道："樊哙大言不惭，应该斩首！"这一语不但激怒樊哙，瞋目视着；就是吕太后亦惊出意外。留神一瞧，乃是中郎将季布。又来出风头了。布不待太后申问，忙即续说道："从前高皇帝北征，率兵至三十多万，尚且受困平城，被围七日，彼时哙为上将，前驱临阵，不能努力解围，徒然坐困，天下尝传有歌谣云：'平城之中亦诚苦，七日不食，不能彀弩！'今歌声未绝，兵伤未瘳，哙又欲摇动天下，妄言十万人可横行匈奴，这岂不是当面欺上么？且夷狄情性，野蛮未化，我邦何必与较，他有好言，不足为喜，他有恶言，也不足为怒，臣意以为不宜轻讨哩。"吕太后被他一说，倒把那一腔盛怒，吓退到子虚国，另换了一种惧容。就是樊哙也回忆前情，果觉得匈奴可怕，不敢与季布力争。老了，老了，还是与吕婆欢聚罢。当下召入大谒者张释，令他草一复书，语从谦逊，并拟赠他车马，亦将礼意写入书中，略云：

单于不忘敝邑，赐之以书，敝邑恐惧，退日自图，年老气衰，发齿堕落，行步失度，单于过听，不足以自汗，敝邑无罪，宜在见赦，窃有御车二乘，马二驷，以奉常驾。

书既缮就，便将车马拨交来使，令他带同复书，反报冒顿单于。冒顿见书意谦卑，也觉得前书唐突，内不自安，乃复遣人入谢，略言僻居塞外，未闻中国礼义，还乞陛下赦宥等语。此外又献马数匹，另乞和亲。大约因吕后复书发白齿落，不愿相易，所以另求他女。吕太后乃再取宗室中的女子，充作公主，出嫁匈奴。冒顿自然心欢，不复生事。但汉家新造，冠冕堂皇，一位安富尊荣的母后，被外夷如此侮弄，还要卑词逊谢，送他车马，给他宗女，试问与中国朝体，玷辱到如何地步呢！说将起来，无非由吕后行为不正，所以招尤。她却不知少改，仍然与审食其混做一淘，比那高祖在日，恩爱加倍。审食其又恃宠生骄，结连党羽，势倾朝野，中外人士，交相訾议。渐渐的传入惠帝耳中，惠帝又羞又忿，不得不借法示惩，要与这淫奴算帐了。小子有诗叹道：

　　几经愚孝反成痴，欲罚雄狐已太迟，
　　尽有南山埋入咏，问他可读古齐诗？

究竟惠帝如何惩处审食其，待至下回再表。

偏憎偏爱，系妇人之通病，而吕后尤甚。亲生子女，爱之如掌上珠，旁生子女，憎之如眼中钉，杀一赵王如意，犹嫌不足，且欲举齐王肥而再鸩之，齐王不死亦仅矣。迨以城阳郡献鲁元公主，即易恨为喜，至齐王事鲁元公主为母，则更盛筵相待，即日启行。尝考迁固二史，于鲁元公主之年龄，未尝详载，要之与齐王不相上下，或由齐王早生一二岁，亦未可知。齐王愿事同父姊妹为母，谬戾已甚，而吕后反喜其能媚己女，何其偏爱之深，至于此极！厥后且以鲁元女为惠帝后，逆伦害理，一误再误，无怪其不顾廉耻，行同禽兽，甘引审食其为寄豭也。冒顿单于遗书嫚嫚，戚本自诒，复书且以年老为辞，假使年貌未衰，果将出嫁匈奴否欤？盈廷大臣，不知谏阻，而季布反主持其间，可耻孰甚！是何若屠狗英雄之尚有生气乎！

第八回

审食其遇救谢恩人
吕娥姁挟权立少帝

却说惠帝闻母后宣淫，与审食其暗地私通，不由得恼羞成怒，要将食其处死。但不好显言惩罪，只好把他另外劣迹，做了把柄，然后捕他入狱。食其也知惠帝有意寻衅，此次被拘，煞是可虑，唯尚靠着内援，日望这多情多义的吕太后，替他设法挽回，好脱牢笼。吕太后得悉此事，非不着急，也想对惠帝说情，无如见了惠帝，一张老脸，自觉发赤，好几次不能出口。也怕倒霉么？只望朝中大臣，曲体意旨，代为救免，偏偏群臣都嫉视食其，巴不得他一刀两段，申明国法，因此食其拘系数日，并没有一人出来保救。且探得廷尉意思，已经默承帝旨，将要谳成大辟，眼见得死多活少，不能再入深宫，和太后调情作乐了。唯身虽将死，心终未死，总想求得一条活路，免致身首两分，辗转图维，只有平原君朱建，受我厚惠，或肯替我画策，亦未可知，乃密令人到了建家，邀建一叙。

说起朱建的历史，却也是个砭砭小信的朋友，他本生长楚地，尝为淮南王英布门客。布谋反时，建力谏不从，至布已受诛，高祖闻建曾谏布，召令入见，当面嘉奖，赐号平原君。建因此得名，遂徙居长安。长安公卿，多愿与交游，建辄谢绝不见，唯大中大夫陆贾，往来莫逆，联成知交。审食其也慕建名，欲陆贾代为介绍，与建结好，偏建不肯贬节。虽经贾从旁力说，始终未允，贾只好回复食其。会建母病死，建生平义不苟取，囊底空空，连丧葬各具，都弄得无资措办，不得不乞贷亲朋。陆贾得此消息，忙趋至食其宅中，竟向食其道贺。**怪极。**食其怪问何事？陆贾道："平原君的母亲已病殁了。"食其不待说毕，便接入道："平原君母死，与我何干？"贾又道："君侯前日，尝托仆介绍平原君，平原君因老母在堂，未敢轻受君惠，以身相许；今彼母已殁，君若厚礼相馈，平原君必感君盛情，将来君有缓急，定当为君出力，是君便得一死士了，岂不可贺！"食其甚喜，乃遣人赍了百金，送与朱建当作赙仪。朱建正东借西掇，万分为难，幸得这份厚礼，也只好暂应急需，不便峻情却还，乃将百金收受，留办丧具。**百金足以污节，贫穷之累人实甚！**一班趋炎附势的朝臣，闻得食其厚赠朱建，乐得乘势凑奉，统向朱家送赙，少约数金，多且数十金，统共计算，差不多有五百金左右。朱建不能受此却彼，索性一并接收，倒把那母亲丧仪，备办得闹闹热热。到了丧葬毕事，不得不亲往道谢，嗣是审食其得与相见，待遇甚殷。建虽然鄙薄食其，至此不能坚守初志，只好与他往来。

及食其下狱，使人邀建，建却语来使道："朝廷方严办此案，建未敢入狱相见，烦为转报。"使人依言回告食其，食其总道朱建负德，悔恨兼并，自思援穷术尽，拚着一死，束手待毙罢了。谁知食其命未该死，绝处逢生，在狱数日，竟蒙了皇恩大赦，放出狱中。食其喜出望外，匆匆回家，想到这番解免，除太后外，还是何人？不料仔细探查，并不由太后救命，乃是惠帝幸臣闳孺，替他哀求，才得释放，不由得惊讶异常。原来宫廷里面内侍甚多，有一两个巧言令色的少年，善承主意，往往媚态动人，不让妇女。古时卫国弥子瑕，传播《春秋》，就是汉高祖得国以后，也宠幸近臣籍孺，好似戚夫人一般，出入与偕。**补前文所未及。**至惠帝嗣位，为了母后淫悍，无暇理政，镇日里宴乐后宫，遂有一个小臣闳孺，仗着那面庞俊秀，性情狡慧，十分巴结惠帝，得了主眷，居然参预政事，言听计从。唯与审食其会少离多，虽然有些认识，彼此却无甚感情。食其闻他出头解救，免不得咄咄称奇，但既得他保全性命，理该前去拜谢。及见了闳孺，由闳孺说及原因，才知救命恩人，直接的似属闳孺，间接的实为朱建。

建自回复食其使人，外面毫不声张，暗中却很是关切。他想欲救食其，只有运动惠帝幸臣，帮他排解，方可见功。乃亲至闳孺住宅，投刺拜会。闳孺也知朱建重名，久思与他结识，偏得他自来求见，连忙出来欢迎，建随他入座，说了几句寒暄的套话，即请屏去侍役，低声与语道："辟阳侯下狱，外人都云足下进谗，究竟有无此事？"一鸣惊人。闳孺惊答道："素与辟阳侯无仇，何必进谗？此说究从何而来？"建说道："众口悠悠，本无定论，但足下有此嫌疑，恐辟阳一死，足下亦必不免了。"闳孺大骇，不觉目瞪口呆。建又说道："足下仰承帝宠，无人不知，若辟阳侯得幸太后，也几乎无人不晓。今日国家重权，实在太后掌握，不过因辟阳下吏，事关私宠，未便替他说情。今日辟阳被诛，明日太后必杀足下，母子龃龉，互相报复，足下与辟阳侯，凑巧当灾，岂不同归一死么？"闳孺着急道："据君高见，必须辟阳侯不死，然后我得全生。"建答道："这个自然。君诚能为辟阳侯哀请帝前，放他出狱，太后亦必感念足下，足下得两主欢心，富贵当比前加倍哩。"闳孺点首道："劳君指教，即当照行便了。"建乃别去。到了次日，便有一道恩诏，将食其释出狱中。看官阅此，应知闳孺从中力请，定有一番动人的词色，能使惠帝怒意尽销，释放食其，可见金莖伎俩，不亚娥眉。*女子小人，原是相类。*唯食其听了闳孺所述，已晓得是朱建疏通，当即与闳孺揖别，往谢朱建。建并不夸功，但向食其称贺，一贺一谢，互通款曲，从此两人交情，更添上一层了。*看到后来结局，建总不免失计。*

　　吕太后闻得食其出狱，当然喜慰，好几次召他进宫。食其恐又蹈复辙，不敢遽入，偏被那宫监纠缠，再四敦促，没奈何硬着头皮，悄悄地跟了进去。及见了吕太后，略略述谈，便想告退，奈这位老淫妪，已多日不见食其，一经聚首，怎肯轻轻放出，先与他饮酒洗愁，继同他入帏共枕，续欢以外，更密商善后问题。毕竟老淫妪智虑过人，想出一条特别的妙策，好使惠帝分居异处，并有人从旁牵绊，免得他来管闲事。这条计划，审食其也很是赞成。

　　看官听着，惠帝当十七岁嗣位，至此已阅三载，刚刚是二十岁了。寻常士大夫家，子弟年届弱冠，也要与他合婚，况是一位守成天子，为何即位三年，尚未闻册立皇后呢？这是吕太后另有一番思想，所以稽延。他因鲁元公主，生有一女，模样儿却还齐整，情性儿倒也温柔，意欲配与惠帝，结做重亲，只可惜年尚幼稚，一时不便成礼。等到惠帝三年，那外孙女尚不过十龄以上，论起年龄关系，尚是未通人道，吕太后却假公济私，迫不及待，竟命太史诹吉，择定惠帝四年元月，行立后礼。惠帝明知女年相差，约近十岁，况鲁元公主，乃是胞姊，胞姊的女儿，乃是甥女，甥舅配做夫妻，岂非乱伦。偏太后但顾私情，不管辈分，欲要与他争执，未免有违母命，因此将错便错，由他主持。*真是愚孝。*

转瞬间已届佳期，鲁元公主，与乃夫张敖，准备嫁女，原是忙碌得很。吕太后本与惠帝同居长乐宫，此番筹办册后大典，偏令在未央宫中，安排妥当，举行盛仪，一则使惠帝别宫居住，自己好放心图欢，二则使外孙女羁住惠帝，叫他暗中监察，省得惠帝轻信蜚言，这便是枕席啁啁的妙计。此计一行，外面尚无人知觉，就是甥舅成婚，虽似名分有乖，大众都为他是宫闱私事，无关国家，何必多去争论，自惹祸端，所以噤若寒蝉，唯各自备办厚礼，送往张府，为新皇后添妆。吉期一届，群至张府贺过了喜，待到新皇后出登凤辇，又一齐簇拥入宫，同去襄礼。皇家大婚，自有一种繁文缛节，不劳细述。及册后礼毕，龙凤谐欢，新皇后娇小玲珑，楚楚可爱，虽未能尽惬帝意，却觉得怀间偎抱，玉软香柔。恐犹乳臭。惠帝也随遇而安，没甚介意。接连又举行冠礼，宫廷内外的臣工，忙个不了。一面大赦天下，令郡国察举孝悌力田，免除赋役，并将前时未革的苛禁，酌量删除。秦律尝禁民间挟书，罪至族诛，至是准民储藏，遗书得稍稍流传，不致终没，这也是扶翼儒教的苦衷。

唯自惠帝出居未央宫，与长乐宫相隔数里，每阅三五日入朝母后，往来未免费事。吕太后暗暗喜欢，巴不得他旬月不来，独惠帝顾全孝思，总须随时定省，且亦料知母后微意，越要加意殷勤。因思两宫分隔东西，中间须经过几条市巷，銮跸出入，往往辟除行人，有碍交通，乃特命建一复道，就武库南面，筑至长乐宫，两面统置围墙，可以朝夕来往，不致累及外人。当下鸠工赶筑，定有限期，忽由叔孙通入谏道："陛下新筑复道，正当高皇帝出游衣冠的要路，奈何把他截断，渎谩祖宗？"惠帝大惊道："我一时失却检点，致有此误，今即令罢工便了。"叔孙通道："人主不应有过举，今已兴工建筑，尽人皆知，如何再令废止呢？"惠帝道："这却如何是好？"通又道："为陛下计，唯有就渭北地方，另建原庙，可使高皇帝衣冠，出游渭北，省得每月到此。且广建宗庙，也是大孝的根本，何人得出来批评呢。"惠帝乃转惊为喜，复令有司增建原庙，原庙的名义，就是再立的意思。从前高祖的陵寝，本在渭北，陵外有园，所有高祖留下的衣冠法物，并皆收藏一室，唯按月取出衣冠，载入法驾中，仍由有司拥卫，出游高庙一次，向例号为游衣冠。但高庙设在长安都中，衣冠所经，正与惠帝所筑的复道，同出一路，所以叔孙通有此谏净，代为设法，使双方不致阻碍。实在是揣摩迎合，善承主旨，不足为后世法呢。论断谨严。及原庙将竣，复道已成，惠帝得常至长乐宫，吕太后亦无法阻止，只得听他自由，不过自己较为小心，免露马脚罢了。

　　既而两宫中屡有灾异，祝融氏尝来惠顾，累得宫娥彩女，时有戒心。总计自惠帝四年春季，延至秋日，宫内失火三次，长乐宫中鸿台，未央宫中的凌室，系藏冰室，冰室失火，却是一奇。先后被焚。还有织室亦付诸一炬，所失不赀。此外又有种种怪象，如宜阳雨血，十月动雷，冬天桃李生华，枣树成实，都是古今罕闻。即阴盛阳衰之兆。

　　过了一年，相国曹参，一病身亡，予谥曰懿，子窋袭爵平阳侯。吕太后追忆高祖遗言，拟用王陵陈平为相，踌躇了两三月，已是惠帝六年，乃决计分任两人，废去相国名号，特设左右二丞相，右丞相用了王陵，左丞相用了陈平，又用周勃为太尉，夹辅王家。未几留侯张良，也即病终。良本来多病，且见高祖屠戮功臣，乐得借病为名，深居简出，平时托词学仙，不食五谷。及高祖既崩，吕后因良保全惠帝，格外优待，尝伺他入宴，强令进食，并与语道："人生世上，好似白驹过隙，何必自苦若此！"想她亦守着此意，故乐得寻欢，与人私通。良乃照旧加餐。至是竟致病殁，由吕太后特别赙赠，赐谥文成。良尝从高祖至谷城，取得山下黄石，视作圯上老人的化身，设座供奉。临死时留有遗嘱，命将黄石并葬墓中。长子不疑，照例袭封，次子辟疆，年才十四，吕太后为报功起见，授官侍中。谁知勋臣懿戚，相继沦亡，留侯张良，方才丧葬，舞阳侯樊哙，又复告终。哙是吕太后的妹夫，又系高祖时得力遗臣，自然恤典从优，加谥为武，命子樊伉袭爵。且尝召女弟吕媭，入宫排遣，替她解忧，姊妹深情，也不足怪。总不及汝老妪的快乐。

　　好容易又过一年，已是惠帝七年了，孟春月朔日食，仲夏日食几尽。到了仲秋，惠帝患病不起，竟在未央宫中，撒手归天。一班文武百官，统至寝宫哭灵，但见吕太后坐在榻旁，虽似带哭带语，唠叨有声，面上却并无一点泪痕。大众偷眼瞧视，都以为太后只生惠帝，今年甫二十有四，在位又止及七年，乃遭此短命，煞是可哀，为何有声无泪，如此薄情？一时猜不出太后心事，各待至棺殓后，陆续退出。侍中张辟疆，生性聪明，童年有识，他亦随班出入，独能窥透吕太后隐情。径至左丞相陈平住处，私下进言道："太后独生一帝，今哭而不哀，岂无深意？君等曾揣知原因否？"陈平素有智谋，到此也未曾预想，一闻辟疆言论，反觉得惊诧起来，因即随声转问道："究竟是什么原因？"辟疆答道："主上驾崩，未有壮子，太后恐君等另有他谋，所以不遑哭泣？但君等手握枢机，无故见疑，必至得祸，不若请诸太后，立拜吕

留侯读书图

台吕产为将，统领南北两军，并将诸吕一体授官，使得居中用事，那时太后心安，君等自然脱祸了。"授权吕氏如刘氏何？辟疆究竟童年，不顾全局。

陈平听了，似觉辟疆所言，很是有理，遂即别了辟疆，竟入内奏闻太后，请拜吕台吕产为将军，分管南北禁兵。台与产皆吕太后从子，乃父就是周吕侯吕泽。南北二军，向为宫廷卫队，南军护卫宫中，驻扎城内，北军护卫京城，驻扎城外，这两军向归太尉兼管，若命吕台吕产分领，是都中兵权，全为吕氏所把持。吕太后但顾母族，不顾夫家，所以听得平言，正惬私衷，立即依议施行。于是专心哭子，每一举哀，声泪俱下，较诸前此情形，迥不相同。过了二十余日，便将惠帝灵輀，出葬长安城东北隅，与高祖陵墓相距五里，一作十里。号为安陵。群臣恭上庙号，叫作孝惠皇帝。惠帝后张氏，究竟年轻，未得生男育女，吕太后却想出一法，暗取后宫中所生婴儿，纳入张后房中，佯称是张后所生，立为太子。又恐太子的生母，将来总要漏泄机关，索性把她杀死，断绝后患。计策固狡，奈天道不容何？惠帝既葬，便将伪太子立为皇帝，号做少帝。少帝年幼，吕太后即临朝称制，史官因少帝来历未明，略去不书，唯汉统究未中绝，权将吕后纪年，一是吕后为汉太后，道在从夫，二是吕后称制，为汉代以前所未闻，大书特书，寓有垂戒后人的意思。存汉诛吕，书法可谓谨严了。小子有诗叹道：

> 漫言男女贵平权，妇德无终自昔传；
> 不信但看汉吕后，雌威妄煽欲滔天。

吕太后临朝以后，更欲封诸吕为王，就中恼了一位骨鲠忠臣，要与吕太后力争。欲知此人为谁，待至下回说明。

朱建生平，无甚表见，第营救审食其一事，为《史》《汉》所推美，特为之作传，以旌其贤。夫食其何人？淫乱之小人耳，国人皆曰可杀，而建以百金私惠，力为解免，私谊虽酬，如公道何！且如"史""汉"所言，谓其行不苟合，义不取容，夫果有如此之行义，胡甘为百金所汙？母死无财，尽可守孔圣之遗训，敛首足形，还葬无椁，亦不失为孝子。建不出此，见小失大，宁足为贤？史迁乃以之称美，不过因自罹腐刑，无人救视，特借朱建以讽刺交游耳。班氏踵录迁文，相沿不改，吾谓迁失之私，而班亦失之陋也。彼如陈平之轻信张辟彊，请封诸吕，更不足道。吕氏私食其，宠诸吕，取他人子以乱汉统，皆汉相有以纵成之，本回标目，不称吕太后，独书吕娥姁，嫉恶之意深矣。然岂仅嫉视吕后已哉！

第九回

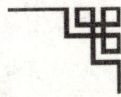

易幼主诸吕加封

得悍妇两王枉死

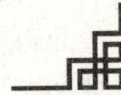

　　却说吕太后欲封诸吕为王，示意廷臣，当时有一位大臣，首先反对道："高皇帝尝召集众臣，宰杀白马，歃血为盟，谓非刘氏为王，当天下共击，不使蔓延。今口血未干，奈何背约！"吕太后瞋目视着，乃是右丞相王陵，一时欲想驳诘，却是说不出理由，急得头筋饱绽，面颊青红。左丞相陈平，与太尉周勃，见太后神色改变，便齐声迎合道："高帝平定天下，曾封子弟为王，今太后称制，分封吕氏子弟，有何不可？"吕太后听了此言，方才易怒为喜，开了笑颜。王陵愤气填胸，只恨口众我寡，不便再言。待至辍朝以后，与平勃一同退出，即向二人发语道："从前与高皇帝歃血血为盟，两君亦尝在列，今高帝升遐，不过数年，太后究是女主，乃欲封诸吕为王，君等遽欲阿顺背约，将来有何面目，至地下去见高帝呢？"<u>千人诺诺，不如一士谔谔。</u>平勃微笑道："今日面折廷争，仆等原不如君，他日安社稷，定刘氏后裔，恐君亦不及仆等了。"<u>究属勉强解嘲，不得以后来安刘信为知几之言。</u>陵未肯遽信，悻悻自去。

　　约阅旬日，就由太后颁出制敕，授陵为少帝太傅。陵知太后夺他相权，不如先几远引，尚可洁身，乃上书称病，谢职引归。后来安逝家中，无庸再表。<u>了过王陵。</u>唯陵既谢免，陈平得进任右丞相，至左丞相一缺，就用那幸臣审食其。食其本无相材，仍在宫中厮混，名为监督官僚，实是趋承帷闼，不过太后宠眷特隆，所有廷臣奏事，往往归他取决，所以食其势焰，更倍曩时。吕太后更查得御史大夫赵尧，尝为赵王如意定策，荐任周昌相赵，见前文。至此大权在手，遂诬他溺职，坐罪褫官，另召上党郡守任敖入朝，命为御史大夫。敖前为沛县狱掾，力护吕后，见前文。因此破格超迁，以德报德。一面追尊生父吕公为宣王，长兄周吕侯泽为悼武王，作为吕氏称王的先声。又恐人心未服，先从他处入手，特封先朝旧臣郎中令冯无择等为列侯，再取他人子五人，强名为惠帝诸子，一名彊，封淮阳王，一名不疑，封恒山王，一名山，封襄城侯，一名朝，封轵侯，一名武，封壶关侯。适鲁元公主病死，即封公主子张偃为鲁王，谥公主为鲁元太后。父降为侯，子得封王，真是子以母贵。于是欲王诸吕，密使大谒者张释，讽示左丞相陈平等人，请立诸吕为王。陈平等为势所迫，不得已阿旨上书，请割齐国的济南郡为吕国，做了吕台的王封。吕太后有词可借，即封吕台为吕王。偏吕台不能久享，受封未几，一病身亡。早死数年，免得饮刀，却是大幸。吕太后很是悲悼，命台子嘉袭封。此外封吕种释之子。为沛侯，吕平为扶柳侯，吕平系吕后姊子，依母姓吕。吕禄为胡陵侯，吕他为俞侯，吕更始为赘其侯，吕忿为吕城侯，甚至吕太后女弟吕媭，亦受封为临光侯。何不封为女王？

吕氏子侄，俱沐光荣，威显无比。吕太后尚恐刘吕不睦，互相鱼肉，复想出一条亲上加亲的计策，使他联结婚姻，方可永久为欢，不致龃龉。是时齐王刘肥已死，予谥悼惠，命他长子襄嗣封。还有次子章，三子兴居，均召入京师，使为宿卫。当即将吕禄女配与刘章，封章为朱虚侯。兴居也得为东牟侯。又因赵王友与梁王恢，年并长成，也代作撮合山，把吕家女子，嫁与二王为妻。二王不敢违命，只好娶了过去。太后以为刘吕两姓，从此好相安无事了。

那知外面尚未生衅，内廷却已启嫌，吕太后所立的少帝，起初是年幼无知，由她播弄，接连做了三四年傀儡，却有些粗懂人事，往往偷听近侍密谈，得知吕后暗地掉包，杀死自己生母，硬要他母事张后。心中一恨，口中即随便乱言，就是张后平时教训，也全不听从，且任性怒说道："太后杀死我母，待我年壮，总要为我母报仇！"志向倒也不小，可惜卤莽一点。这种言语，被人听着，当即报知吕太后，太后大吃一惊，暗想他小小年纪，便有这般狂言，将来还当了得，不若趁早废去，结果了他，还可瞒住前谋，除灭后患。当下诱入少帝，把他送至永巷中，幽禁暗室，另拟择人嗣立。遂发出一道敕书，伪言少帝多病，迷罔昏乱，不能治天下，应由各大臣妥议，改立贤君。陈平等壹意逢迎，带领僚属，伏阙上陈道："皇太后为天下计，废暗立明，奠定宗庙社稷，臣等敢不奉诏！"说着，复顿首请示。吕太后尚令群臣推选，叫他退朝协议，议定后陈。大众奉命退出，互相讨论，究未知太后属意何人，不敢擅定。毕竟陈平多智，嘱托宫中内侍，密向太后问明，太后却已意有所属，欲立恒山王义，就是前日的襄城侯山。山为恒山王不疑弟，不疑夭逝，山因嗣封改名为义。一经太后授意内侍，转告群臣，群臣遂表请立义，由太后下诏依言，立义为帝。又叫他改名为弘，且将幽禁永巷的少帝，置诸死地，易称弘为少帝。弘年亦幼，吕太后仍得临朝，所有恒山王爵，令轵侯朝接封。已而淮阳王强亦死，壶关侯武继承兄爵，嗣为淮阳王。

独吕王嘉骄恣不法，傲狠无亲，连太后都看不过去，因欲把嘉废置，另立吕产为吕王。产本嘉叔，即吕台胞弟。以弟继兄，已成当日惯例，偏吕太后假托公道，仍欲经过大臣会议，方好另封，所以延迟数日，未曾立定。适有一个齐人田子春，来游都下，察知宫中情事，巧为安排。一来是为吕氏效劳，二来是为刘氏报德，双方并进，也是个心计独工的智士。先是高祖从堂兄弟刘泽，受封营陵侯，留居都中，子春常到长安，旅次乏资，挽人引进泽门，立谈以下，甚合泽意。泽屡望封王，子春允为画策，当由泽赠金三百斤，托他钻谋。不意子春得了厚赠，饱载归齐，泽大失所望，但还疑他家中有事，代为曲原。偏迟至二年有余，仍无音信，乃特遣人到齐，寻访子春，责他负友。子春正得金置产，经营致富，接到来使责言，慌忙谢过，且托使人返报，约期入都。待使人去后，也即整备行装，挈子同行。既至长安，并不向泽求见，却另赁大宅住下，取出囊中金银，贿托大谒者张释密友，为子介绍，求居门下。释本是阉人，因得宠吕后，骤致贵显，他心中也想罗致士人，倚作爪牙，一闻友人荐引田子，便即慨允收留。田子得父秘授，谄事张释，买动欢心，即请释到家宴饮。释绝不推辞，昂然前往，到了子春赁宅，子春早盛设供张，开门迎接。待至释缓步登堂，左右旁顾，见他帷帐器具，无不华丽，仿佛与侯门相似，已是诧异得很，及看核上陈，又皆件件精美，山珍海错，备列筵前，乐得开怀畅饮，自快老饕。饮至半酣，子春屏人与语道："仆至都中，见王侯邸第百余，多是高皇帝的功臣，唯思太后母家吕氏，亦曾佐助高帝，立有大功，并且谊居懿戚，理应优待，今太后春秋已高，意欲多封母家子侄，但恐大臣不服，止立吕王一人，今闻吕王嘉得罪将废，太后必且另立吕氏，足下久侍太后，难道未知太后命意么？"张释道："太后命意，无非欲另立吕产呢。"子春道："足下既知太后隐衷，何不转告大臣，立刻奏请？吕产若得封王，足下亦不失为万户侯，否则足下知情不言，必为太后所恨，祸且及身了！"田生之请封吕产，实是为刘泽着想，略迹原心，尚属可恕。张释惊喜道："非君提醒此意，我且失机，他日得如君言，定当图报。"子春谦逊一番，又各饮了好几杯，方才尽欢而别。

　　不到数日，即由吕太后升殿，问及群臣，决意废去吕嘉，改立他人。群臣已经张释示意，便将吕产保荐上去，太后甚喜，下诏废吕王嘉，立吕王产，至退朝后，取出黄金千斤，赏与张释。释却不忘前言，分金一半，转赠田子春。子春坚辞不受，释愈加敬礼，引为至交。嗣是常相往来，遇事辄商。子春方得做到本题，乘间进言道："吕产为王，诸大臣究未心服，看来须要设法调停，才得相安。"释问他有何妙法？子春道："现今营陵侯刘泽，为诸刘长，虽得兼官大将军，究竟未受王封，不免怨望。足下何不入白太后，裂十余县，封泽为王？泽得了王封，必然心喜，诸大臣亦可无异言，就是吕王地位，也因此巩固了。"释甚以为然，便去进白太后。太后本不欲多封刘氏，此时听了释言，封刘就是安吕，不为无计，并且泽妻为吕媭女，婚媾相关，当无他患，乃封刘泽为琅琊王，遣令就国。子春为泽运动，已得成功，方自往见泽，向泽道贺。泽已查知封王原因，功出子春，当即下座相迎，延令就坐，盛筵相待。子春饮了数觥，便命撤席。泽不禁动疑，问为何事？子春道："王速整装登程，幸勿再留，仆当随王同行便了。"泽尚欲再问，子春但促他速行，不肯明言。故意弄巧。泽乃罢饮整装，夤夜备齐。子春返至寓所，草草收拾，俟至翌晨，复去催泽辞行。泽入宫谒见太后，报告行期，太后并不多言，泽即顿首告退。一出宫门，已由子春办好车马，请泽登车，一鞭加紧，马不停蹄，匆匆的驰出函谷关。既越关门，复急走数十里，始命缓辔徐行。泽尚以为疑，后来得知太后生悔，饬人追还，行至函谷关，已知无及，方才折回。泽乃服子春先见，格外礼遇，欢然就国去了。

　　太后方悔封刘泽，苦难收回成命，再加赵王友的妻室，入宫告密，说是赵王将有他变，气得吕太后倒竖双眉，立派使人，召还赵王。究竟赵王有无异谋，详查起来，实是子虚乌有，都由他妻室吕氏，信口捏造，有意架诬。吕女为赵王妻，仗着吕太后势力，欺凌赵王。赵王屡与反目，别爱他姬，吕氏且妒且怒，遂不与赵王说明，径至长安，入白太后道："赵王闻得吕氏为王，常有怨言，平居屡语人道：'吕氏怎得为王？太后百年后，我定当讨灭吕氏，使无孑遗。'此外尚有许多妄语，无非是与诸吕寻仇，故特来报闻。"吕太后信以为真，怎肯干休？一俟赵王召到，也不讯明虚实，立把他锢住邸中，派兵监守，不给饮食。赵王随来的从吏，私下进馈，都被卫兵阻住，甚且拘系论罪。可怜赵王友无从得食，饿得气息奄奄，因作歌鸣冤道：

诸吕用事兮刘氏微，迫胁王侯兮强授我妃！我妃既妒兮诬我以恶，谗女乱国兮上曾不寤！我无忠臣兮何故弃国，自决中野兮苍天与直！吁嗟不可悔兮宁早自戕，为王饿死兮谁者怜之，吕氏绝理兮托天报仇！

歌声呜呜，饥肠辘辘，结果是饿死邸中。所遗骸骨，但用民礼藁葬长安，未知他妻曾否送葬。吕太后遂徙梁王恢为赵王，改封吕王产为梁王，又将后宫子太封济川王。产始终不闻就国，留京为少帝太傅。太尚年幼，亦不令东往，仍住宫中。赵王恢妻，便是吕产的女儿，阃内雌威，不可向迩，恢秉性孺弱，屡为所制。及移梁至赵，恢本不甚愿意，且从前赵都官吏，半为吕氏所把持，至此复由梁地带去随员，亦有吕姓多人，两处蟠互，累得恢事事受制，一些儿没有主权。那位床头夜叉，气焰越威，竟将恢所宠爱的姬妾，用药毒死。恢既经郁愤，复兼悲悼，辗转思想，毫无生趣，因撰成歌诗四章，令乐工谱入管弦，如怨如慕，如泣如诉，益令恢悲不自胜，索性仰药自尽，到冥府中追寻爱姬，重续旧欢去了。倒是一个情种。

赵臣奏报恢丧，吕太后不责产女，反说恢为一妇人，竟甘自殉，上负宗庙，有亏孝道，不准再行立嗣。另遣使臣至代，授意代王，令他徙赵。代王恒避重就轻，情愿长守代边，不敢移封赵地，乃托朝使告辞。使臣返报吕太后，吕太后遂立吕禄为赵王，留官都中。禄父就是吕释之，时已去世，特追封为赵昭王。会闻燕王建病殁，遗有一子，乃是庶出，吕太后不欲他承袭封爵，潜遣刺客赴燕，刺死建子，独封吕台子通为燕王。于是高祖八男，仅存二人，一是代王恒，一是淮南王长，加入齐吴楚及琅琊等国，总算还有六七国。恒山、淮阳、济川三国姓氏可疑，故不列入。那吕氏亦有三王，吕产王梁，吕禄王赵，吕通王燕，与刘氏势力相侔。而且产禄遥领藩封，仍然蟠踞宫廷，手握兵马大权，势倾内外，这却非刘氏诸王，所能与敌。刘家天下，几已变做吕家天下了！

流光如驶，倏忽八年，这八年内，统是吕太后专制时代，阴阳反变，灾异迭生，忽而地震，忽而山崩，忽而水溢，忽而红日晦冥，星且尽现。吕太后却也有些知觉，尝见日食如钩，向天嗔语道："这莫非为我不成？"话虽如此，终究是本性难移，活一日，干一日，除死方休。少帝弘名为人主，不使与政，简直与木偶无二。内唯临光侯吕嬃，左丞相审食其，大谒者张释，出纳诏奏，参赞秘谋；外唯吕产吕禄，分典禁兵，护卫宫廷。右丞相陈平，太尉周勃，有位无权，有权无柄，不过旅进旅退，借保声名。独有一位刘家子孙，少年负气，慷慨激昂，他却不肯冒昧图功，暗暗地待着机会，来出风头。小子有诗咏道：

> 不顾纲常只逆施，妇人心性总偏私；
> 须知龙种非全替，且看筵前拔剑时。

欲知此人为谁，待至下回再详。

妇道从夫，乃古今之通例，吕雉若不为刘家妇，如何得为皇后，如何得为皇太后！富贵皆出自夫家，奈何遽忘刘氏，徒欲尊宠诸吕乎？当其媾婚刘吕之时，尚不过欲母家子侄，同享荣华，非必欲遽倾刘氏也。然古人有言，物莫能两大，刘吕并权，势必相倾，彼吕氏两女，犹弃其夫而不顾，况产禄乎？田子春为刘泽计，先劝张释讽示大臣，请封吕产，然后以刘泽继之。泽居外而产居内，以势力论，泽亦何能及产！但观子春之本心，实为刘泽起见，且后来之安刘灭吕，泽与有功，故本回叙及此事，详而不略，贬亦兼褒。至若陈平周勃，则力斥其逢迎之失，不以后事而曲恕之，书法不隐，是固一良史手笔也，若徒以小说目之，慎矣！

第十回

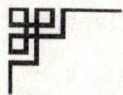

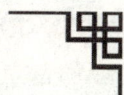

听陆生交欢将相
连齐兵合拒权奸

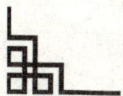

却说吕氏日盛，刘氏日衰，剩下几个高祖子孙，都是栗栗危惧，只恐大祸临头，独有一位年少气盛的龙种，却是隐具大志，想把这汉家一脉，力为扶持。这人为谁？就是朱虚侯刘章。**刘氏子弟，莫如此人，故特笔提叙。**他奉吕太后命令，入备宿卫，年龄不过二十，生得仪容俊美，气宇轩昂。娶了一个赵王吕禄的女儿，合成夫妇，两口儿却是很恩爱，与前次的两赵王不同。吕太后曾为作合，见他夫妇和谐，自然喜慰，就是吕禄得此快婿，亦另眼相待，不比寻常。那知刘章却别有深心，但把这一副温存手段，笼络妻房，好教她转告母家，相亲相爱，然后好乘间行事，吐气扬眉。**可见两赵王之死，半由自取，若尽如刘章，吕女反为利用了。**

一夕入侍宫中，正值吕太后置酒高会，遍宴宗亲，列席不下百人，一大半是吕氏王侯。刘章瞧在眼中，已觉得愤火中烧，但面上仍不露声色，静待太后命令。太后见章在侧，便命为酒吏，使他监酒。章慨然道："臣系将种，奉命监酒，请照军法从事！"太后素视章为弄儿，总道他是一句戏言，便即照允。待至大众入席，饮过数巡，自太后以下，都带着几分酒兴，章即进请歌舞，唱了几曲巴里词，演了一回莱子戏，引得太后喜笑颜开，击节叹赏。章复申请道："臣愿为太后唱耕田歌。"太后笑道："汝父或尚知耕田，汝生时便为王子，怎知田务？"章答说道："臣颇知一二。"太后道："汝且先说耕田的大意。"章吭声作歌道：

"深耕溉种，立苗欲疏。非其种者，锄而去之。"

太后听着，已知他语带双敲，不便在席间诘责，只好默然无言。章佯作不知，但令近侍接连斟酒，灌得大众醉意醺醺，有一个吕氏子弟，不胜酒力，潜自逃去，偏偏被章瞧着，抢步下阶，拔剑追出，赶至那人背后，便喝声道："汝敢擅自逃席么？"那人正回头谢过，章张目道："我已请得军法从事，汝敢逃席，明明藐法，休想再活了！"说着，手起剑落，竟将他首级剁落，回报太后道："适有一人逃席，臣已谨依军法，将他处斩！"这数语惊动大众，俱皆失色。就是吕太后亦不禁改容，惟用双目盯住刘章，章却似行所无事，从容自若。太后瞧了多时，自思已准他军法从事，不能责他擅杀，只得忍耐了事。大众皆踟蹰不安，情愿告退，当由太后谕令罢酒，起身入内。众皆离席散去，章亦安然趋出。自经过这番宴席，诸吕始知章勇敢，怕他三分。吕禄也有些忌章，但为儿女面上，不好当真，仍然照常待遇。诸吕见禄且如此，怎好无故害章，没奈何含忍过去。唯刘氏子弟，暗暗生欢，都望章挽回门祚，可以抑制诸吕。就是陈平周勃等，亦从此与章相亲，目为奇才。

时临光侯后嬃，女掌男权，竟得侯封，她与乃姊性情相类，专喜察人过失，伺间进谗。至闻刘章擅杀诸吕，却也想不出什么法儿，加害章身，唯与陈平是挟有宿嫌，屡白太后，说他日饮醇酒，好戏妇人，太后久知嬃欲报夫怨，有心诬告，所以不肯轻听，但嘱近侍暗伺陈平。平已探得吕嬃谗言，索性愈耽酒色，沉湎不治，果然不为太后所疑，反为太后所喜。一日入宫白事，却值吕嬃旁坐，吕太后待平奏毕，即指吕嬃语平道："俗语有言，儿女子话不可听，君但教照常办事，休畏我女弟吕嬃，在旁多口，我却信君，不信吕嬃哩！"平顿首拜谢，起身自去。只难为了一个皇太后胞妹，被太后当面奚落，害得无地自容，几乎要淌下泪来。太后却对她冷笑数声，自以为能，那知已中了陈平诡计。她坐又不是，立又不是，竟避开太后，远远的去哭了一场。但自此以后，也不敢再来谮平了。

平虽为禄位起见，凡事俱禀承吕后，不敢专擅，又且拥美姬，灌黄汤，看似麻木不仁的样子。其实是未尝无忧，平居无事，却也七思八想，意在安刘。无如吕氏势焰，日盛一日，欲要设法防维，恐如螳臂挡车，不自量力，所以逐日忧虑，总觉得艰危万状，无法可施。**谁叫你先事纵容。**

大中大夫陆贾，目睹诸吕用事，不便力争，尝托病辞职，择得好时地方，挈眷隐居。老妻已死，有子五人，无甚家产，只从前出使南越时，得了赆仪，变卖值一千金，乃作五股分派，分与五子，令他各营生计。自己有车一乘，马四匹，侍役十人，宝剑一口，随意闲游，逍遥林下。所需衣食，令五子轮流供奉，但求自适，不尚奢华。**保身保家，无逾于此。**有时到了长安，与诸大臣饮酒谈天，彼此统是多年僚友，当然沆瀣相投。就是左丞相府中，亦时常进出，凡门吏仆役，没一个不认识陆大夫，因此出入自由，不烦通报。

一日又去往访，阍人见是熟客，由他进去，但言丞相在内室中。贾素知门径，便一直到了内室，见陈平独自坐着，低着了头，并不一顾。乃开口动问道："丞相有何忧思？"平被他一问，突然惊起，抬头细瞧，幸喜是个熟人，因即延令就座，且笑且问道："先生道我有什么心事？"贾接着道："足下位居上相，食邑三万户，好算是富贵已极，可无他望了。但不免忧思，想是为了主少国疑，诸吕专政呢？"平答说道："先生所料甚是。敢问有何妙策，转危为安？"**聪明人也要请教吗？**贾慨然道："天下安，注意相，天下危，注意将，将相和睦，众情归附，就使天下有变，亦不至分权，权既不分，何事不成！今日社稷大计，关系两人掌握，一是足下，一是绛侯。仆常欲向绛侯进言，只恐绛侯与我相狎，视作迂谈。足下何不交欢绛侯，联络情意，互相为助呢！"平尚有难色，贾复与平密谈数语，方得平一再点首，愿从贾议。贾乃与平告别，出门自去。

原来平与周勃，同朝为官，意见却不甚融洽。从前高祖在荥阳时，勃尝劾平受金，虽已相隔有年，总觉余嫌未泯，所以平时共事，貌合神离。自从陆贾为平画策，叫他与勃结欢，平遂特设盛筵，邀勃过饮。待勃到来，款待甚殷，当即请勃入席，对坐举觞，堂上劝斝，堂下作乐，端的是怡情悦性，适口充肠，好多时方才毕饮。平又取出五百金，为勃上寿，勃未肯遽受，由平遣人送至勃家，勃称谢而去。

过了三五日，勃亦开筵相酬，照式宴平。平自然前往，尽醉乃归。嗣是两人常相往来，不免谈及国事。勃亦隐恨诸吕，自然与平情投意合，预为安排。平又深服陆贾才辩，特赠他奴婢百人，车马五十乘，钱五百万缗，使他交游公卿间，阴相结纳，将来可倚作臂助,驱灭吕氏。贾便到处结交,劝他背吕助刘。朝臣多被他说动,不愿从吕,吕氏势遂日孤。不过吕产吕禄等,尚未知晓,仍然恃权怙势,不少变更。

会当三月上巳,吕太后依着俗例,亲临渭水,被除不祥。事毕即归,行过轵道,见有一物突至,状如苍狗,咬定衣腋,痛彻心腑,免不得失声大呼。卫士慌忙抢护,却不知为何因,但听太后呜咽道:"汝等可见一苍狗否?"卫士俱称不见,太后左右四顾,亦觉杳然。因即忍痛回宫,解衣细视,腋下已经青肿,越加惊疑。当即召入太史,令卜吉凶,太史卜得爻象,乃是赵王如意为祟,便据实报明。太后疑信参半,姑命医官调治。那知敷药无效,服药更无效,不得已派遣内侍,至赵王如意墓前,代为祷免,亦竟无效。<u>时衰受鬼迷</u>。日间痛苦,还好勉强忍耐,夜间痛苦益甚,几乎不能支持。幸亏她体质素强,一时不致遽死,直至夏尽秋来,方将全身气血,折磨净尽。<u>吃了三五个月苦痛,还是不足蔽辜?</u>镇日里缠绵床褥,自知不能再起,乃命吕禄为上将,管领北军,吕产管领南军。且召二人入嘱道:"汝等封王,大臣多半不平,我若一死,难免变动。汝二人须据兵卫宫,切勿轻出,就使我出葬时,亦不必亲送,才能免为人制呢!"产与禄唯唯受教。

又越数日,吕太后竟病死未央宫,遗诏令吕产为相国,审食其为太傅,立吕禄女为皇后。产在内护丧,禄在外巡行,防备得非常严密,到了太后灵柩,出葬长陵,两人遵着遗嘱,不去送葬,但带着南北两军,保卫宫廷,一步儿不敢放松。陈平周勃等,虽有心除灭诸吕,可奈无隙得乘,只好耐心守着。独有朱虚侯刘章,盘问妻室,才知产禄谨守遗言,蟠踞宫禁。暗想如此过去,必将作乱,朝内大臣,统是无力除奸,只好从外面发难,方好对付产禄。乃密令亲吏赴齐,报告乃兄刘襄,叫他发兵西向,自在都中作为内应,若能诛灭吕氏,可奉乃兄为帝云云。

襄得报后,即与母舅驷钧,郎中令祝午,中尉魏勃,部署人马,指日出发。事为齐相召平所闻,即派兵入守王宫,托名保卫,实是管束。齐王襄被他牵制,不便行动,急与魏勃等密商良策。勃素有智谋,至此为襄画策,往见召平,佯若与襄不协,低声语平道:"王未得朝廷虎符,擅欲发兵,迹同造反,今相君派兵围王,原是要着,勃愿为相君效力,指挥兵士,禁王擅动,未知相君肯赐录用否?"召平闻言大喜,就将兵符交勃,任勃为将,自在相府中安居,毫不加防。忽有人来报祸事,乃是魏勃从王府撤围,移向相府,<u>立刻就到</u>,吓得召平手足无措,急令门吏掩住双扉,前后守护。甫经须臾，那门外的人声马声，已聚成一片，东冲西突，南号北呼，一座相府门第，已被勃众四面围住，势将捣入。平不禁长叹道："道家有言，当断不断，反受其乱，我自己不能断判，授权他人，致遭反噬，悔无及了！"遂拔剑自杀。此召平似与东陵侯同名异人。待至勃毁垣进来，平已早死，乃不复动手，返报齐王。齐王襄便令勃为将军，准备出兵，并任驷钧为丞相，祝午为内史，安排檄文，号召四方。

此时距齐最近，为琅琊济川及鲁三国。济川王是后宫子刘太，鲁王是鲁元公主子张偃，两人为吕氏私党，不便联络。唯琅琊王刘泽，辈分最长，又与吕氏不甚相亲，并见前文。论起理来，当可为齐王后援。齐王使祝午往见刘泽，约同起事，午尚恐泽有异言，因与齐王附耳数语，然后起行。及抵琅琊，与泽相见，当即进言道："近闻诸吕作乱，朝廷危急，齐王襄即欲起兵西向，讨除乱贼，但恐年少望轻，未习兵事，为此遣臣前来，恭迎大王！大王素经战阵，又系人望，齐王情愿举国以听，幸乞大王速莅临淄，主持军务！即日连合两国兵马，西入关中，讨平内乱，他时龙飞九五，舍大王将谁属呢？"言甘者心必苦。刘泽本不服吕氏，且听得祝午言词，大有利益，当即与午起行。到了临淄，齐王襄阳表欢迎，阴加监制，再遣午至琅琊，矫传泽命，尽发琅琊兵马，西攻济南。济南向为齐地，由吕太后割畀吕王，所以齐王发难，首先往攻。一面陈诸吕罪状，报告各国，略云：

> 高帝平定天下，王诸子弟，悼惠王薨，惠帝使留侯张良，立臣为齐王。惠帝崩，高后用事，听诸吕，擅废帝更立，又杀三赵王，灭梁赵燕以王诸吕，分齐国为四，即琅琊济川鲁三国，与齐合计为四。忠臣进谏，上惑乱不听。今高后崩，皇帝春秋富，未能治天下，固待大臣诸侯。今诸吕又擅自尊官，聚兵严威，劫列侯忠臣，矫制以令天下，宗庙以危。寡人率兵入诛不当为王者！

这消息传入长安，吕产吕禄，未免着急，遂遣颍阴侯大将军灌婴，领兵数万，出击齐兵。婴行至荥阳，逗留不进，内结绛侯，外连齐王，静候内外消息，再定行止。齐王襄亦留兵西界，暂止进行。独琅琊王刘泽，被齐王羁住临淄，自知受欺，乃亦想出一法，向齐王襄进说道："悼惠王为高帝长子，王系悼惠冢嗣，就是高帝嫡长孙，应承大统。现闻诸大臣聚议都中，推立嗣主，泽忝居亲长，大臣皆待泽决计，王留我无益，不如使我入关，与议此事，管教王得登大位呢？"齐王襄亦为所动，乃代备车马，送泽西行。赚人者亦为人所赚，报应何速。泽出了齐境，已脱齐王羁绊，乐得徐徐西进，静候都中消息。

都中却已另有变动，计图吕氏。欲问他何人主谋，就是左丞相陈平，与太尉周勃。平勃两人，既已交欢，往往密谈国事，欲除诸吕。只因产禄两人，分握兵权，急切不便发作。此次因齐王发难，有机可乘，遂互相谋画，作为内应。就是灌婴留屯荥阳，亦明明是平勃授意，叫他按兵不动。平又想到郦商父子，向与产禄结有交谊，情好最亲，遂托称计事，把郦商邀请过来，作为抵押。再召郦商子寄，入嘱秘谋，使他诱劝吕禄，速令就国。寄不得已往绐吕禄道："高帝与吕后共定天下，刘氏立九王，即吴、楚、齐、代、淮南、琅琊与恒山、淮阳、济川三国。吕氏立三王，即梁、赵、燕。都经大臣议定，布告诸侯，诸侯各无异言。今太后已崩，帝年尚少，足下既佩赵王印，不闻就国守藩，乃仍为上将，统兵留京，怎能不为他人所疑。今齐已起事，各国或且响应，为患不小，足下何不让还将印，把兵事交与太尉，再请梁王亦缴出相印，与大臣立盟，自明心迹，即日就国，彼齐兵必然罢归。足下据地千里，南面称王，方可高枕无忧了！"

吕禄信以为然，遂将寄言转告诸吕。吕氏父老，或说可行，或说不可行，弄得禄狐疑未决。寄却日日往探行止，见他未肯依言，很是焦急，但又不便屡次催促，只好虚与周旋，相机再劝。禄与寄友善，不知寄怀着鬼胎，反要寄同出游猎，寄不能不从。两人并辔出郊，打猎多时，得了许多鸟兽，方才回来。路过临光侯吕媭家，顺便入省，媭为禄姑，闻禄有让还将印意议，不待禄向前请安，便即怒叱道："庸奴！汝为上将，乃竟弃军浪游，眼见吕氏一族，将无从安处了！"却是一个哲妇。禄莫名其妙，支吾对答，媭越加动气，将家中所藏珠宝，悉数取出，散置堂下，且恨恨道："家族将亡，这等物件，终非我有，何必替他人守着呢？"禄见不可解，惘然退回。寄守候门外，见禄形色仓皇，与前次入门时，忧乐迥殊，即向禄问明原委。禄略与说明，寄不禁一惊，只淡淡地答了数语，说是老人多虑，何致有此禄似信非信，别了郦寄，自返府中。寄驰报陈平周勃，平勃也为担忧，免不得大费踌躇。小子有诗叹道：

谋国应思日后艰，如何先事失防闲？

早知有此忧疑苦，应悔当年太纵奸！

过了数日，又由平阳侯曹窋，奔告平勃，累得平勃忧上加忧。究竟所告何事，容至下回说明。

观平勃对王陵语，谓他日安刘，君不如仆。果能如是，则早应同心合德，共拒吕氏，何必待陆贾之献谋，始有此交欢之举耶！且当吕后病危之日，又不能乘隙除奸，以号称智勇之平勃，且受制于垂死之妇人，智何足道！勇何足言！微刘章之密召齐王，则外变不生，内谋曷遏，吕产吕禄，蟠踞宫廷，复刘氏如反掌，试问其何术安刘乎？后此之得诛诸吕，实为平勃一时之侥幸，必谓其有安刘之效果，克践前言，其固不能无愧也夫。

第十一回

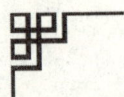

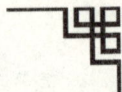

夺禁军捕诛诸吕
迎代王废死故君

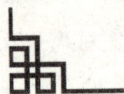

　　却说平阳侯曹窋，是前相国曹参嗣子，见四十三回。方代任敖为御史大夫，在朝办事，他正与相国吕产，同在朝房。适值郎中令贾寿，由齐国出使归来，报称灌婴屯留荥阳，与齐连和，且劝产赶紧入宫，为自卫计。产依了寿言，匆匆驰去。窋闻知底细，慌忙走告陈平周勃，平勃见事机已迫，只好冒险行事，便密召襄平侯纪通，及典客刘揭，一同到来。通为前列侯纪成子，或谓即纪信子。方掌符节，平即叫他随同周勃，持节入北军，诈传诏命，使勃统兵，又恐吕禄不服，更遣郦寄带了刘揭，往迫吕禄，速让将印。勃等到了北军营门，先令纪通持节传诏，再遣郦寄刘揭，入给吕禄道：“主上有诏，命太尉掌管北军，无非欲足下即日就国，足下急宜缴出将印，辞别出都，否则祸在目前了！”此语也只可欺禄，不能另欺别人。禄本来无甚才识，更因郦寄是个好友，总道他不致相欺，乃即取出将印，交与刘揭，匆匆出营。

　　揭与寄急往见勃，把将印交付勃手，勃喜如所望。握着印信，召集北军，立即下令道：“为吕氏右袒，为刘氏左袒！”此令亦欠周到，倘或军中左右袒，勃将奈何！北军都袒露左臂，表示助刘。勃因教他静待后令；不得少哗，一面遣人报知陈平，平又使朱虚侯刘章，驰往助勃。勃令章监守军门，再遣曹窋往语殿中卫尉，毋得容纳吕产。产已入未央宫，号召南军，准备守御，蓦见曹窋驰入，不知他所为何事，乃亦欲入殿探信。偏殿中卫尉，已皆听信曹窋，将产阻住，产不能进去，只好在殿门外面，徘徊往来。**与吕禄同是庸奴，怎能不为所杀！** 窋见产虽无急智，但南军尚听他指挥，未敢轻动，复使人往报周勃。勃亦恐不能取胜，唯令刘章入宫，保卫少帝。刘章道："一人何足成事？请拨千人为助，方好相机而行。"勃乃拨给步卒千余人，各持兵械，随章入未央宫。章趋进宫门，时已傍晚，见产尚立着庭中，不知所为，暗思此时不击，尚待何时？于是顾语步卒，急击勿延。**幸有此尔。** 一语甫毕，千人齐奋，都向吕产面前，挺刃杀去。章亦拔剑继进，大呼杀贼，产大惊失色，回头便跑，手下军士，却想抵敌刘章，不意豁喇一声，暴风骤至，吹得毛发皆竖，立足不住，众心遂致慌乱。更兼吕产平日没有什么恩德，那个肯为他效死，一哄都走，四散奔逃。章率兵士分头捕产，产不得出宫，逃入郎中府吏舍厕中，蹲伏一团。**相国要想尝粪么？** 偏是死期已至，竟被兵士寻着，一把抓出，上了锁链，牵出见章。章不与多言，顺手一剑，砍中产头，眼见是一命呜呼了！

俄而有一谒者持节出来，口称奉少帝命，慰劳军人，章即欲夺节，偏谒者不肯交付，拚死持着。章转念一想，还是胁与同行，乃将他一手扯住，同载车中，出了未央宫，转赴长乐宫。部下千余人，自然跟去。行至长乐宫前，叩门竟入，门吏见有谒者持节，不敢拦阻，由他直进。长乐卫尉，就是赘其侯吕更始，章正为他前来，出其不意，除灭了他，免得多费兵力。更始尚未知吕产被杀，贸然出迎，又被章仗剑一挥，劈落头颅。章不容谒者开口，便即诈称帝命，只诛吕氏，不及他人。卫士各得生命，且见有谒者持节在旁，当然听命。章乃返报周勃，勃跃然起座，向章拜贺道："我等只患一吕产，产既伏诛，天下事大定了！"当下遣派将士，分捕诸吕，无论男女老幼，一股脑儿拿到军前。就是吕禄吕嬃，也无从逃免。勃命将吕禄先行绑出，一刀毕命，吕嬃还想挣扎，信口胡言，惹动周勃盛怒，命军士搛她倒地，用杖乱笞，一副老骨头，禁得起几多大杖！不到百下，已经断气。**何不早死数日。** 此外悉数处斩，差不多有数百人。燕王吕通，已经赴燕，也由勃派一朝使，托称帝命，迫令自尽。又将鲁王张偃，削夺官爵，废为庶人。后来文帝即位，追念张耳前功，乃复封偃为南宫侯。独左丞相审食其，明明是吕氏私党，并且浊乱宫闱，播弄朝政，理应将他治罪，明正典刑，偏由陆贾朱建，代为说情，竟得幸逃法网，仍官原职。**陈平周勃究竟未识大体，就是陆贾亦不免阿私。**

陈平周勃，因已扫清诸吕，遂将济川王刘太徙封，改称梁王，且遣朱虚侯刘章赴齐，请齐王襄罢兵，再使人通知灌婴，令即班师回朝。灌婴闻得齐将魏勃，劝襄举兵，并擅杀齐相召平，料他不是个驯良人物，索性把勃召至，面加质问。勃答说道："譬如人家失火，何暇先白家长，然后救火哩。"说着，退立一旁，面有战色，不敢复言。这是魏勃故作此态，瞒过灌婴。灌婴注目多时，向勃微笑道："我道魏勃有什么勇敢，原来是个庸人，有何能为？"遂释使归齐，自引兵驰还长安。

瑯琊王刘泽，探悉吕氏尽诛，内外解严，才得放胆登程，驱车入都。可巧朝内大臣，密议善后事宜，一闻刘泽到来，统以为刘氏宗室，泽齿居长，不能不邀他参议，免有后言。泽从容入座，起初是袖手旁观，不发一语，但听平勃等宣言道："从前吕太后所立少帝，及济川淮阳恒山三王，实皆非惠帝遗胤，冒名入宫，滥受封爵。今诸吕已除，不能不正名辨谬，若使他姓再得乱宗，将来年纪长成，秉国用事，仍与吕氏无二，我等且无遗类了！不如就刘氏诸王中，择贤拥立，方可免祸。"这番论调说将出来，大众统皆赞成，就是泽也无异词。及说到刘氏诸王，当有人出来主张，谓齐王襄系高帝长孙，应该迎立。泽即发言驳斥道："吕氏以外家懿戚，得张毒焰，害勋亲，危社稷，今齐王母舅驷钧，如虎戴冠，行为暴戾，若齐王得立，钧必专政，是去一吕氏，复来一吕氏了。此议如何行得？"陈平周勃，听到此语，当然附和泽议，不愿立襄。其实泽是怀着前恨，借端报复，故有此言。大众又复另议，公推了一个代王恒，并说出两种理由，一是高祖诸子，尚存两王，代王较长，性又仁孝，不愧为君，二是代王母家薄氏，素来长厚，未尝与政，可无他患，有此两善，确是名正言顺，允洽舆情。平勃遂依了众议，阴使人往见代王，迎他入京。

代王恒接见朝使，问明来意，虽觉得是一大喜事，但也未敢骤然动身，因召集僚属，会议行止。郎中令张武等谏阻道："朝上大臣，统是高帝旧将，素习兵事，专尚诈谋。前由高帝吕太后，相继驾御，未敢为非，今得灭诸吕，喋血京师，何必定要迎立外藩？大王不宜轻信来使，且称疾勿往，静观时变。"说到末语，忽有一人进说道："诸君所言，都属非是，大王得此机会，即应命驾入都，何必多疑？"代王瞧着，乃是中尉宋昌，正欲启问，昌已接说道："臣料大王此行，万安万稳，保无后忧！试想暴秦失政，豪杰并起，那一个不想称尊，后来得践帝位，终属刘家，天下都屏息敛足，不敢再存奢望，这便是第一件无忧呢。高帝分王子弟，地势如犬牙相制，固如磐石，天下莫不畏威，这第二件也可无忧。汉兴以后，除秦苛政，约定法令，时施德惠，人心已皆悦服，何致动摇。这第三件更不必忧了。就是近日吕后称制，立诸吕为三王，擅权专政！何等威严，太尉以一节入北军，奋臂一呼，士皆左袒，助刘灭吕，可见得天意归刘，并不是专靠人力呢。今大臣虽欲为变，百姓不肯听从，如何成事？况内有朱虚东牟二侯，外有吴楚淮南齐代诸国，互相制服，必不敢动。现在高帝子嗣，只存淮南王与大王二人，大王年长，又有贤圣仁孝的美名，传闻天下，所以诸大臣顺从舆情，来迎大王，大王尽可前往，统治天下，何必多疑呢！"*见得到，说得透。*

代王恒素性谨慎，还有三分疑意，乃入白母后薄氏。薄太后前居宫中，亦经过许多艰苦，幸得西行，脱身免祸，此时尚带余惊，不敢决计令往。代王又召入卜人，嘱令占卦，卜人占得卦象，即向代王称贺，说是大吉。代王问及卦兆爻辞，卜人道："卦兆叫做大横，爻辞有云：大横庚庚，余为天王，夏启以光。"*周易中无此三语，想是出诸连山旧藏。*代王道："寡人已经为王，还做什么天王呢？"卜人道："天王就是天子，与诸侯王不同。"代王乃遣母舅薄昭，先赴都中，问明太尉周勃，勃极言诚意迎王，誓无他意。薄昭即还报代王，代王方笑语宋昌道："果如君言，不必再疑！"随即备好车驾，与昌一同登车，令昌骖乘，随员唯张武等六人，循驿西行。

到了高陵，距长安不过数十里，代王尚未尽放心，使昌另乘驿车，入都观变。昌驰抵渭桥，但见诸大臣都已守候，因即下车与语，说是代王将至，特来通报。诸大臣齐声道："我等已恭候多时了。"昌见群臣全体出迎，料是同意，乃复登车回至高陵，请代王安心前进。代王再使骖乘，命驾进行，至渭桥旁，诸大臣已皆跪伏，交口称臣。代王也下车答拜，昌亦随下。待至诸大臣起来，周勃抢前一步，进白代王，请屏左右，昌即在旁正色道："太尉有事，尽可直陈；所言是公，公言便是；所言是私，王者无私！"*正大光明。*勃被昌一说，不觉面颊发赤，仓猝跪地，取出天子符玺，捧献代王。代王谦谢道："且至邸第，再议未迟。"勃乃奉玺起立，请代王登车入都，自为前导，直至代邸。时为高后八年闰九月中，勃与右丞相陈平，率领群僚，上书劝进。略云：

丞相臣平，太尉臣勃，大将军臣武，*即柴武。*御史大夫臣苍，*即张苍，前文云曹窟*

为御史大夫，此时想已辞职。宗正臣郢，朱虚侯臣章，章本赴齐，至此已经还都。东牟侯臣兴居，典客臣揭，再拜言大王足下，子弘等皆非孝惠皇帝子，不当奉宗庙，臣谨请阴安侯，系高祖兄，刘伯妻，即羹颉侯信母。项王后，系高祖兄，仲妻。仲尝废为郃阳侯，子濞为吴王，故仲死后，得谥为项王。琅琊王，暨列侯吏二千石公议，公议大王为高皇帝子，宜为嗣，愿大王即天子位！

代王览书，复申谢道："奉承高帝宗庙，乃是重事，寡人不才，未足当此，愿请楚王到来，再行妥议，选立贤君。"群臣等又复面请，并皆俯伏，不肯起来。代王逡巡起座，西向三让，南向再让，还是向众固辞。平勃等齐声道："臣等几经恭议，现在奉高帝宗庙，唯大王最为相宜，无论天下列侯万民，无思不服，臣等为宗庙社稷计，原非轻率从事，愿大王幸听臣等，臣等谨奉天子玺符，再拜呈上！"说着，即由勃捧玺陈案，定要代王接受。代王方应允道："既由宗室将相诸侯王，决意推立寡人，寡人也不敢违众，勉承大统便了！"群臣俱舞蹈称贺，即尊代王为天子，是为文帝。

东牟侯兴居进奏道："此次诛灭吕氏，臣愧无功，今愿奉命清宫。"文帝允诺，命与太仆汝阴侯夏侯婴同往。两人径至未央宫，入语少帝道："足下非刘氏子，不当为帝，请即让位！"一面说，一面挥去左右执戟侍臣。左右去了多人，尚有数人未肯退去，大谒者张释，巧为迎合，劝令退出，乃皆释戟散走。夏侯婴即呼入便舆，迫少帝登舆出宫。少帝弘战栗道："汝欲载我何往？"婴直答道："出就外舍便是！"说着，即命从人御车驱出，行至少府署中，始令少帝下车居住。兴居又逼使惠帝后张氏，移徙北宫，然后备好法驾，至代邸迎接文帝。文帝即夕入宫，甫至端门，尚有十人持戟，阻住御驾，且朗声道："天子尚在，足下怎得擅入？"文帝不觉惊疑，忙遣人驰告周勃。勃闻命驰入，晓示十人，叫他避开。十人始知新天子到来，弃戟趋避，文帝才得入内。当夜拜宋昌为卫将军，镇抚南北军，授张武为郎中令，巡行殿中，自御前殿，命有司缮成恩诏，颁发出去。诏曰：

制诏丞相太尉御史大夫，间者诸吕用事擅权，谋为大逆，欲危刘氏宗庙，赖将相列侯宗室大臣诛之，皆伏其辜。朕初即位，其赦天下，赐民爵一级，女子百户牛酒，酺五日。

是夜少帝弘暴死少府署中，还有常山王朝，淮阳王武，梁王太三人，当时虽受王封，统因年幼无知，未便就国，仍然留居京邸，这三人亦同时被杀。想是陈平周勃，恐他留为后患，不如斩草除根，杀死了事。文帝乐得置诸不问。究竟少帝与三王，是否惠帝子，亦无从证实，不过这数人无罪无辜，同致杀死，就使果是杂种，也觉得枉死可怜。推究祸原，还是吕太后造下冤孽哩。**冤有头，债有主，应该追究。**话分两头。

且说文帝既已正位，倏忽间已是十月，沿着旧制，下诏改元。月朔谒见高庙，礼毕还朝，受群臣觐贺，下诏封赏功臣。有云：

前吕产自置为相国，吕禄为上将军，擅遣将军灌婴，将兵击齐，欲代刘氏。婴留荥阳，与诸侯合谋，以诛吕氏。吕产欲为不善，丞相平与太尉勃等，谋夺产等军，朱虚侯章首先捕斩产，太尉勃身率襄平侯通，持节承诏入北军，典客揭夺吕禄印。其益封太尉勃邑万户，赐金五千斤，丞相平将军婴邑各三千户，金二千斤，朱虚侯章襄平侯通邑各二千户，金千斤，封典客揭为阳信侯，赐金千斤，用酬劳勤。其毋辞！

封赏已毕，遂尊母后薄氏为皇太后，遣车骑将军薄昭，带着卤簿，往代奉迎。追谥故赵王友为幽王，赵王恢为共王，燕王建为灵王。共灵二王无后，唯幽王友有二子，长子名遂，由文帝特许袭封，命为赵王，移封瑯琊王泽为燕王，所有从前齐楚故地，为诸吕所割封，至是尽皆给还，不复置国。中外胪欢，吏民额手。

忽有右丞相陈平，上书称病，不能入朝，文帝乃给假数日。待至假满，平只好入谢，且请辞职。文帝惊问何因？平复奏道："高皇帝开国时，勃功不如臣，今得诛诸吕，臣功不如勃，愿将右丞相一职，让勃就任，臣心方安。"**可见称病是诈。**文帝乃命勃为右丞相，迁平为左丞相，罢去审食其。**实是可杀。**任灌婴为太尉。勃受命后，趋出朝门，面有骄色，文帝却格外敬礼，注目送勃。郎中袁盎，从旁瞧着，独出班启奏道："陛下视丞相为何如人？"文帝道："丞相可谓社稷臣！"袁盎道："丞相乃是功臣，不得称为社稷臣。古时社稷臣所为，必君存与存，君亡与亡，丞相当吕氏擅权时，身为太尉，不能救正，后来吕后已崩，诸大臣共谋讨逆，丞相方得乘机邀功。

今陛下即位，特予懋赏，敬礼有加，丞相不自内省，反且面有德色，难道社稷臣果如是么？"文帝听了，默然不答，嗣是见勃入朝，辞色谨严，勃亦觉得有异，未敢再夸，渐渐地易骄为畏了。暗伏下文。小子有诗叹道：

> 漫言厚重足安刘，功少封多也足羞，
>
> 不是袁丝袁盎字丝。先进奏，韩彭遗祸且临头！

君严臣恭，月余无事，那车骑将军薄昭，已奉薄太后到来，文帝当即出迎。欲知出迎情事，容待下回再详。

诸吕之诛，虽由平勃定谋，而首事者为朱虚侯刘章。齐之起兵，章实使之，前回总评中已经叙及。至若周勃已夺北军，即应捕诛产禄，乃尚不敢遽发，但遣刘章入卫，设章不亟杀吕产，则刘吕之成败，尚未可知。陈平有谋无勇，因人成事，论其后日定策之功，未足以赎前日阿谀之罪。至文帝即位，厚赏平勃，而刘章不即加赏，文帝其亦有私意欤？西向让三，南向让再，无非为矫伪之虚文，彼于刘章之欲戴乃兄，尚怀疑忌，宁有不欲称尊之理？况少帝兄弟，同时毙命，皆不过问，其居心更可见矣。夫贤如文帝，而不免怀私，此尧舜以后之所以终无圣主也。

第十二回

两重喜窦后逢兄弟
一纸书文帝服蛮夷

却说文帝闻母后到来，便率领文武百官，出郊恭迎。伫候片时，见薄太后驾到，一齐跪伏，就是文帝亦向母下拜。薄太后安坐舆中，笑容可掬，但令车骑将军薄昭，传谕免礼。薄昭早已下马，遵谕宣示，于是文帝起立，百官皆起，先导后拥，奉辇入都，直至长乐宫中，由文帝扶母下舆。登御正殿，又与百官北面谒贺，礼毕始散。这位薄太后的履历，小子早已叙过，毋庸赘述。见前文中。唯薄氏一索得男，生了这位文帝，不但母以子贵，而且文帝竭尽孝思，在代郡时，曾因母病久延，亲自侍奉，日夜不怠，饮食汤药，必先尝后进，薄氏因此得痊，所以贤孝著闻，终陟帝位。一位失宠的母妃，居然尊为皇太后，适应了许负所言，可见得苦尽甘回，凡事都有定数，毋庸强求呢。讽劝世人不少。

说也奇怪，薄太后的遭际，原是出诸意外，还有文帝的继室窦氏，也是反祸为福，无意中得着奇缘。随笔递入。窦氏系赵地观津人，早丧父母，只有兄弟二人，兄名建，字长君，弟名广国，字少君。少君甚幼，长君亦尚年少，未善谋生，又值兵乱未平，人民离析，窦氏与兄弟二人，几乎不能自存。巧值汉宫采选秀女，窦氏便去应选，得入宫中，侍奉吕后。既而吕后发放宫人，分赐诸王，每王五人，窦氏亦在行中。他因籍隶观津，自愿往赵，好与家乡接近，当下请托主管太监，陈述己意。主管太监却也应允，不意事后失记，竟将窦氏姓名，派入代国，及至窦氏得知，向他诘问，他方自知错误，但已奏明吕后，不能再改，只得好言劝慰，敷衍一番。窦氏洒了许多珠泪，自悲命薄，怅怅出都。同行尚有四女，途中虽不至寂寞，总觉得无限凄凉。那知到了代国，竟蒙代王特别赏识，选列嫔嫱，春风几度，递结珠胎。第一胎生下一女，取名为嫖，第二三胎均是男孩，长名启，次名武。当时代王夫人，本有四男，启与武乃是庶出，当然不及嫡室所生。窦氏却也自安本分，敬事王妃，并嘱二子听命四兄，所以代王嘉她知礼，格外宠爱。会值代王妃得病身亡，后宫虽尚有数人，总要算窦氏为领袖，隐隐有继妃的希望，不过尚未曾正名。至代王入都为帝，前王妃所出四男，接连夭逝，于是窦氏二子，也得头角峥嵘，突出冠时。有福人自会凑机，不必预先摆布。

　　文帝元年孟春之月，丞相以下诸官吏，联名上书，请豫立太子。文帝又再三谦让，谓他日应推选贤王，不宜私建子嗣。群臣又上书固请，略言三代以来，立嗣必子，今皇子启位次居长，敦厚慈仁，允宜立为太子，上承宗庙，下副人心。文帝乃准如所请，册立东宫，即以皇子启为太子。太子既定，群臣复请立皇后。看官试想！太子启既为窦氏所生，窦氏应该为后，尚何疑义？不过群臣未曾指名，让与文帝乾纲独断，文帝也因上有太后，须要禀承母命，才见孝思。当由薄太后下一明谕，饬立太子母窦氏为皇后，窦氏遂得为文帝继室，正位中宫，这叫做意外奇逢，不期自至。若使当年主管太监，不忘所托，最好是做了一个妾媵，怎能平空一跃，升做国母呢？彼时幽共二王，内有悍妇，若窦氏做他姬妾，恐怕还要枉死，何止不能为国母呢！

　　窦氏既得为后，长女嫖受封馆陶公主，次子武亦受封为淮阳王。就是窦后的父母，也由薄太后推类赐恩，并沐荣封。原来薄太后父母，并皆早殁，父葬会稽，母葬栎阳，自从文帝即位，追尊薄父为灵文侯，就会稽郡置园邑三百家，奉守祠冢。薄母为灵文夫人，亦就栎阳北添置园邑，如灵文侯园仪。薄太后以自己父母，统叨封典，不能厚我薄彼，将窦后父母搁过不提。乃诏令有司，追尊窦后父为安成侯，母为安成夫人，就在清河郡观津县中，置园邑二百家，所有奉守祠冢的礼仪，如灵文园大略相同。惺惺惜惺惺。还有车骑将军薄昭，系薄太后弟，时已得封为轵侯，因此窦后兄长君，也得蒙特旨，厚赐田宅，使他移居长安。窦后自然感念姑恩，泥首拜谢，待至长君奉旨到来，兄妹相见，当然忧喜交集，琐叙离踪。谈到季弟少君，长君却唏嘘流涕，说是被人掠去，多年不得音问，生死未卜，窦后关情手足，也不禁涕泗滂沱，待至长君退出，遣人至清河郡中，嘱令地方有司，访觅少君，一时也无从寻着。

窦后正惦念得很，一日忽由内侍递入一书，展开一看，却是少君已到长安，自来认亲。书中述及少时情事，谓与姊同出采桑，尝失足堕地。窦后追忆起来，确有此事，因即向文帝说明，文帝乃召少君进见。少君与窦后阔别，差不多有十余年，当时尚只四五岁，久别重逢，几不相识，窦后未免错愕，不便遽认。还是文帝在座细问，方由少君仔细具陈，他自与姊别后，被盗掠去，卖与人家为奴，又辗转十余家，直至宜阳，时已有十六七岁了。宜阳主人，命与众仆入山烧炭，夜就山下搭篷，随便住宿。不料山忽崩塌，众仆约百余人，统被压死，只有少君脱祸。主人也为惊异，较前优待。少君又佣工数年，自思大难不死，或有后福，特向卜肆中问卜，卜人替他占得一卦，说他剥极遇复，便有奇遇，不但可以免穷，并且还要封侯。少君哑然失笑，疑为荒唐，不敢轻信。连我亦未必相信。可巧宜阳主人，徙居长安，少君也即随往。到了都中，正值文帝新立皇后，文武百官，一齐入贺，车盖往来，很是热闹。当有都人传说，谓皇后姓窦，乃是观津人氏，从前不过做个宫奴，今日居然升为国母，真正奇怪得很。少君听了传言，回忆姊氏曾入宫备选，难道今日的皇后，就是我姊不成？因此多方探听，果然就是姊氏，方大胆上书，即将采桑事列入，作为证据。乃奉召入宫，经文帝和颜问及，乃详陈始末情形。窦后还有疑意，因再盘问道："汝可记得与姊相别，情迹如何？"少君道："我姊西行时，我与兄曾送至邮舍，姊怜我年小，曾向邮舍中乞得米沈，为我沐头，又乞饭一碗，给我食罢，方才动身。"说至此，不禁哽咽起来。那窦后听了，比少君还要增悲，也顾不得文帝上坐，便起身流泪道："汝真是我少弟了！可怜可怜！幸喜得有今日，汝姊已沐皇恩，我弟亦蒙天佑，重来聚首！"说到首字，竟不能再说下去，但与少君两手相持，痛哭起来。少君亦涕泪交横，内侍等站立左右，也为泣下。就是坐在上面的文帝，看到两人情词凄切，也为动容。恻隐之心，人皆有之。待至两人悲泣多时，才为劝止，且召入后兄长君，叫他相会。兄弟重叙，更有一番问答的苦情，不在话下。

唯文帝令他兄弟同居，再添赐许多田宅，长君少君，方拜辞帝后，携手同归。右丞相周勃，太尉灌婴闻知此事，私自商议道："从前吕氏专权，我等幸得不死。今窦后兄弟，并集都中，将来或倚着后族，得官干政，岂非我等性命，又悬在两人手中？

且彼两人出身寒微，未明礼义，一或得志，必且效尤吕氏，今宜预为加防，替他慎择师友，曲为陶熔，方不至有后患哩！"二人议定，随即上奏文帝，请即选择正士，与窦后兄弟交游。文帝准奏，择贤与处。窦氏兄弟，果然退让有礼，不敢倚势陵人。且文帝亦惩前毖后，但使他安居长安，不加封爵。直至景帝嗣位，尊窦后为皇太后，乃拟加封二舅，适值长君已死，不获受封，有子彭祖，得封南皮侯，少君尚存，得封章武侯。此外有魏其侯窦婴，乃是窦后从子，事见后文。

且说文帝励精图治，发政施仁，赈穷民，养耆老，遣都吏巡行天下，察视郡县守令，甄别淑慝，奏定黜陟。又令郡国不得进献珍物。海内大定，远近翕然。乃加赏前时随驾诸臣，封宋昌为壮武侯，张武等六人为九卿，另封淮南王舅赵兼为周阳侯，齐王舅驷钧为靖郭侯，故常山丞相蔡兼为樊侯。又查得高祖时佐命功臣，如列侯郡守，共得百余人，各增封邑，无非是亲旧不遗的意思。

过了半年有余，文帝益明习国事，特因临朝时候，顾问右丞相周勃道："天下凡一年内，决狱几何？"勃答称未知。文帝又问每年钱谷，出入几何？勃又详说不出，仍言未知。口中虽然直答，心中却很是怀惭，急得冷汗直流，湿透背上。文帝见勃不能言，更向左边顾问陈平。平亦未尝熟悉此事，靠着那一时急智，随口答说道："这两事各有专职，陛下不必问臣。"文帝道："这事何人专管？"平又答道："陛下欲知决狱几何，请问廷尉。就是钱谷出入，亦请问治粟内史便了！"文帝作色道："照此说来，究竟君主管何事？"平伏地叩谢道："陛下不知臣驽钝，使臣得待罪宰相，宰相的职任，上佐天子理阴阳，顺四时，下抚万民，明庶物，外镇四夷诸侯，内使卿大夫各尽职务，关系却很是重大呢。"真是一张利嘴。文帝听着，乃点首称善。文帝也是忠厚，所以被他骗过。勃见平对答如流，更觉得相形见绌，越加惶愧。待至文帝退朝，与平一同趋出，因向平埋怨道："君奈何不先教我！"忠厚人总觉带呆。平笑答道："君居相位，难道不知己职，倘若主上问君，说是长安盗贼，尚有几人，试问君将如何对答哩？"勃无言可说，默然退归，自知才不如平，已有去意。可巧有人语勃道："君既诛诸吕，立代王，威震天下，首受厚赏，古人有言，功高遭忌，若再恋栈不去，祸即不远了！"勃被他一吓，越觉寒心，当即上书谢病，请还相印。文帝准奏，将勃免职，专任陈平为相，且与商及南越事宜。

南越王赵佗，前曾受高祖册封，归汉称臣。事见前文。至吕后四年，有司请禁南越关市铁器，佗因此动怒，背了汉朝，僭称南越武帝。且疑是长沙王吴回吴芮孙。进谗，遂发兵攻长沙，蹂躏数县，大掠而去。长沙王上报朝廷，请兵援应，吕后特遣隆虑侯周灶，率兵往讨。适值天时溽暑，士卒遇疫，途次多致病死，眼见是不能前行，并且南岭一带，由佗派兵堵住，无路可入，灶只得逗留中道，到了吕后病殁，索性班师回京。赵佗更横行无忌，用了兵威财物，诱致闽越西瓯，俱为属国，共得东西万余里地方，居然乘黄屋，建左纛，与汉天子仪制相同。文帝见四夷宾服，独有赵佗倔强得很，意欲设法羁縻，用柔制刚，当下命真定官吏，为佗父母坟旁，特置守邑，岁时致祭。且召佗兄弟属亲，各给厚赐，然后选派使臣，南下招佗。这种命意，不能不与相臣商议，陈平遂将陆贾保荐上去，说他前番出使，不辱君命，此时正好叫他再往，驾轻就熟，定必有成。文帝也以为然，遂召陆贾入朝，仍令为大中大夫，使他赍着御书，往谕赵佗。贾奉命起程，好几日到了南越，赵佗闻是熟客，当然接见。贾即取书交付，由佗接过手中，便即展阅，但见书中说是：

朕，高皇帝侧室子也，奉北藩于代，道路辽远，壅蔽朴愚，未尝致书。高皇帝弃群臣，孝惠皇帝即世，高后自临事，不幸有疾，日进不衰。诸吕为变，赖功臣之力，诛之已毕，朕以王侯吏不释之故，不得不立。乃者闻王遗将军隆虑侯书，求亲昆弟，诸罢长沙两将军。朕以王书罢将军博阳侯，亲昆弟在真定者，已遣使存问，修治先人冢。前日闻王发兵于边，为寇灾不止，当时长沙王苦之，南郡尤甚。虽王之国，庸独利乎？必多杀士卒，伤良将吏，寡人之妻，孤人之子，独人父母，得一亡十，朕不忍为也。朕欲定地犬牙相入者，以问吏，吏曰：高皇帝所以介长沙王也，朕不能擅变焉。今得王之地，不足以为大，得王之财，不足以为富，岭以南王自治之。虽然，王之号为帝，两帝并立，无一乘之使以通其道，是争也；争而不让，王者不为也。愿与王分弃前恶，终今以来，通使如故，故使贾驰谕，告王朕意。

赵佗阅毕，大为感动，便握贾手与语道："汉天子真是长者，愿奉明诏，永为藩臣。"贾即指示御书道："这是天子的亲笔，大王既愿臣服天朝，对着天子手书，就与面谒一般，应该加敬。"赵佗听着，就将御书悬诸座上，自在座前拜跪，顿首谢罪。贾又令速去帝号，佗亦允诺，下令国中道："我闻两雄不并立，两贤不并世。汉皇帝真贤天子，自今以后，我当去帝制黄屋左纛，仍为汉藩。"贾乃夸奖赵佗贤明。佗闻言大喜，与贾共叙契阔，盛筵相待。款留了好几日，贾欲回朝报命，向佗取索复书，佗构思一番，亦缮成一书道：

蛮夷大长老夫臣佗昧死再拜，上书皇帝陛下：老夫故越吏也，针对侧室子句。高皇帝幸赐臣佗玺，以为南越王。孝惠帝即位，义不忍绝，所以赐老夫者厚甚。高后用事，别异蛮夷，出令曰：毋与蛮夷越金铁田器，马牛羊即予，予牡毋予牝。老夫处僻，马牛羊齿已长，自以祭祀不修，有死罪，使内史藩，中尉高，御史平凡三辈，上书谢罪皆不返。又风闻老夫父母坟墓已坏削，兄弟宗族与诛论，吏相与议曰：今内不得振于汉，外无以自高异，故更号为帝，自帝其国，非敢有害于天下。高皇后闻之大怒，削去南越之籍，使使不通，老夫窃疑长沙王谗臣，故敢发兵以伐其边。且南方卑湿，蛮夷中西有西瓯，其众半羸，南面称王，东有闽越，其众数千人，亦称王，西北有长沙，其半蛮夷，亦称王，老夫故敢妄窃帝号，聊以自娱。老夫处越四十九年，于今抱孙焉，然夙兴夜寐，寝不安席，食不甘味，目不视靡曼之色，耳不听钟鼓之音者，以不得事汉也。今陛下幸哀怜，复故号，通使汉如故，老夫死，骨不腐，改号，不敢为帝矣。谨昧死再拜以闻。

书既写就，随手封固，又取出许多方物，托贾带还，作为贡献，另外亦有贽仪赠贾。贾即别了赵佗，北还报命，及进见文帝，呈上书件，文帝看了一周，当然欣慰，也即厚赏陆贾，贾拜谢而退。**好做富家翁了。**嗣是南方无事，寰海承平，两番使越的陆大夫，亦安然寿终，小子有诗咏道：

> 武力何如文教优，御夷有道在怀柔，
> 诏书一纸蛮王拜，伏地甘心五体投。

未几就是文帝二年，岁朝方过，便有一位大员，病重身亡。欲知何人病逝，容至下回再表。

有薄太后之为姑，复有窦皇后之为妇，两人境遇不同，而其悲欢离合之情迹，则如出一辙，可谓姑妇之间，无独有偶者矣。语有之：塞翁失马，安知非福，两后亦如是耳。长君少君，不期而会，先号后笑，命亦从同，得绛灌之代为设法，择正士以保傅之，而长君少君，卒为退让之君子，是何莫非窦氏之幸福欤。赵佗横恣岭南，第以一书招谕，即顿首谢罪，自去帝制，可见推诚待人，鲜有不为所感动者。忠信之道，行于蛮貊，奚必劳师动众为哉！

第十三回

遭众忌贾谊被迁
正闺仪袁盎强谏

却说丞相陈平，专任数月，忽然患病不起，竟至谢世。文帝闻讣，厚给赙仪，赐谥曰献，令平长子贾袭封。平佐汉开国，好尚智谋，及安刘诛吕，平亦以计谋得功。平尝自言我多阴谋，为道家所禁，及身虽得幸免，后世子孙，恐未必久安。后来传至曾孙陈何，擅夺人妻，坐法弃市，果致绝封。可为好诈者鉴。这且不必细表。唯平既病死，相位乏人，文帝又记起绛侯周勃，仍使为相，勃亦受命不辞。会当日蚀告变，文帝因天象示儆，诏求贤良方正，直言极谏。当由颍阴侯骑士贾山，上陈治乱关系，至为恳切，时人称为至言。略云：

臣闻为人臣者，尽忠竭愚，以直谏主，不避死亡之诛者，臣山是也。臣不敢虚稽久远，愿借秦为喻，唯陛下少加意焉！

夫布衣韦带之士，修身于内，成名于外，而使后世不绝息。至秦则不然，贵为天子，富有天下，赋敛重数，音朔百姓任罢，音疲赭衣半道，群盗满山，使天下之人，戴目而视，倾耳而听。一夫大呼，天下响应者，陈胜是也。盖天罚已加矣。臣闻雷霆之所击，无不摧折者，万钧之所压，无不靡灭者，今人主之威，非特雷霆也，势重非特万钧也，开道而求谏，和颜色而受之，用其言而显其身，士犹恐惧而不敢自尽，又况于纵欲恣行暴虐，恶闻其过乎！

　　昔者周盖千八百国，以九州之民，养千八百国之君，君有余财，民有余力，而颂声作。秦皇帝以千八百国之民自养，力罢不能胜其役，财尽不能胜其求，身死才数月耳，天下四面而攻之，宗庙灭绝矣。秦皇帝居灭绝之中，而不自知者何也？亡无也辅弼之臣，亡直谏之士，天下已溃而莫之告也。

　　今陛下使天下举贤良方正之士，天下之士，莫不精白以承休德，今已在朝廷矣，乃选其贤者，使为常侍诸吏，与之驰骋射猎，一日再三出，臣恐朝廷之懈弛，百官之堕于事也。陛下即位，亲自勉以厚天下，振贫民，礼高年，平狱缓刑，天下莫不喜悦。

　　臣闻山东吏布诏令，民虽老羸癃疾，扶杖而往听之，愿少须臾毋死，思见德化之成也。今功业方就，名闻方昭，四方向风，今从豪俊之臣，方正之士，直与之日日猎射，击兔伐狐，以伤大业，绝天下之望，臣窃悼之！诗曰：靡不有初，鲜克有终，臣不胜大愿，愿少衰射猎，以夏岁二月，定明堂，造太学，修先王之道，风行俗成，万世之基定，然后唯陛下所幸耳。古者大臣不得与宴游，方正修絜音洁之士，不得从射猎，使皆务其方以高其节，则群臣莫敢不正身修行，尽心以称大礼。如此则陛下之道，得所尊敬，然后功业施于四海，垂于万世子孙矣。

　　原来文帝虽日勤政事，但素性好猎，往往乘暇出游，猎射为娱，所以贾山反复切谏。文帝览奏，颇为嘉纳，下诏褒奖，嗣是车驾出入，遇着官吏上书，必停车收受，有可采择，必极口称善，意在使人尽言。当时又有一个通达治体的英材，与贾山同姓不同宗，籍隶洛阳，单名是一谊字。少年卓荦，气宇非凡。**贾谊是一时名士，故叙入谊名，比贾山尤为郑重。**尝由河南守吴公，招置门下，备极器重。吴公素有循声，治平为天下第一，文帝特召为廷尉。**随笔带过吴公，不没循吏。**吴公奉命入都，遂将谊登诸荐牍，说他博通书籍，可备咨询，文帝乃复召谊为博士。谊年才弱冠，朝右诸臣，无如谊少年，每有政议，诸老先生未能详陈，一经谊逐条解决，偏能尽合人意，都下遂盛称谊才。文帝也以为能，仅一岁间，超迁至大中大夫。谊劝文帝改正朔，易服色，更定官制，大兴礼乐，草成数千百言，厘举纲要，文帝却也叹赏，不过因事关重大，谦让未遑。谊又请耕籍田、遣列侯就国，文帝乃照议施行。复欲升任谊为公卿，偏丞相周勃，太尉灌婴，及东阳侯张相如，御史大夫冯敬等，各怀妒忌，交相诋毁，常至文帝座前，说是洛阳少年，纷更喜事，意在擅权，不宜轻用。文帝为众议所迫，也就变了本意，竟出谊为长沙王太傅。谊不能不去，但心中甚是怏怏。出都南下，渡过湘水，悲吊战国时楚臣屈原，屈原被谗见放，投湘自尽。作赋自比。后居长沙三年，有鵩鸟飞入谊舍，停止座隅。鵩鸟似鸮，向称为不祥鸟，谊恐应己身，益增忧感，且因长沙卑湿，水土不宜，未免促损寿元，乃更作《鵩鸟赋》，自述悲怀。小子无暇抄录，看官请查阅《史》《汉》列传便了。

贾谊既去，周勃等当然快意，不过勃好忌人，人亦恨勃，最怨望的就是朱虚侯刘章，及东牟侯刘兴居。先是诸吕受诛，刘章实为功首，兴居虽不及刘章，但清宫迎驾，也算是一个功臣。周勃等与两人私约，许令章为赵王，兴居为梁王，及文帝嗣位，勃未尝替他奏请，竟背前言，自己反受了第一等厚赏，因此章及兴居，与勃有嫌。文帝也知刘章兄弟，灭吕有功，只因章欲立兄为帝，所以不愿优叙。好容易过了两年，有司请立皇子为王，文帝下诏道："故赵幽王幽死，朕甚怜悯，前已立幽王子遂为赵王，见四十七回。尚有遂弟辟彊，及齐悼惠子朱虚侯章，东牟侯兴居，有功可王。"这诏一下，群臣揣合帝意，拟封辟彊为河间王，朱虚侯章为城阳王，东牟侯兴居为济北王，文帝当然准议。唯城阳济北，俱系齐地，割封刘章兄弟，是明明削弱齐王，差不多剜肉补疮，何足言惠！这三王分封出去，更将皇庶子参，封太原王，揖封梁王。梁赵均系大国，刘章兄弟，希望已久，至此终归绝望，更疑为周勃所卖，啧有烦言。文帝颇有所闻，索性把周勃免相，托称列侯未尽就国，丞相可为倡率，出就侯封。勃未曾预料，突接此诏，还未知文帝命意，没奈何缴还相印，陛辞赴绛去了。

文帝擢灌婴为丞相，罢太尉官。灌婴接任时，已在文帝三年，约阅数月，忽闻匈奴右贤王，入寇上郡，文帝急命灌婴调发车骑八万人，往御匈奴，自率诸将诣甘泉宫，作为援应。嗣接灌婴军报，匈奴兵已经退去，乃转赴太原，接见代国旧臣，各给赏赐，并免代民三年租役。留游了十余日，又有警报到来，乃是济北王兴居，起兵造反，进袭荥阳。当下飞调棘蒲侯柴武为大将军，率兵往讨，一面令灌婴还师，自领诸将急还长安。兴居受封济北，与乃兄章同时就国，章郁愤成病，不久便殁。了过刘章。兴居闻兄气愤身亡，越加怨恨，遂有叛志，适闻文帝出讨匈奴，总道是关中空虚，可以进击，因即骤然起兵。那知到了荥阳，便与柴武军相遇，一场大战，被武杀得七零八落，四散奔逃。武乘胜追赶，紧随不舍，兴居急不择路，策马乱跑，一脚踏空，马竟蹶倒，把兴居掀翻地上。后面追兵已到，顺手拿住，牵至柴武面前，武把他置入囚车，押解回京。兴居自知不免，扼吭自杀。**兴居功不及兄，乃敢造反，怎得不死。**待武还朝复命，验明尸首，文帝怜他自取灭亡，乃尽封悼惠王诸子罢军等七人为列侯，唯济北国撤销，不复置封。

　　内安外攘，得息干戈，朝廷又复清闲，文帝政躬多暇，免不得出宫游行。一日带着侍臣，往上林苑饱看景色，但见草深林茂，鱼跃鸢飞，却觉得万汇滋生，足快心意。行经虎圈，有禽兽一大群，驯养在内，不胜指数，乃召过上林尉，问及禽兽总数，究有若干？上林尉瞠目结舌，竟不能答，还是监守虎圈的啬夫**官名**，从容代对，——详陈，文帝称许道："好一个吏目，能如此才算尽职哩？"说着，即顾令从官张释之，拜啬夫为上林令。释之字季，堵阳人氏，前为骑郎，十年不得调迁，后来方进为谒者。释之欲进陈治道，文帝叫他不必高论，但论近时。释之因就秦汉得失，说了一番，语多称旨。遂由文帝赏识，加官谒者仆射，每当车驾出游，辄令释之随着。此时释之奉谕，半晌不答，再由文帝重申命令，乃进问文帝道："陛下试思绛侯周勃，及东阳侯张相如，人品若何？"文帝道："统是忠厚长者。"释之接说道："陛下既知两人为长者，奈何欲重任啬夫。彼两人平时论事，好似不能发言。岂若啬夫利口，喋喋不休。且陛下可曾记得秦始皇么？"文帝道："始皇有何错处？"释之道："始皇专任刀笔吏，但务苛察，后来敝俗相沿，竟尚口辩，不得闻过，遂致土崩。今陛下以啬夫能言，便欲超迁，臣恐天下将随时尽靡哩！"**君子不以言举人，徒工口才，原是不足超迁，但如上林尉之糊涂，亦何足用！**文帝方才称善，乃不拜啬夫，升授释之为宫车令。

　　既而梁王入朝，与太子启同车进宫，行过司马门，并不下车，适被释之瞧见，赶将过去，阻住太子梁王，不得进去，一面援着汉律，据实劾奏。汉初定有宫中禁令，以司马门为最重，凡天下上事，四方贡献，均由司马门接收，门前除天子外，无论何人，并应下车，如或失记，罚金四两。释之劾奏太子梁王，说他时常出入，理应知晓，今敢不下公门，乃是明知故犯，以不敬论。这道弹章呈将进去，文帝不免溺爱，且视为寻常小事，搁置不理，偏为薄太后所闻，召入文帝，责他纵容儿子，文帝始免冠叩谢，自称教子不严，还望太后恕罪。薄太后乃遣使传诏，赦免太子梁王，才准入

汉文帝不用利口

见。文帝究是明主，并不怪释之多事，且称释之守法不阿，应再超擢，遂拜释之为中大夫，未几又升为中郎将。会文帝挈着宠妃慎夫人，出游霸陵，释之例须扈跸，因即随驾同行。霸陵在长安东南七十里，地势负山面水，形势甚佳，文帝自营生圹，因山为坟，故称霸陵，当下眺览一番，复与慎夫人登高东望，手指新丰道上，顾示慎夫人道："此去就是邯郸要道呢。"慎夫人本邯郸人氏，听到此言，不由的触动乡思，凄然色沮。文帝见她玉容黯淡，自悔失言，因命左右取过一瑟，使慎夫人弹瑟遣怀。邯郸就是赵都，赵女以善瑟著名，再加慎夫人心灵手敏，当然指法高超，既将瑟接入手中，便即按弦依谱，顺指弹来。文帝听着，但觉得嘈嘈切切，暗寓悲情，顿时心动神移，也不禁忧从中来，别增怅触。于是慨然作歌，与瑟相和。一弹一唱，饶有余音，待至歌声中辍，瑟亦罢弹。文帝顾语从臣道："人生不过百年，总有一日死去，我死以后，若用北山石为椁，再加纻絮杂漆，涂封完密，定能坚固不破，还有何人得来摇动呢。"**文帝所感，原来为此。**从臣都应了一个是字，独释之答辩道："臣以为皇陵中间，若使藏有珍宝，使人涎羡，就令用北山为椁，南山为户，两山合成一陵，尚不免有隙可寻，否则虽无石椁，亦何必过虑呢！"文帝听他说得有理，也就点头称善。时已日昃，因即命驾还宫。嗣又令释之为廷尉。释之廉平有威，都下慑服。

唯释之这般刚直，也是有所效法，仿佛萧规曹随。他从骑尉进阶，是由袁盎荐引，前任的中郎将，并非他人，就是袁盎。盎尝抗直有声，前从文帝游幸，也有好几次犯颜直谏，言人所不敢言。文帝尝宠信宦官赵谈，使他参乘，盎伏谏道："臣闻天子同车，无非天下豪俊，今汉虽乏才，奈何令刀锯余人，同车共载呢！"文帝乃令赵谈下车，谈只好依旨，勉强趋下。已而袁盎又从文帝至霸陵，文帝纵马西驰，欲下峻阪，盎赶前数步，揽住马缰。文帝笑说道："将军何这般胆怯？"盎答道："臣闻千金之子不垂堂，百金之子不骑衡，圣主不乘危，不侥幸，今陛下驰骋六飞，亲临不测，倘或马惊车覆，有伤陛下，陛下虽不自爱，难道不顾及高庙太后么？"文帝乃止。过了数日，文帝复与窦皇后慎夫人，同游上林，上林郎署长预置坐席。待至帝后等入席休息，盎亦随入。帝后分坐左右，慎夫人就趋至皇后坐旁，意欲坐下，盎用手一挥，不令慎夫人就坐，却要引她退至席右，侍坐一旁。慎夫人平日在宫，仗着文帝宠爱，尝与窦皇后并坐并行。窦后起自寒微，经过许多周折，幸得为后，所以遇事谦退，格外优容。俗语说得好，习惯成自然，此次偏遇袁盎，便要辨出嫡庶的名位，叫慎夫人退坐下首。慎夫人如何忍受？便即站立不动，把两道柳叶眉，微竖起来，想与袁盎争论。文帝早已瞧着，只恐慎夫人与他斗嘴，有失阃仪，但心中亦未免怪着袁盎，多管闲事，因此勃然起座，匆匆趋出。**明如文帝，不免偏爱幸姬，女色之蛊人也如此！**窦皇后当然随行，就是慎夫人亦无暇争执，一同随去。文帝为了此事，打断游兴，即带着后妃，乘辇回宫。袁盎跟在后面，同入宫门，俟帝后等下辇后，方从容进谏道："臣闻尊卑有序，方能上下和睦，今陛下既已立后，后为六宫主，无论妃妾嫔嫱，不能与后并尊。慎夫人就是御妾，怎得与后同坐？就使陛下爱幸慎夫人，只好优加赏赐，何可紊乱秩序，若使酿成骄恣，名为加宠，实是加害。前鉴非遥，宁不闻当时'人彘'么！"文帝听得"人彘"二字，才觉恍然有悟，怒气全消。时慎夫人已经入内，文帝也走将进去，把袁盎所说的言语，照述一遍。慎夫人始知袁盎谏诤，实为保全自己起见，悔不该错怪好人，乃取金五十斤，出赐袁盎。**妇女往往执性，能如慎夫人之自知悔过，也算难得，故卒得保全无事。**盎称谢而退。

会值淮南王刘长入朝，诣阙求见，文帝只有此弟，宠遇甚隆。不意长在都数日，闯出了一桩大祸，尚蒙文帝下诏赦宥，仍令归国，遂又激动袁盎一片热肠，要去面折廷争了。正是：

> 明主岂宜私子弟，直臣原不惮王侯。

究竟淮南王长为了何事得罪，文帝又何故赦他，待至下回说明，自有分晓。

贾谊以新进少年，得遇文帝不次之擢，未始非明良遇合之机。惜乎才足以动人主，而智未足以绌老成也。绛灌诸人，皆开国功臣，位居将相，资望素隆，为贾谊计，正宜与彼联络，共策进行，然后可以期盛治。乃徒絮聒于文帝之前，而于绛灌等置诸不顾，天下宁有一君一臣，可以行政耶！长沙之迁，咎由自取，吊屈原，赋鹏鸟，适见其无含忍之功，徒知读书，而未知养气也。张释之直谏，语多可取，而袁盎所陈三事，尤为切要。斥赵谈之同车，所以防宵小；戒文帝之下阪，所以范驰驱；却慎夫人之并坐，所以正名义。诚使盎事事如此，何至有不学之讥乎？唯文帝从谏如流，改过不吝，其真可为一时之明主也软！

第十四回

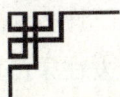

辟阳侯受椎毙命
淮南王谋反被囚

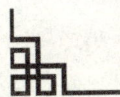

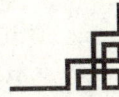

却说淮南王刘长，系高祖第五子，乃是赵姬所出。赵姬本在赵王张敖宫中，高祖自东垣过赵，当是讨韩王信时候。张敖遂拨赵姬奉侍。高祖生性渔色，见了娇滴滴的美人，怎肯放过？当即令她侍寝，一宵雨露，便种胚胎。高祖不过随地行乐，管什么有子无子，欢娱了一两日，便将赵姬撇下，径自回都。薄幸人往往如此。赵姬仍留居赵宫，张敖闻她得幸高祖，已有身孕，不敢再使宫中居住，特为另筑一舍，俾得休养。既而贯高等反谋发觉，事连张敖，一并逮治，见前文。张氏家眷，亦拘系河内狱中，连赵姬都被系住。赵姬时将分娩，对着河内狱官，具陈高祖召幸事，狱官不禁伸舌，急忙报知郡守，郡守据实奏闻，那知事隔多日，毫无复音。赵姬有弟赵兼，却与审食其有些相识，因即措资入都，寻至辟阳侯第中，叩门求谒。审食其还算有情，召他入见，问明来意，赵兼一一详告，并恳食其代为疏通。食其却也承认，入白吕后，吕后是个母夜叉，最恨高祖纳入姬妾，怎肯替赵姬帮忙？反将食其抢白数语，食其碰了一鼻子灰，不敢再说。赵兼待了数日　不得确报，再向食其处问明。食其谢绝不见，累得赵兼白跑一趟，只得回到河内。

赵姬已生下一男，在狱中受尽痛苦，眼巴巴的望着皇恩大赦，偏由乃弟走将进来，满面愁惨，语多支吾。赵姬始知绝望，且悔且恨，哭了一日，竟自寻死。待至狱吏得知，已经气绝，无从施救。一夕欢娱，落了这般结果，真是张敖害她。只把遗下的婴孩，雇了一个乳媪，好生保护，静候朝中消息。可巧张敖遇赦，全家脱囚，赵姬所生的血块儿，复由郡守特派吏目，偕了乳媪，同送入都。高祖前时怨恨张敖，无暇顾及赵姬，此时闻赵姬自尽，只有遗孩送到，也不禁记念旧情，感叹多时。迟了迟了。当下命将遗孩抱入，见他状貌魁梧，与己相似，越生了许多怜惜，取名为长，遂即交与吕后，嘱令抚养，并饬河内郡守，把赵姬遗棺，发往原籍真定，妥为埋葬。*尸骨早寒，晓得什么*？吕后虽不愿抚长，但因高祖郑重叮嘱，也不便意外虐待。好在长母已亡，不必生妒，一切抚养手续，自有乳媪等掌管，毋庸劳心，因此听他居住，随便看管。

好容易过了数年，长已有五六岁了，生性聪明，善承吕后意旨，吕后喜他敏慧，居然视若己生，长因得无恙。及出为淮南王，才知生母赵姬，冤死狱中，母舅赵兼，留居真定，因即着人往迎母舅。到了淮南，两下谈及赵姬故事，更添出一重怨恨，无非为了审食其不肯关说，以致赵姬身亡。长记在心中，尝欲往杀食其，只苦无从下手，未便遽行。及文帝即位，食其失势，遂于文帝三年，借了入朝的名目，径诣长安。文帝素来孝友，闻得刘长来朝，很表欢迎，接见以后，留他盘桓数日。长年已逾冠，膂力方刚，两手能扛巨鼎，胆大敢为，平日在淮南时，尝有不奉朝命，独断独行等事，文帝只此一弟，格外宽容。此次见文帝留与盘桓，正合长意。一日长与文帝同车，往猎上苑，在途交谈，往往不顾名分，但称文帝为大兄。文帝仍不与较，待遇如常。长越觉心喜，自思入京朝觐，不过具文，本意是来杀审食其，借报母仇。况主上待我甚厚，就使把食其杀死，当也不致加我大罪，此时不再下手，更待何时！乃暗中怀着铁椎，带领从人，乘车去访审食其。食其闻淮南王来访，怎敢怠慢？慌忙整肃衣冠，出门相迎。见长一跃下车，趋至面前，总道他前来行礼，赶先作揖。才经俯首，不防脑袋上面，突遭椎击，痛彻心腑，霎时间头旋目晕，跌倒地上。长即令从人趋近，枭了食其首级，上车自去。

食其家内，非无门役，但变生仓猝，如何救护？且因长是皇帝亲弟，气焰逼人，怎好擅出擒拿，所以长安然走脱，至宫门前下车，直入阙下，求见文帝。文帝当然出见，长跪伏殿阶，肉袒谢罪，转令文帝吃了一惊，忙问他为着何事？长答说道："臣母前居赵国，与贯高谋反情事，毫无干涉。辟阳侯明知臣母冤枉，且尝为吕后所宠，独不肯入白吕后，恳为代陈，便是一罪，赵王如意，母子无辜，枉遭毒害，辟阳侯未尝力争，便是二罪，高后封诸吕为王，欲危刘氏，辟阳侯又默不一言，便是三罪，辟阳侯受国厚恩，不知为公，专事营私，身负三罪，未正明刑，臣谨为天下诛贼，上除国蠹，下报母仇！唯事前未曾请命，擅诛罪臣，臣亦不能无罪，故伏阙自陈，愿受明罚。"强词亦足夺理。文帝本不悦审食其，一旦闻他杀死，倒也快心，且长为母报仇，迹虽专擅，情尚可原，因此叫长退去，不复议罪。长已得逞志，便即辞行，文帝准他回国，他就备好归装，昂然出都去了。中郎将袁盎，入宫进谏道："淮南王擅杀食其，陛下乃置诸不问，竟令归国，恐此后愈生骄纵，不可复制。臣闻尾大不掉，必滋后患，愿陛下须加裁抑，大则夺国，小则削地，方可防患未萌，幸勿再延！"文帝不言可否，盎只好退出。

过了数日，文帝非但不治淮南王，反追究审食其私党，竟饬吏往拿朱建。建得了此信，便欲自杀，诸子劝阻道："生死尚未可知，何必自尽！"建慨然道："我死当可无事，免得汝等罹祸了！"遂拔剑自刭。吏人回报文帝，文帝道："我并不欲杀建，何必如此！"遂召建子入朝，拜为中大夫。建为食其而死，也不值得，幸亏遇着文帝，尚得贻荫儿曹。

越年为文帝四年，丞相灌婴病逝，升任御史大夫张苍为丞相，且召河东守季布进京，欲拜为御史大夫。布自中郎将出守河东，河东百姓，却也悦服。布为中郎将，见前文。当时有个曹丘生，与布同为楚人，流寓长安，结交权贵，宦官赵谈，常与往来，就是窦皇后兄窦长君，亦相友善，曹丘生得借势敛钱，招权纳贿。布虽未识曹丘生，姓名却是熟悉，因闻曹丘生所为不合，特致书窦长君，叙述曹丘生劣迹，劝他勿与结交。窦长君得书后，正在将信将疑，巧值曹丘生来访长君，自述归意，并请长君代作一书，向布介绍。长君微笑道："季将军不喜足下，愿足下毋往！"曹丘生道："仆自有法说动季将军，只教得足下一书，为仆先容，仆方可与季将军相见哩。"长君不便峻拒，乃泛泛地写了一书，交与曹丘生。曹丘生归至河东，先遣人持书投入，季布展开一看，不禁大怒，既恨曹丘生，复恨窦长君，两恨交并，便即盛气待着。俄而曹丘生进来，见布怒容满面，却毫不畏缩，竟向布长揖道："楚人有言：得黄金百斤，不如得季布一诺，足下虽有言必践，但有此盛名，也亏得旁人揄扬。仆与足下同是楚人，使仆为足下游誉，岂不甚善，何必如此拒仆呢！"布素来好名，一听此言，不觉转怒为喜，即下座相揖，延为上客。留馆数月，给他厚赆，曹丘生辞布归楚，复由楚入都，替他扬名，得达主知。文帝乃将布召入，有意重任，忽又有人入毁季布，说他好酒使气，不宜内用，转令文帝起疑，踌躇莫决。布寓京月余，未得好音，乃入朝进奏道："臣待罪河东，想必有人无故延誉，乃蒙陛下宠召。今臣入都月余，不闻后命，又必有人乘间毁臣。陛下因一誉赐召，一毁见弃，臣恐天下将窥见浅深，竞来尝试了。"文帝被他揭破隐衷，却也自惭，半晌方答谕道："河东是我股肱郡，故特召君前来，略问情形，非有他意。今仍烦君复任，幸勿多疑。"布乃谢别而去。

唯布有弟季心，亦尝以任侠著名，见有不平事件，辄从旁代谋，替人泄忿。偶因近地土豪，武断乡曲，由季心往与理论，土豪不服，心竟把他杀死，避匿袁盎家中。盎方得文帝宠信，即出与调停，不致加罪，且荐为中司马。因此季心以勇闻，季布以诺闻。相传季布季心，气盖关中，便是为此，这且不必细表。**详叙季布兄弟，无非借古讽今。**

且说绛侯周勃，自免相就国后，约有年余，每遇河东守尉，巡视各县，往往心不自安，披甲相见，两旁护着家丁，各持兵械，似乎有防备不测的情形。**这叫做心劳日拙。**河东守尉，未免惊疑，就中有一个促狭人员，上书告讦，竟诬称周勃谋反。文帝已阴蓄猜疑，见了告变的密书，立谕廷尉张释之，叫他派遣干员，逮勃入京。释之不好怠慢，只得派吏赴绛，会同河东守季布，往拿周勃。布亦知勃无反意，唯因诏命难违，不能不带着兵役，与朝吏同至绛邑，往见周勃。勃仍披甲出迎，一闻诏书到来，已觉忐忑不宁，待至朝吏读罢，吓得目瞪口呆，几与木偶相似。**披甲设兵，究有何益！**还是季布叫他卸甲，劝慰数语，方令朝吏好生带着，同上长安。

入都以后，当然下狱，廷尉原是廉明，狱吏总要需索。勃初意是不肯出钱，偏被狱吏冷嘲热讽，受了许多腌臜气，那时只好取出千金，分作馈遗。狱吏当即改换面目，小心供应。既而廷尉张释之，召勃对簿，勃不善申辩，经释之面讯数语，害得舌结词穷，不发一言。还亏释之是个好官，但令他还系狱中，一时未曾定谳。狱吏既得勃赂，见勃不能置词，遂替他想出一法，只因未便明告，乃将文牍背后，写了五字，取出示勃。**得人钱财，替人消灾，还算是好狱吏。**勃仔细瞧着，乃是以公主为证五字，才觉似梦方醒。待至家人入内探视，即与附耳说明。原来勃有数子，长名胜之，曾娶文帝女为妻，自勃得罪解京，胜之等恐有不测，立即入京省父，公主当亦同来。唯胜之平日，与公主不甚和协，屡有反目等情，此时为父有罪，没奈何央恳公主，代为转圜。公主还要摆些身架，直至胜之五体投地，方嫣然一笑，入宫代求去了。这是笔下解颐处。

先是释之谳案，本主宽平，一是文帝出过中渭桥，适有人从桥下走过，惊动御马，当由侍卫将行人拿住，发交廷尉。文帝欲将他处死，释之止断令罚金，君臣争执一番，文帝驳不过释之，只得依他判断，罚金了事。一是高庙内座前玉环，被贼窃去，贼为吏所捕，又发交廷尉。释之奏当弃市，文帝大怒道："贼盗我先帝法物，罪大恶极，不加族诛，叫朕如何恭承宗庙呢！"释之免冠顿首道："法止如此，假如愚民无知，妄取长陵一抔土，陛下将用何法惩办？"这数语唤醒文帝，也觉得罪止本身，因入白薄太后，薄太后意议从同，遂依释之言办理罢了。插叙两案，表明释之廉平。此次审问周勃，实欲为勃解免，怎奈勃口才不善，未能辩明，乃转告知袁盎。盎尝劾勃骄倨无礼，见四六回。至是因释之言，独奏称绛侯无罪。还有薄太后弟昭，因勃曾让与封邑，感念不忘，所以也入白太后，为勃伸冤。薄太后已得公主泣请，再加薄昭一番面陈，便召文帝入见。文帝应召进谒，太后竟取头上冒巾，向文帝面前掷去，且怒说道："绛侯握皇帝玺，统率北军，彼时不想造反，今出居一小县间，反要造反么？汝听了何人谗构，乃思屈害功臣！"文帝听说，慌忙谢过，谓已由廷尉讯明冤情，便当释放云云。太后乃令他临朝，赦免周勃。好在释之已详陈狱情，证明勃无反意，文帝不待阅毕，即使人持节到狱，将勃释免。

勃幸得出狱，喟然叹道："我尝统领百万兵，不少畏忌，怎知狱吏骄贵，竟至如此！"说罢，便上朝谢恩。文帝仍令回国，勃即陛辞而出，闻得薄昭袁盎张释之，俱为排解，免不得亲自往谢。盎与勃追述弹劾时事，勃笑说道："我前曾怪君，今始知君实爱我了！"遂与盎握手告别，出都去讫。勃已返国，文帝知他不反，放下了心。独淮南王刘长，骄恣日甚，出入用天子警跸，擅作威福。文帝贻书训责，长抗词答复，愿弃国为布衣，守冢真定。明是怨言。当由文帝再令将军薄昭，致书相戒，略云：

窃闻大王刚直而勇，慈惠而厚，贞信多断，是天以圣人之资奉大王也。今大王所行，不称天资。皇帝待大王甚厚，而乃轻言恣行，以负谤于天下，甚非计也。夫大王以千里为宅居，以万民为臣妾，此高皇帝之厚德也。高帝蒙霜露，冒风雨，赴矢石，野战攻城，身被疮痍，以为子孙成万世之业，艰难危苦甚矣。大王不思先帝之艰苦，至欲弃国为布衣，毋乃过甚！且夫贪让国土之名，轻废先帝之业，是谓不孝，父为之基而不能守，是为不贤，不求守长陵，而求守真定，先母后父，是谓不义，数逆天子之令，不顺言节行，幸臣有罪，大者立诛，小者肉刑，是谓不仁，贵布衣一剑之任，贱王侯之位，是谓不智，不好学问大道，触情妄行，是谓不祥。此八者危亡之路也，而大王行之，弃南面之位，奋诸贲之勇，专诸孟贲，古之力士。常出入危亡之路，臣恐高皇帝之神，必不庙食于大王之手明矣！昔者周公诛管叔放蔡叔以安周，齐桓杀其弟以反国，秦始皇杀两弟，迁其母以安秦，项王亡代，即刘仲事见前文。高帝夺其国以便事，济北举兵，皇帝诛之以安汉，周齐行之于古，秦汉用之于今，大王不察古今之所以安国便事，而欲以亲戚之意望诸天子，不可得也。王若不改，汉系大王邸论相以下，为之奈何！夫堕父大业，退为布衣所哀，幸臣皆伏法而诛，为天下笑，以羞先帝之德，甚为大王不取也。宜急改操易行，上书谢罪，使大王昆弟欢欣于上，群臣称寿于下，上下得宜，海内常安，愿熟计而疾行之。行之有疑，祸如发矢，不可追已。

　　长得书不悛，且恐朝廷查办，便欲先发制人。当下遣大夫但等七十人，潜入关中，勾通棘蒲侯柴武子奇，同谋造反，约定用大车四十辆，载运兵器，至长安北方的谷口，依险起事。柴武即遣士伍开章，汉律有罪失官为士伍。往报刘长，使长南连闽越，北通匈奴，乞师大举。长很是喜欢，为治家室，赐与财物爵禄。开章得了升官发财的幸遇，自然留住淮南，但遣人回报柴奇。不意使人不慎，竟被关吏搜出密书，奏报朝廷。文帝尚不忍拿长，但命长安尉往捕开章。长匿开章不与，密与故中尉简忌商议，将开章诱入，一刀杀死，省得他入都饶舌。开章得享财禄，不过数日，所谓有无妄之福，必有无妄之灾。悄悄的用棺殓尸，埋葬肥陵，佯对长安尉说道："开章不知下落。"又令人伪设坟墓，植树表书，有开章死葬此下六字。长安尉料他捏造，还都奏闻，文帝乃复遣使召长。长部署未齐，如何抗命，没奈何随使至都。丞相张苍，典客行御史大夫事冯敬，暨宗正廷尉等，审得长谋反属实，且有种种不法情事，应坐死罪，当即联衔会奏，请即将长弃市。文帝仍不忍诛长，更命列侯吏二千石等申议，又皆复称如法。毕竟文帝顾全同胞，赦长死罪，但褫去王爵，徙至蜀郡严道县邛邮安置，并许令家属同往，由严道县令替他营室，供给衣食。一面将长载上辎车，派吏管押，按驿递解，所有与长谋反等人，一并伏诛。

长既出都，忽由袁盎进谏道："陛下尝纵容淮南王，不为预置贤傅相，所以致此。唯淮南王素性刚暴，骤遭挫折，必不肯受，倘有他变，陛下反负杀弟的恶名，岂不可虑！"文帝道："我不过暂令受苦，使他知悔，他若悔过，便当令他回国呢。"盎见所言不从，当然退出。不料过了月余，竟接到雍令急奏，报称刘长自尽，文帝禁不住恸哭起来。小子有诗咏道：

> 骨肉原来处置难，宽须兼猛猛兼宽；
> 事前失算临头悔，闻死徒烦老泪弹。

欲知刘长如何自尽，且至下回再详。

审食其可诛而不诛，文帝之失刑，莫逾于此。及淮南王刘长入都，借朝觐之名，椎击食其，实为快心之举。但如长之擅杀大臣，究不得为无罪，贷死可也，仍使回国不可也。况长之骄恣，已见一斑，乘此罪而裁制之，则彼自无从谋反，当可曲为保全。昔郑庄克段于鄢，公羊子谓其处心积虑，乃成于杀。文帝虽不若郑庄之阴刻，然从表面上观之，毋乃与郑主之所为，相去无几耶！况于重厚少文之周勃，常疑忌之，于骄横不法之刘长，独纵容之，暱其所亲，而疑其所疏，谓为无私也得平！甚矣，私心之不易化也！

第十五回

中行说叛国降虏庭
缇萦女上书赎父罪

却说淮南王刘长被废，徙锢蜀中，行至中道，淮南王顾语左右道："何人说我好勇，不肯奉法？我实因平时骄纵，未尝闻过，故致有今日。今悔已无及，恨亦无益，不如就此自了吧。"左右听着，只恐他自己寻死，格外加防。但刘长已愤不欲生，任凭左右进食，却是水米不沾，竟至活活饿死。左右尚没有知觉，直到雍县地方，县令揭开车上封条，验视刘长，早已僵卧不动，毫无气息了。赵姬负气自尽，长亦如此，毕竟有些遗传性。当下吃了一惊，飞使上报。文帝闻信，不禁恸哭失声，适值袁盎进来，文帝流涕与语道："我悔不用君言，终致淮南王饿死道中。"盎乃劝慰道："淮南王已经身亡，咎由自取，陛下不必过悲，还请宽怀。"文帝道："我只有一弟，不能保全，总觉问心不安。"盎接口道："陛下以为未安，只好尽斩丞相御史，以谢天下。"盎出此言，失之过激，后来不得其死，已兆于此。文帝一想，此事与丞相御史，究竟没甚干涉，未便加诛。唯刘长经过的县邑，所有传送诸吏，及馈食诸徒，沿途失察，应该加罪，当即诏令丞相御史，派员调查，共得了数十人，一并弃市。冤哉枉也。并用列侯礼葬长，即就雍县筑墓，特置守冢三十户。

嗣又封长世子安为阜陵侯，次子勃为安阳侯，三子赐为周阳侯，四子良为东成侯，但民间尚有歌谣云：

一尺布，尚可缝，

一斗粟，尚可舂，兄弟二人不相容。

文帝有时出游，得闻此歌，明知暗寓讽刺，不由得长叹道：“古时尧舜放逐骨肉，周公诛殛管蔡，天下称为圣人，无非因他大义灭亲，为公忘私，今民间作歌寓讥，莫非疑我贪得淮南土地么？”乃追谥长为厉王，令长子安袭爵，仍为淮南王。唯分衡山郡封勃，庐江郡封赐，独刘良已死，不复加封，于是淮南析为三国。

长沙王太傅贾谊，得知此事，上书谏阻道：“淮南王悖逆无道，徙死蜀中，天下称快。今朝廷反尊奉罪人子嗣，势必惹人讥议，且将来伊子长大，或且不知感恩，转想为父报仇，岂不可虑！”文帝未肯听从，唯言虽不用，心中却记念不忘，因特遣使召谊。谊应召到来，刚值文帝祭神礼毕，静坐宣室中。宣室即未央宫前室。待谊行过了礼，便问及鬼神大要。谊却原原本本，说出鬼神如何形体，如何功能，几令文帝闻所未闻，文帝听得入情，竟致忘倦，好在谊也越讲越长，滔滔不绝，直到夜色朦胧，尚未罢休。文帝将身移近前席，尽管侧耳听着，待谊讲罢出宫，差不多是月上三更了。文帝退入内寝，自言自叹道：“我久不见贾生，还道是彼不及我，今日方知我不及彼了。”越日颁出诏令，拜谊为梁王太傅。

梁王揖系文帝少子，唯好读书，为帝所爱，故特令谊往辅梁王。谊以为此次见召，必得内用，谁知又奉调出去，满腔抑郁，无处可挥，乃讨论时政得失，上了一篇治安策，约莫有万余言，分作数大纲。应痛哭的有一事，是为了诸王分封，力强难制；应流涕的有二事，是为了匈奴寇掠，御侮乏才；应长太息的有六事，是为了奢侈无度，尊卑无序，礼义不兴，廉耻不行，储君失教，臣下失御等情。文帝展诵再三，见他满纸牢骚，似乎祸乱就在目前，但自观天下大势，一时不致遽变，何必多事纷更，因此把贾谊所陈，暂且搁起。

只匈奴使人报丧，系是冒顿单于病死，子稽粥音育。嗣立，号为老上单于。文帝意在羁縻，复欲与匈奴和亲，因再遣宗室女翁主，汉称帝女为公主，诸王女为翁主。往嫁稽粥，作为阏氏。特派宦官中行说，护送翁主，同往匈奴。中行说不欲远行，托故推辞，文帝以说为燕人，生长朔方，定知匈奴情态，所以不肯另遣，硬要说前去一行。说无法解免，悻悻起程，临行时曾语人道：“朝廷中岂无他人，可使匈奴？今偏要派我前往，我也顾不得朝廷了。将来助胡害汉，休要怪我！"小人何足为使，文帝太觉误事。旁人听着，只道他是一时愤语，况偌大阉人，能有什么大力，敢为汉患？因此付诸一笑，由他北去。

说与翁主同到匈奴，稽粥单于见有中国美人到来，当然心喜，便命说住居客帐，自挈翁主至后帐中，解衣取乐。翁主为势所迫，无可奈何，只好拚着一身，由他摆布。这都是娄敬害她。稽粥畅所欲为，格外满意，遂立翁主为阏氏，一面优待中行说，时与宴饮。说索性降胡，不愿回国，且替他想出许多计策，为强胡计。先是匈奴与汉和亲，得汉所遗缯絮食物，视为至宝，自单于以至贵族，并皆衣缯食米，诩诩自得。说独向稽粥献议道："匈奴人众，敌不过汉朝一郡，今乃独霸一方，实由平常衣食，不必仰给汉朝，故能兀然自立。现闻单于喜得汉物，愿变旧俗，恐汉物输入匈奴，不过十成中的一二成，已足使匈奴归心相率降汉了。"稽粥却也惊愕，唯心中尚恋着汉物，未肯遽弃，就是诸番官亦似信非信，互有疑议。说更将缯帛为衣，穿在身上，向荆棘中驰骋一周，缯帛触着许多荆棘，自然破裂。说回入帐中，指示大众道："这是汉物，真不中用！"说罢，又换服毡裘，仍赴荆棘丛中，照前跑了一番，并无损坏。乃更入帐语众道："汉朝的缯絮，远不及此地的毡裘，奈何舍长从短呢！"众人皆信为有理，遂各穿本国衣服，不愿从汉。说又谓汉人食物，不如匈奴的膻肉酪浆，每见中国酒米，辄挥去勿用。番众以说为汉人，犹从胡俗，显见是汉物平常，不足取重了。本国人喜用外国货，原是大弊，但如中行说之教导匈奴，曾自知为中国人否？

说见匈奴已不重汉物，更教单于左右，学习书算，详记人口牲畜等类。会有汉使至匈奴聘问，见他风俗野蛮，未免嘲笑，中行说辄与辩驳，汉使讥匈奴轻老，说答辩道："汉人奉命出戍，父老岂有不自减衣食，赍送子弟么？且匈奴素尚战攻，老弱不能斗，专靠少壮出战，优给饮食，方可战胜沙场，保卫家室，怎得说是轻老哩！"汉使又言匈奴父子，同卧穹庐中，父死妻后母，兄弟死即取兄弟妻为妻，逆理乱伦，至此已极。说又答辩道："父子兄弟死后，妻或他嫁，便是绝种，不如取为己妻，却可保全种姓，所以匈奴虽乱，必立宗种。一派胡言。今中国侈言伦理，反致亲族日疏，互相残杀，这是有名无实，徒事欺人，何足称道呢！"这数语却是中国通弊，但不应出自中行说之口。汉使总批驳他无礼无义，说谓约束轻然后易行，君臣简然后可久，不比中国繁文缛节，毫无益处。后来辩无可辩，索性厉色相问道："汉使不必多言，但教把汉廷送来各物，留心检点，果能尽善尽美，便算尽职，否则秋高马肥，便要派遣铁骑，南来践踏，休得怪我背约呢！"可恶之极。汉使见他变脸，只得罢论。

向来汉帝遗匈奴书简，长一尺一寸，上面写着，皇帝敬问匈奴大单于无恙，随后叙及所赠物件，匈奴答书，却没有一定制度。至是说教匈奴制成复简，长一尺二寸，所加封印统比汉简阔大，内写天地所生，日月所置，匈奴大单于，敬问汉皇帝无恙云云。说既帮着匈奴主张简约，何以复书上要这般夸饰。汉使携了匈奴复书，归报文帝，且将中行说所言，叙述一遍，文帝且悔且忧，屡与丞相等议及，注重边防。梁王太傅贾谊，闻得匈奴悖嫚，又上陈三表五饵的秘计，对待单于。大略说是：

> 臣闻爱人之状，好人之技，仁道也，信为大操常义也，爱好有实，已诺可期，十死一生，彼将必至，此三表也。赐之盛服车乘以坏其目，赐之盛食珍味以坏其口，赐之音乐妇人以坏其耳，赐之高堂邃宇仓库奴婢以坏其腹，于来降者尝召幸之，亲酌手食相娱乐以坏其心，此五饵也。

谊既上书，复自请为属国官吏，主持外交，谓能系单于颈，答中行说背，说得天花乱坠，议论惊人。未免夸大。文帝总恐他少年浮夸，行不顾言，仍将来书搁置，未尝照行。一年又一年，已是文帝十年了，文帝出幸甘泉，亲察外情，留将军薄昭守京。昭得了重权，遇事专擅，适由文帝遣到使臣，与昭有仇，昭竟将来使杀死。文帝闻报，忍无可忍，不得不把他惩治。只因贾谊前上治安策中，有言公卿得罪，不宜拘辱，但当使他引决自裁，方是待臣以礼等语。于是令朝中公卿，至薄昭家饮酒，劝使自尽。昭不肯就死，文帝又使群臣各著素服，同往哭祭。昭无可奈何，乃服药自杀。昭为薄太后弟，擅戮帝使，应该受诛，不过文帝未知预防，纵成大罪，也与淮南王刘长事相类。这也由文帝有仁无义，所以对着宗亲，不能无憾哩。叙断平允。

越年为文帝十一年，梁王揖自梁入朝，途中驰马太骤，偶一失足，竟致颠蹶。揖坠地受伤，血流如注，经医官极力救治，始终无效，竟致毕命。梁傅贾谊，为梁王所敬重，相契甚深，至是闻王暴亡，哀悲的了不得，乃奏请为梁王立后。且言淮阳地小，未足立国，不如并入淮南。唯淮阳水边有二三列城，可分与梁国，庶梁与淮南，均能自固云云。文帝览奏，愿如所请，即徙淮阳王武为梁王，武与揖为异母兄弟，揖无子嗣，因将武调徙至梁，使武子过承揖祀。又徙太原王参为代王，并有太原。武封淮阳王，参封太原王，见四七、四八回中。这且待后再表。

唯贾谊既不得志，并痛梁王身死，自己为傅无状，越加心灰意懒，郁郁寡欢，过了年余，也至病瘵身亡。年才三十三岁。后人或惜谊不能永年，无从见功，或谓谊幸得蚤死，免至乱政，众论悠悠，不足取信，明眼人自有真评，毋容小子絮述了。以不断断之。

且说匈奴国主稽粥单于，自得中行说后，大加亲信，言听计从。中行说导他入寇，屡为边患，文帝十一年十一月中，又入侵狄道，掠去许多人畜。文帝致书匈奴，责他负约失信，稽粥亦置诸不理。边境戍军，日夕戒严，可奈地方袤延，约有千余里，顾东失西，顾西失东，累得兵民交困，鸡犬不宁。当时有一个太子家令，姓晁名错，音播初习刑名，继通文学，入官太常掌故，进为太子舍人，转授家令。太子启喜他才辩，格外优待，号为智囊。他见朝廷调兵征饷，出御匈奴，因即乘机上书，详陈兵事。无非衒才。大旨在得地形、卒服习、器用利三事，地势有高下的分别，匈奴善山战，中国善野战，须舍短而用长；士卒有强弱的分别，选练必精良，操演必纯熟，毋轻举而致败；器械有利钝的分别，劲弩长戟利及远，坚甲铦刃利及近，贵因时而制宜。结末复言用夷攻夷，最好是使降胡义渠等，作为前驱，结以恩信，赐以甲兵，与我军相为表里，然后可制匈奴死命。统篇不下数千言，文帝大为称赏，赐书褒答。错又上言发卒守塞，往返多劳，不如募民出居塞下，教以守望相助，缓急有资，方能持久无虞，不致涣散。还有入粟输边一策，乃是令民纳粟入官，接济边饷，有罪可以免罪，无罪可以授爵，就入粟的多寡，为级数的等差。此说为卖官鬻爵之俑，最足误国。文帝多半采用，一时颇有成效，因此错遂得宠。

错且往往引经释义，评论时政。说起他的师承，却也有所传授。错为太常掌故时，曾奉派至济南，向老儒伏生处，专习《尚书》。伏生名胜，通尚书学，曾为秦朝博士，自秦始皇禁人藏书，伏生不能不取书出毁，只有《尚书》一部，乃是研究有素，不肯缴出，取藏壁中。及秦末天下大乱，伏生早已去官，避乱四徙，直至汉兴以后，书禁复开，才敢回到家中，取壁寻书。偏壁中受着潮湿，将原书大半烂毁，只剩了断简残编，取出检视，仅存二十九篇，还是破碎不全。文帝即位，诏求遗经，别经尚有人民藏着，陆续献出，独缺《尚书》一经。嗣访得济南伏生，以《尚书》教授齐鲁诸生，乃遣错前往受业。伏生年衰齿落，连说话都不能清晰，并且错籍隶颍川，与济南距离颇远，方言也不甚相通，幸亏伏生有一女儿，名叫羲娥，夙秉父传，颇通尚书大义。当伏生讲授时，伏女立在父侧，依着父言，逐句传译，错才能领悟大纲。尚有两三处未能体会，只好出以己意，曲为引申。其实伏生所传《尚书》二十九篇，原书亦已断烂，一半是伏生记忆出来，究竟有无错误，也不能悉考。后至汉武帝时，鲁恭王坏孔子旧宅，得孔壁所藏书经，字迹亦多腐蚀，不过较伏生所传，又加二十九篇，合成五十八篇，由孔子十二世孙孔安国考订笺注，流传后世。这且慢表。

唯晁错受经伏生，实靠着伏女转授，故后人或说他受经伏女，因父成名，一经千古，也可为女史生色了。**不没伏女。**当时齐国境内，尚有一个闺阁名姝，扬名不朽，说将起来，乃是前汉时代的孝女，比那伏女羲娥，还要脍炙人口，世代流芳。看官欲问她姓名，就是太仓令淳于意少女缇萦。**从伏女折入缇萦，映带有致。**淳于意家居临淄，素好医术，尝至同郡元里公乘阳庆处学医。**公乘系汉官名，意在待乘公车，如征君同义。**庆已七十余岁，博通医理，无子可传，自淳于意入门肄业，遂将黄帝扁鹊脉书，及五色诊病诸法，一律取授，随时讲解。意悉心研究，三年有成，乃辞师回里，为人治病，能预决病人生死，一经投药，无不立愈，因此名闻远近，病家多来求医，门庭如市。但意虽善医，究竟只有一人精力，不能应接千百人，有时不堪烦扰，往往出门游行。且向来落拓不羁，无志生产，曾做过一次太仓令，未几辞去，就是与人医病，也是随便取资，不计多寡。只病家踵门求治，或值意不在家中，竟致失望，免不得愤懑异常，病重的当即死了。死生本有定数，但病人家属，不肯这般想法，反要说意不肯医治，以致病亡。怨气所积，酿成祸祟。至文帝十三年间，遂有势家告发意罪，说他借医欺人，轻视生命。当由地方有司，把他拿讯，谳成肉刑。只因意曾做过县令，未便擅加刑罚，不能不奏达朝廷，有诏令他押送长安。**为医之难如此。**

意无子嗣，只有五女，临行时都去送父，相向悲泣。意长叹道："生女不生男，缓急无所用。"为此两语，激动那少女缇萦的血性，遂草草收拾行李，随父同行。好容易到了长安，意被系狱中，缇萦竟拚生诣阙，上书吁请。文帝听得少女上书，也为惊异，忙令左右取入。展开一阅，但见书中有要语云：

> 妾父为吏，齐中尝称其廉平，今坐法当刑，妾伤夫死者不可复生，刑者不可复

属，虽欲改过自新，其道莫由，终不可得。妾愿没入为官婢，以赎父刑罪，使得改过自新也。

文帝阅毕，禁不住凄恻起来，便命将淳于意赦罪，听令挈女归家。小子有诗赞缇萦道：

> 欲报亲恩入汉关，奉书诣阙拜天颜，
> 世间不少男儿汉，可似缇萦救父还。

既而文帝又有一诏，除去肉刑。欲知诏书如何说法，待至下回述明。

与外夷和亲，已为下策，又强遣中行说以附益之，说本阉人，即令其存心无他，犹不足以供使令，况彼固有言在先，将为汉患耶！文帝必欲遣说，果何为者？贾谊三表五饵之策，未尽可行，即如晁错之屡言边事，有可行者，有不可行者。要之御夷无他道，不外内治外攘而已，舍此皆非至计也。错受经于伏生，而伏女以传；伏女以外，又有上书赎罪之缇萦，汉时去古未远，故尚有女教之留遗，一以传经著，一以至孝闻，巾帼中有此人，贾晁辈且有愧色矣。

第十六回

老郎官犯颜救魏尚
贤丞相当面劾邓通

却说文帝既赦淳于意，令他父女归家。又因缇萦书中，有刑者不可复属一语，大为感动，遂下诏革除肉刑。诏云：

诗曰：恺悌君子，民之父母，今人有过，教未施而刑已加焉，或欲改过为善，而道无繇至，朕甚怜之！夫刑至断肢体，刻肌肤，终身不息，何其痛而不德也！岂为民父母之意哉？其除肉刑，有以易之！

丞相张苍等奉诏后，改定刑律，条议上闻。向来汉律规定肉刑，约分三种，一为黥，就是面上刻字；二为劓，就是割鼻；三为断左右趾，就是把足趾截去。经张苍等会议改制，乃是黥刑改充苦工，罚为城旦春；城旦即旦夕守城，见前注。劓刑改作笞三百，断趾刑改作笞五百，文帝并皆依议。嗣是罪人受刑，免得残毁身体，这虽是文帝的仁政，但非由孝女缇萦上书，文帝亦未必留意及此。可见缇萦不但全孝，并且全仁。小小女子，能做出这般美举，怪不得千古流芳了！极力阐扬。后来文帝闻淳于意善医，又复召到都中，问他学自何师，治好何人？俱由意详细奏对，计除寻常病症外，共疗奇病十余人，统在齐地。小子无暇具录，看官试阅《史记》中仓公列传，便能分晓。仓公就是淳于意，意曾为太仓令，故汉人号为仓公。

话分两头：且说匈奴前寇狄道，掠得许多人畜，饱载而去。见前回。文帝用晁错计，移民输粟，加意边防，才算平安了两三年。至文帝十四年冬季，匈奴又大举入寇，骑兵共有十四万众，入朝那，越萧关，杀毙北地都尉孙卬，又分兵入烧回中宫。**宫系秦时所建**。前锋径达雍县甘泉等处，警报连达都中。文帝亟命中尉周舍，郎中令张武，并为将军，发车千乘，骑卒十万，出屯渭北，保护长安。又拜昌侯卢卿为上郡将军。宁侯魏遫为北地将军，隆虑侯周灶为陇西将军，三路出发，分成边疆。一面大阅人马，申教令，厚犒赏，准备御驾亲征。群臣一再谏阻，统皆不从，直至薄太后闻悉此事，极力阻止，文帝只好顺从母教，罢亲征议，另派东阳侯张相如为大将军，率同建成侯董赤，内史栾布，领着大队，往击匈奴。匈奴侵入塞内，骚扰月余，及闻汉兵来援，方拔营出塞。张相如等驰至边境，追蹑番兵，好多里不见胡马，料知寇已去远，不及邀击，乃引兵南还，内外解严。

文帝又觉得清闲，偶因政躬无事，乘辇巡行。路过郎署，见一老人在前迎驾，因即改容敬礼道："父老在此，想是现为郎官，家居何处？"老人答道："臣姓冯名唐，祖本赵人，至臣父时始徙居代地。"文帝忽然记起前情，便接入道："我前在代国，有尚食监高祛，屡向我说及赵将李齐，出战巨鹿下，非常骁勇，可惜今已殁世，无从委任，但我尝每饭不忘。父老可亦熟悉此人否？"冯唐道："臣素知李齐材勇，但尚不如廉颇李牧呢。"文帝也知廉颇李牧，是赵国良将，不由的抚髀叹息道："我生已晚，恨不得颇牧为将，若得此人，还怕什么匈奴？"道言未绝，忽闻冯唐朗声道："陛下就是得着颇牧，也未必能重用哩。"这两句话惹动文帝怒意，立即掉转了头，命驾回宫，既到宫中，坐了片刻，又转想冯唐所言，定非无端唐突，必有特别原因，乃复令内侍，召唐入问。俄顷间唐已到来，待他行过了礼，便开口诘问道："君从何处看出，说我不能重用颇牧？"唐答说道："臣闻上古明王，命将出师，非常郑重，临行时必先推毂屈膝与语道：阃以内，听命寡人；阃以外，听命将军，军功爵赏，统归将军处置，先行后奏。这并不是空谈所比。臣闻李牧为赵将，边市租税，统得自用，飨士犒卒，不必报销，君上不为遥制，所以牧得竭尽智能，守边却虏。今陛下能如此信任么？近日魏尚为云中守，所收市租，尽给士卒，且自出私钱，宰牛置酒，遍飨军吏舍人，因此将士效命，戮力卫边。匈奴一次入塞，就被尚率众截击，斩馘无数，杀得他抱头鼠窜，不敢再来。陛下却为他报功不实，所差敌首只六级，便把他褫官下狱，罚作苦工，这不是法太明，赏太轻，罚太重么？照此看来，陛下虽得廉颇李牧，亦未必能用。臣自知愚戆，冒触忌讳，死罪死罪！"老头子却是挺硬。说着，即免冠叩首。文帝却转怒为喜，忙令左右将唐扶起，命他持节诣狱，赦出魏尚，仍使为云中守。又拜唐为车骑都尉，魏尚再出镇边，匈奴果然畏威，不敢近塞，此外边防守将，亦由文帝酌量选用，北方一带，复得少安。自从文帝嗣位以来，至此已有十四五年，这十四五年间，除匈奴入寇外，只济北一场叛乱，旬月即平，就是匈奴为患，也不过骚扰边隅，究竟未尝深入。而且王师一出，立即退去，外无大变，内无大役，再加文帝蠲租减税，勤政爱民，始终以恭俭为治，不敢无故生风，所以吏守常法，民安故业，四海以内，晏然无事，好算是承平世界，浩荡乾坤。原是汉朝全盛时代。

但文帝一生得力，是抱定老氏无为的宗旨，就是太后薄氏，亦素好黄老家言。母子性质相同，遂引出一两个旁门左道，要想来逢迎上意，邀宠求荣。有孔即钻，好似寄生虫一般。有一个鲁人公孙臣，上言秦得水德，汉承秦后，当为土德，土色属黄，不久必有黄龙出现，请改正朔，易服色，一律尚黄，以应天瑞云云。文帝得书，取示丞相张苍，苍素究心律历，独谓汉得水德，公孙臣所言非是，两人都是瞎说。文帝搁过不提。偏是文帝十五年春月，陇西的成纪地方，竟称黄龙出现，地方官吏，未曾亲见，但据着一时传闻，居然奏报。文帝信以为真，遂把公孙臣视作异人，说他能预知未来，召为博士。当下与诸生申明土德，议及改元易服等事，并命礼官订定郊祀大典。待至郊祀礼定，已是春暮，乃择于四月朔日，亲幸雍郊，祭祀五帝。嗣是公孙臣得蒙宠眷，反将丞相张苍，疏淡下去。

古人说得好，同声相应，同气相求，有了一个公孙臣，自然倡予和汝，生出第二个公孙臣来了。当时赵国中有一新垣平，生性乖巧，专好欺人。闻得公孙臣新邀主宠，便去学习了几句术语，也即跑至长安，诣阙求见。文帝已渐入谜团，遇有方士到来，当然欢迎，立命左右传入。新垣平拜谒已毕，便信口胡诌道："臣望气前来，愿陛下万岁！"文帝道："汝见有何气？"平答说道："长安东北角上，近有神气氤氲，结成五采。臣闻东北为神明所居，今有五采汇聚，明明是五帝呵护，蔚为国祥。陛下宜上答天瑞，就地立庙，方可永仰神麻。"文帝点首称善，便令平留居阙下，使他指示有司，就五采荟集的地址，筑造庙宇，供祀五帝。平本是捏造出来，有什么一定地点，不过有言在先，说在东北角上，应该如言办理。当即偕同有司，出东北门，行至渭阳，疑神疑鬼的望了一回，然后拣定宽敞的地基，兴工筑祠。祠宇中共设五殿，按着东南西北中位置，配成青黄黑赤白颜色，青帝居东，赤帝居南，白帝居西，黑帝居北，黄帝居中，也是附会公孙臣的妄谈，主张汉为土德，是归黄帝暗里主持。况且宅中而治，当王者贵，正好凑合时君心理，借博欢心。好容易造成庙貌，已是文帝十有六年，文帝援照旧例，仍俟至孟夏月吉，亲往渭阳，至五帝庙内祭祀。祭时举起燎火，烟焰冲霄，差不多与云气相似。新垣平时亦随着，就指为瑞气相应，*不若径说神气*。引得文帝欣慰异常。及祭毕还宫，便颁出一道诏令，拜新垣平为上大夫，还有许多赏赐，约值千金，于是使博士诸生，摘集六经中遗语，辑成《王制》一篇，现今尚是流传，列入《礼记》中。*《礼记》中《王制》以后，便是《月令》一篇，内述五帝司令事，想亦为此时所编*。新垣平又联合公孙臣，请仿唐虞古制，行巡狩封禅礼仪。文帝复为所惑，饬令博士妥议典礼，博士等酌古斟今，免不得各费心裁，有需时日。文帝却也不来催促，由他徐定。

一日驾过长门，忽有五人站在道北，所着服色，各不相同。正要留神细瞧，偏五人散走五方，不知去向。此时文帝已经出神，暗记五人衣服，好似分着青黄黑赤白五色，莫非就是五帝不成。因即召问新垣平，平连声称是。未曾详问，便即称是，*明明是他一人使乖*。文帝乃命就长门亭畔，筑起五帝坛，用着太牢五具，望空致祭。已而新垣平又诣阙称奇，说是阙下有宝玉气。道言甫毕，果有一人手捧玉杯，入献文帝。文帝取过一看，杯式也不过寻常，唯有四篆字刻着，乃是"人主延寿"一语，不禁大喜，便命左右取出黄金，赏赐来人，且因新垣平望气有验，亦加特赏。平与来人谢赐出来，*又是一种好交易*。文帝竟将玉杯当作奇珍，小心携着，入宫收藏去了。平见文帝容易受欺，复想出一番奇语，说是日当再中。看官试想，一天的红日，东现西没，人人共知，那里有已到西边，转向东边的奇闻？不意新垣平瞎三话四，居然有史官附和，报称日却再中。*想是有挥戈返日的神技*。文帝尚信为真事，下诏改元，就以十七年为元年，汉史中叫做后元年。元日将届，新垣平复构造妖言，进白文帝，谓周鼎沉入泗水，已有多年，*见前文*。现在河决金堤，与泗水相通，臣望见汾阴有金宝气，想是周鼎又要出现，请陛下立祠汾阴，先祷河神，方能致瑞等语。说得文帝又生痴想，立命有司鸠工庀材，至汾阴建造庙宇，为求鼎计。有司奉命兴筑，急切未能告竣，转眼间便是后元年元日，有诏赐天下大酺，与民同乐。

正在普天共庆的时候，忽有人奏劾新垣平，说他欺君罔上，弄神捣鬼，没一语不是虚谈，没一事不是伪造，顿令堕入迷团的文帝，似醉方醒，勃然动怒，竟把新垣平革职问罪，发交廷尉审讯。廷尉就是张释之，早知新垣平所为不正，此次到他手中，新垣平还有何幸，一经释之威吓势迫，没奈何将鬼蜮伎俩，和盘说出，泣求释之保全生命。释之怎肯容情？不但谳成死罪，还要将他家族老小，一体骈诛。这谳案复奏上去，得邀文帝批准，便由释之派出刑官，立把新垣平绑出市曹，一刀两段。只是新垣平的家小，跟了新垣平入都，不过享受半年富贵，也落得身首两分，这却真正不值得呢！*福为祸倚，何必强求！*

文帝经此一悟，大为扫兴，饬罢汾阴庙工，就是渭阳五帝祠中，亦止令祠官，随时致礼，不复亲祭。他如巡狩封禅的议案，也从此不问，付诸高阁了。唯丞相张苍，自被公孙臣夺宠，辄称病不朝，且年已九十左右，原是老迈龙钟，不堪任事，因此迁延年余，终致病免。文帝本欲重任窦广国。转思广国乃是后弟，属在私亲，就使他著有贤名，究不宜示人以私。*广国果贤，何妨代相。文帝自谓无私，实是惩诸吕覆辙，乃有此举。* 乃从旧臣中采择一人，得了一个关内侯申屠嘉，先令他为御史大夫，旋即升迁相位，代苍后任。苍退归阳武原籍，口中无齿，食乳为生，享寿至百余岁，方才逝世。那申屠嘉系是梁人，曾随高祖征战有功，得封列侯，年纪亦已垂老，但与张苍相比，却还相差二三十年。平时刚方廉正，不受私谒，及进为丞相，更是嫉邪秉正，守法不阿。一日入朝奏事，蓦见文帝左侧，斜立着一个侍臣，形神怠弛，似有倦容，很觉得看不过去。一俟公事奏毕，便将侍臣指示文帝道："陛下若宠爱侍臣，不妨使他富贵，至若朝廷仪制，不可不肃；愿陛下勿示纵容！"文帝向左一顾，早已瞧着，但恐申屠嘉指名劾奏，连忙出言阻住道："君且勿言，我当私行教戒罢了。"嘉闻言愈愤，勉强忍住了气，退朝出去。果然文帝返入内廷，并未依着前言，申戒侍臣。

究竟这侍臣姓甚名谁？原来叫做邓通。现任大中大夫。通本蜀郡南安人，无甚才识，只有水中行船，是他专长。辗转入都，谋得了一个官衔，号为黄头郎，黄头郎的职使，便是御船水手，向戴黄帽，故有是称。通得充是职，也算侥幸，想什么意外超迁，偏偏时来运至，吉星照临，一小小舵工，竟得上应御梦，平地升天。说将起来，也是由文帝怀着迷信，误把那庸夫俗子，看做奇材。先是文帝尝得一梦，梦见自己腾空而起，几入九霄，相距不过咫尺，竟致力量未足，欲上未上，巧来了黄头郎，把文帝足下，极力一推，方得上登天界。文帝非常喜欢，俯瞰这黄头郎，恰只见他一个背影，衣服下面，好似已经破裂，露出一孔。正要唤他转身，详视面目，适被鸡声一叫，竟致惊醒。文帝回思梦境，历历不忘，便想在黄头郎中，留心察阅，效那殷高宗应梦求贤故事，冀得奇逢。是读书入魔了。

是日早起视朝，幸值中外无事，即令群臣退班，自往渐台巡视御船。渐台在未央宫西偏，旁有沧池，水色皆苍，向有御船停泊，黄头郎约数十百人。文帝吩咐左右，命将黄头郎悉数召来，听候传问。黄头郎不知何用？只好战战兢兢，前来见驾。文帝待他拜毕，俱令立在左边，挨次徐行，向右过去。一班黄头郎，遵旨缓步，行过了好几十人，巧巧轮着邓通，也一步一步的照式行走，才掠过御座前，只听得一声纶音，叫道立住，吓得邓通冷汗直流，勉强避立一旁。等到大众走完，又闻文帝传谕，召令过问。通只得上前数步，到御座前跪下，俯首伏着。至文帝问及姓名，不得不据实陈报。嗣听得皇言和蔼，拔充侍臣，方觉喜出望外，叩头谢恩。文帝起身回宫，叫他随着，他急忙爬起，紧紧跟着御驾，同入宫中。黄头郎等远远望见，统皆惊异，就是文帝左右的随员，亦俱莫名其妙；于是互相推测，议论纷纷。我也奇怪。其实是没有他故，无非为了邓通后衣，适有一孔，正与文帝梦中相合，更兼邓字左旁，是一登字，文帝还道助他登天，应属此人，所以平白地将他拔擢，作为应梦贤臣。实是呆想。后来见他庸碌无能，也不为怪，反且日加宠爱。通却一味将顺，虽然没有异技，足邀睿赏，但能始终不忤帝意，已足固宠梯荣。不到两三年，竟升任大中大夫，越叨恩遇。有时文帝闲游，且顺便至通家休息，宴饮尽欢，前后赏赐，不可胜计。

独丞相申屠嘉，早已瞧不上眼，要想掷去此奴，凑巧见他怠慢失仪，乐得乘机面劾。及文帝出言回护，愤愤退归，自思一不做，二不休，索性遣人召通，令至相府议事，好加惩戒。通闻丞相见召，料他不怀好意，未肯前往，那知一使甫去，一使又来，传称丞相有命，邓通不到，当请旨处斩。通惊慌的了不得，忙入宫告知文帝，泣请转圜。文帝道："汝且前去，我当使人召汝便了。"这是文帝长厚处。通至此没法，不得不趋出宫中，转诣相府。一到门首，早有人待着，引入正厅，但见申屠嘉整肃衣冠，高坐堂上，满脸带着杀气，好似一位活阎罗王。此时邓通进退两难，只好硬着头皮，向前参谒，不意申屠嘉开口一声，便说出一个斩字！有分教：

严厉足惊庸竖胆，刚方犹见大臣风。

毕竟邓通性命如何，且至下回分解。

语有之；观过知仁；如本回叙述文帝，莫非过举，但能改过不吝，尚不失为仁主耳。文帝之惩办魏尚，罪轻罚重，得冯唐数语而即赦之，是文帝之能改过，即文帝之能全仁也。他如公孙臣干进于先，新垣平售欺于后，文帝几堕入迷团，复因片语之上陈，举新垣平而诛夷之，是文帝之能改过，即文帝之能全仁也。厥后因登天之幻梦，授水手以高官，滥予名器，不为无咎。然重丞相而轻幸臣，卒使邓通之应召，使得示惩，此亦未始因过见仁之一端也。史称文帝为仁君，其尚非过誉之论乎！

第十七回

争棋局吴太子亡身
肃军营周亚夫守法

却说邓通进谒申屠嘉，听他开口便是一个斩字，吓得三魂中失去两魂，只好免冠跣足，跪伏地上，叩首乞怜。甲屠嘉却厉声道："朝廷是高皇帝的朝廷，一切朝仪，无论何等人员，均应遵守，汝乃一个小臣，擅敢在殿上戏玩？应作大不敬论，例当斩首！"说至此，便顾视左右府吏，连声喝道："斩！斩！……"府吏满口答应，不过一时未便动手，但为申屠嘉助威恫吓邓通。通已抖做一团，尽管向嘉磕头，如同捣蒜，心中只望朝使到来，替他解救。那知头额已磕得青肿，甚至血流如注，尚不见有救命恩人，前来解危。真是急煞。那申屠嘉还是拍案连呼，定要将他绑出斩首，左右走将过来，正要用手绑缚，忽外面报有诏使，持节前来。申屠嘉方才起座，出迎诏使。使人见了申屠嘉，当即传旨道："通不过是朕弄臣，愿丞相贷他死罪。"嘉奉到谕旨，始准将通释放，但尚向通吩咐道："汝他日若再放肆，就使主上赦汝，老夫却不肯饶汝了。"通只得唯唯受教。诏使辞别申屠嘉，带通入宫。通见了文帝，忍不住两泪直流，呜咽说道："臣几被丞相杀死了！"文帝见他面目红肿，三分像人，七分像鬼，既好笑，又可怜，便召御医替他敷治，且叫他此后不宜冲撞丞相。通奉命维谨，不敢再有失礼。文帝宠爱如初，并擢通为上大夫。

汉自许负以后，相士不绝，辄与公卿等交游，每谈吉凶，尝有奇验。文帝既宠爱邓通，便召入一个有名相士，为通看相。相士直言不讳，竟说通相貌欠佳，将来难免贫穷，甚且饿死。文帝愀然不乐，竟把相士叱退，且慨然说道："通欲致富，有何难处？但只凭我一言，管教他富贵终身，何至将来饿死呢！"于是下一诏命，竟将蜀郡的严道铜山，赏赐与通，且许通自得铸钱。从前高祖开国，因嫌秦钱过重，约有半两，所以改铸荚钱，每文只重一铢半，径五分，形如榆荚，钱质太轻，遂致物价腾贵，米石万钱，文帝乃复改制，特铸四铢钱，并除盗铸法令，准人民自由铸钱。贾谊贾山，皆上书谏阻，文帝不从。当时吴王濞管领东南，觅得故鄣铜山，铸钱畅行，富埒皇家。至是邓通也得铜山铸钱，与吴王东西并峙，东南多吴钱，西北多邓钱，邓通的富豪，不问可知。

唯通既得此重赐，自然感激不尽，无论如何污役，也所甘心。会当文帝病痈，竟至溃烂，日夕不安，通想出一法，代为吮吸，渐渐的除去败脓，得免痛苦。看官试想！这疮痈中脓血，又臭又腐，何人肯不顾污秽，用口吮去？独邓通情愿为此，毫无厌恶，转令文帝别生他感，触起愁肠。一夕，由通吮去痈血，嗽过了口，侍立一旁，文帝向通启问道："朕抚有天下，据汝看来，究系何人，最为爱朕？"通未知文帝命意，但随口答道："至亲莫若父子，以情理论，最爱陛下，应无过太子了。"文帝默然不答。到了翌日，太子入宫省疾，正值文帝痈血又流，便顾语太子道："汝可为我吮去痈血！"太子闻命，不由的皱起眉头，欲想推辞，又觉得父命难违，没奈何屏着鼻息，向疮上吮了一口，慌忙吐去，已是不堪秽恶，几欲呕出宿食，勉强忍住。^{却是难受。}文帝瞧着太子形容，就长叹一声，叫他退去，仍召邓通入吮余血。通照常吮吸，一些儿没有难色，益使文帝心为感动，宠昵愈甚。唯太子回到东宫，尚觉恶心，暗思吮痈一事，是由何人作俑，却使我也去承当？随即密嘱近臣，仔细探听。旋得复报，乃是邓通常入宫吮痈，免不得又愧又恨。嗣是与邓通结成嫌隙，待时报复，事见后文。

且说齐王襄助诛诸吕，收兵回国，未几便即病亡。襄子则嗣立为王，至文帝十五年，又复去世，后无子嗣，遂致绝封。文帝追念前功，不忍撤除齐国，又记起贾谊遗言，曾有国小力弱的主张，^{见治安策中。}乃分齐地为六国，尽封悼惠王肥六子为王。长子将闾，仍使王齐，次子志为济北王，三子贤为菑川王，四子雄渠为胶东王，五子卬为胶西王，六子辟光为济南王。六王同日受封，并皆莅镇，待后再表。^{为后文七国}

造反伏案。

独吴王濞镇守东南，历年已久，势力渐充，既得铜山铸钱，见上文。复煮海水为盐，垄断厚利，国益富强。文帝在位，已十数年，并未闻吴王入朝，但遣子贤入觐一次，就与皇太子相争，自取祸殃，太子启与吴太子贤，本是再从堂兄弟，向无仇怨，此时因贤入朝，奉了父命，陪他游宴，当然和气相迎，格外欢洽。盘桓了好几天，相习生狎，渐觉得熟不拘礼，任意笑谈。吴太子身旁，又有随来的师傅，相偕出入，一淘儿逐队寻欢，除每日酣饮外，又复博弈消闲。两人对坐举棋，左立东宫侍臣，右立吴太子师傅，从旁参赞，各有胜负。彼此已赌赛了好几次，不免有些龃龉，太子启偶受讥嘲，已带着三分懊恼，只吴太子尚有童心，未肯见机罢手，还要与皇太子决一雌雄。太子启也不肯示弱，再与他下棋斗胜。方罫中间，各圈地点，到了生死关头，皇太子误下一着，被吴太子一子掩住，眼见得牵动全局，都要输去。皇太子不肯认输，定要将一着错棋，翻悔转来，吴太子如何肯依？遂起争论。再加吴太子的师傅，多是楚人，秉性强悍，帮着吴太子力争，你一言，我一语，统说皇太子理屈，一味冲撞。皇太子究系储君，从未经过这般委屈，怒从心上起，恶向胆边生；竟顺手提起棋盘，向吴太子猛力掷去，吴太子未曾防备，一时不及闪避，被棋盘掷中头颅，立即晕倒，霎时间脑浆进流，死于非命。何苦寻死！

吴太子师傅等，当然喧闹起来，幸亏东宫侍臣，保护太子出去，奏明文帝。文帝倒也吃惊，但又不好加罪太子，只得训戒一番，更召入吴太子师傅等，好言劝慰。一面厚殓吴太子，令他师傅等送柩回吴。吴王濞悲恨交并，不愿收受，且怒说道："方今天下一家，死在长安，便葬在长安，何必送来？"当下派吏截住棺木，仍叫他发回长安。文帝闻报，也就把他埋葬了事，从此吴王濞心存怨望，不守臣节，每遇朝使到来，骄倨无礼。朝使返报文帝，文帝也知他为子衔恨，原谅三分。复遣使臣召濞入京，意欲当面排解，释怨修和。偏濞不愿应召，托词有病，却回朝使。文帝又使人至吴探问，见濞并无病容，自然据实返报。文帝倒也惹动怒意，见有吴使入京，即令有司将他拘住，下狱论罪。已而又有吴使西来，贿托前郎中令张武，代为先容，才得面见文帝。文帝开言责问，无非是说吴王何故诈病，不肯入朝？吴使从容答语道："古人有言，察见渊鱼者不祥，吴王为子冤死，托病不朝，今被陛下察觉，连系使臣，近日吴王很是忧惧，唯恐受诛。若陛下再加急迫，是吴王越不敢入朝了。臣愿陛下不咎既往，使彼自新，人孰无良，得陛下如此宽容，难道尚不悦服么？"可谓善于措辞。文帝听了，很觉有理，遂将所系吴使，一并放归，且遣人赍了几杖，往赐吴王，传语吴王年老，可使免朝。吴王濞自然拜命，不敢生心。

唯当时吴王不反，也亏有一人从中阻止，所以能使积骄积怨的强藩，暂就羁縻。是人为谁？就是前中郎将袁盎。盎屡次直谏，也为文帝所厌闻，把他外调，出任陇西都尉。未几，即迁为齐相，嗣复由齐徙吴。盎有兄子袁种，私下谏盎道："吴王享国已久，骄恣日甚，今公往为吴相，若欲依法纠治，必触彼怒，彼不上书劾公，必将挟剑刺公了！为公设法，最好是一切不问。南方地势卑湿，乐得借酒消遣，既可除病，又可免灾。只教劝导吴王，不使造反，便可不至生祸了。"盎依了种言，到吴后，如法办理，果得吴王优待。不过有时晤谈，总劝吴王安守臣道，吴王倒也听从，所以盎在吴国，吴王总算勉抑雄心，蹉跎度日。后来袁盎入都，吴王始生变志，这是后话。唯张武曾受吴赂，渐为文帝所闻，文帝并不说破，索性加赐武金，叫他自愧，以赏为罚。不可谓非文帝的权术呢！*此事亦未足为训。*

且说文帝自改元后，又过了好几年，承平如故，政简刑清，就是控御匈奴，也主张修好，无志用兵。当改元后二年时，复遣使致书匈奴，推诚与语，各敦睦谊，书中有和亲以后，汉过不先等语。匈奴主老上单于，*即稽粥，见前文。*亦令当户且渠两番官，*当户且渠皆匈奴官名。*献马两匹，复书称谢。文帝乃诏告全国道：

> 朕既不明，不能远德，使方外之国，或不宁息。夫四荒之外，不安其生，封圻之内，勤劳不处，二者之咎，皆由于朕之德薄，不能达远也。间者累年匈奴并暴边境，多杀吏民，边臣吏民，又不能谕其内志，以重吾不德，夫久结难连兵，中外之国，将何以自宁？今朕夙兴夜寐，勤劳天下，忧苦万民，为之恻怛不安，未尝一日忘于心，故遣使者冠盖相望，结辙于道，以谕朕志于单于。今单于反古之道，计社稷之安，便万民之利，新与朕俱弃细过，偕之大道，结兄弟之义，以全天下元元之民，和亲以定，始于今年。

过了两年，老上单于病死，子军臣单于继立，遣人至汉廷报告。文帝又遣宗室女往嫁，重申和亲旧约，军臣单于得了汉女为妻，却也心满意足，无他妄想。偏汉奸中行说，屡劝军臣单于伺隙入寇。军臣单于起初是不愿背约，未从说言，旋经说再三怂恿，把中国的子女玉帛，满口形容，使他垂涎，于是军臣单于竟为所动，居然兴兵犯塞，与汉绝交。文帝后六年冬月，匈奴兵两路侵边，一入上郡，一入云中，统共有六万余骑，兵分多路，沿途掳掠。防边将吏，已有好几年不动兵戈，蓦闻虏骑南来，正是出人不意，慌忙举起烽火，报告远近。一处举烽，各处并举，火光烟焰，直达到甘泉宫。文帝闻警，急调出三路人马，派将统率，往镇三边。一路是出屯飞狐，统将是中大夫令勉；一路是出屯句注，统将是前楚相苏意；一路是出屯北地，统将系前郎中令张武。这三路兵同日出发，星夜前往，文帝尚恐有疏虞，惊动都邑，乃复令河内太守周亚夫，驻兵细柳，宗正刘礼，驻兵霸上，祝兹侯徐厉，驻兵棘门。内外戒严，缓急有备，文帝才稍稍放心。

过了数日，御驾复亲出劳军，先至霸上，次至棘门，统是直入营中，不先通报。刘徐两将军，深居帐内，直至警跸入营，才率部将往迎文帝，面色都带着慌张，似乎事前失候，踟蹰不安，文帝虽瞧出三分，但也不以为怪，随口抚慰数语，便即退出。两营将士，统送出营门，拜辞御驾，不劳细述。及移跸至细柳营，遥见营门外面，甲士森列，或持刀，或执戟，或张弓挟矢，仿佛似临敌一般。文帝见所未见，暗暗称奇，当令先驱传报，说是车驾到来，营兵端立不动，喝声且住，并正色相拒道："我等只闻将军令，不闻天子诏！"语可屈铁，掷地作金石声。先驱还报文帝，文帝麾动车驾，自至营门，又被营兵阻住，不令进去。文帝乃取出符节，交与随员，使他入营通报。亚夫才接见来使，传令开门。营兵将门开着，放入车驾，一面嘱咐御车，传说军令道："将军有约，军中不得驰驱！"文帝听说，也只好按辔徐行。到了营门里面，始见亚夫从容出迎，披甲佩剑，对着文帝行礼，作了一个长揖，口中说道："甲胄之士不拜，臣照军礼施行。请陛下勿责！"文帝不禁动容，就将身子略俯，凭轼致敬，并使人宣谕道："皇帝敬劳将军。"亚夫带着军士，肃立两旁，鞠躬称谢。文帝又亲嘱数语，然后出营。亚夫也未曾相送，一俟文帝退出，仍然闭住营门，严整如故。文帝回顾道："这才算是真将军了！彼霸上棘门的将士，好同儿戏，若被敌人袭击，恐主将也不免成擒，怎能如亚夫谨严，无隙可乘呢？"说罢回宫，还是称善不置。

嗣接边防军奏报，虏众已经出塞，可无他虑，文帝方将各路人马，依次撤回，遂擢周亚夫为中尉。亚夫即绛侯周勃次子。勃二次就国，不久病逝。长子胜之袭爵，弟

屈尊劳将

周

汉文帝

细柳营劳军

亚夫为河内守。闻老妪许负，尚是活着，素称善相，**许负相人，屡见前文中。**因特邀至署中，令他相视。许负默视多时，方语亚夫道："据君贵相，何止郡守，再过三年，便当封侯。八年以后，出将入相，手秉国钧，人臣中独一无二了。可惜结局欠佳！"亚夫道："莫非要犯罪遭刑么？"许负道："这却不至如此。"亚夫再欲穷诘，许负道："九年后自有分晓，毋待老妇哓哓。"亚夫道："这也何妨直告。"许负道："依相直谈，恐君将饿死。"亚夫冷笑道："汝说我将封侯，已出意外，试想我兄承袭父爵，方受侯封，就使兄年不永，自有兄子继任，也轮不到我身上，如何说应封侯呢？若果如汝言，既得封侯，又兼将相，为何尚致饿死？此理令人难解，还请指示明白。"许负道："这却非老妇所能预晓，老妇不过依相论相，方敢直言。"说至此，即用手指亚夫口旁道："这两处有直纹入口，法应饿死。"**许负所言相法，不知从何处学来？**亚夫又惊又疑，几至呆若木鸡，许负揖别自去。说也奇怪，到了三年以后，亚夫兄胜之，坐杀人罪，竟致夺封。文帝因周勃有功，另选勃子继袭，左右皆推许亚夫，得封条侯。至细柳成名，进任中尉，就职郎中，差不多要入预政权了。

约莫过了年余，文帝忽然得病，医药罔效，竟至弥留。太子启入侍榻前，文帝顾语后事，且谆嘱太子道："周亚夫缓急可恃，将来如有变乱，尽可使他掌兵，不必多疑。"**却是知人。**太子启涕泣受教。时为季夏六月，文帝寿数已终，瞑目归天，享年四十六岁。总计文帝在位二十三年，宫室苑囿，车骑服御，毫无增益，始终爱民如子，视有不便，当即取销。尝欲作一露台，估工费须百金，便慨然道："百金乃中人十家产业，我奉先帝宫室，尚恐不能享受，奈何还好筑台呢？"遂将露台罢议，平时衣服，无非黩绨。**黩黑色，绨，厚缯。**所幸慎夫人，衣不曳地，帷帐无文绣，所筑霸陵，统用瓦器，凡金银铜锡等物，概屏勿用，每遇水旱偏灾，发粟蠲租，唯恐不逮，因此海内安宁，家给人足，百姓安居乐业，不致犯法。每岁断狱，最多不过数百件，有刑措风。史称文帝为守成令主，不亚周时成康。唯遗诏令天下短丧，未免令人遗议，说他不循古礼，此外却没有什么指摘了。小子有诗赞道：

> 博得清时令主名，廿年歌颂遍苍生，
> 从知王道为仁恕，但解安民便太平。

文帝既崩，太子启当然嗣位。欲知嗣位后事，容至下回说明。

文帝即位改元，便立皇子启为太子，彼时太子尚幼，无甚表见，至文帝二次改元，太子年已逾冠矣。吴太子入朝，与饮可也，与博则不可。况为区区争道之举，即举博局掷杀之，虽未始非吴太子之自取，然其阴鸷少恩，已可概见。即如邓通吮痈一事，引为深恨，通固不近人情，太子亦未免量狭。较诸乃父之宽仁，相去远矣。周亚夫驻军细柳，立法森严，天子且不能遽入，遑问他人。将才如此，原可大用，然非文帝有知人之明，几何不至锻炼成狱，诬以大逆乎？司马穰苴受知于齐景，孙武子受知于吴阖庐，周亚夫受知于汉文帝，有良将必赖明君，此良臣之所以择主而事也。

第十八回

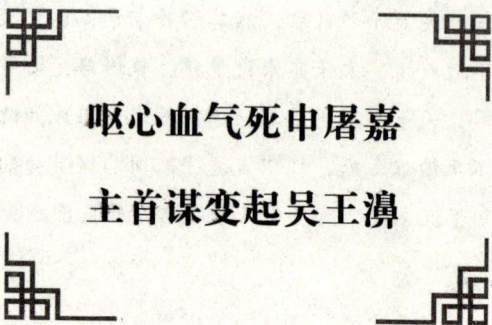

呕心血气死申屠嘉
主首谋变起吴王濞

却说太子启受了遗命，即日嗣位，是谓景帝。尊太后薄氏为太皇太后，皇后窦氏为皇太后，一面令群臣会议，恭拟先帝庙号。当由群臣复奏，上庙号为孝文皇帝，丞相申屠嘉等，又言功莫大于高皇帝，德莫大于孝文皇帝。应尊高皇帝为太祖，孝文皇帝为太宗，庙祀千秋，世世不绝。就是四方郡国，亦宜各立太宗庙，有诏依议。当下奉文帝遗命，令臣民短丧，且匆匆奉葬霸陵。至是年孟冬改元，就称为景帝元年。廷尉张释之，因景帝为太子时，与梁王共车入朝，不下司马门，曾有劾奏情事，见前文。至是恐景帝记恨，很是不安，时向老隐士王生问计。王生善谈黄老，名盛一时，盈廷公卿，多折节与交。释之亦尝在列。王生竟令释之结袜，释之不以为嫌，屈身长跪，替他结好，因此王生看重释之，恒与往来。及释之问计，王生谓不如面谢景帝，尚可无虞。释之依言入谢，景帝却说他守公奉法，应该如此。但口虽如此对付，心中总不能无嫌。才过半年，便将释之迁调出去，使为淮南相，另用张欧为廷尉。欧尝为东宫侍臣，治刑名学，但素性朴诚，不尚苛刻，属吏却也悦服，未敢相欺。景帝又减轻笞法，改五百为三百，三百为二百，总算是新政施仁，曲全罪犯。再加廷尉张欧，持平听讼，狱无冤滞，所以海内闻风，讴歌不息。

转眼间已是二年，太皇太后薄氏告终，出葬南陵。薄太后有侄孙女，曾选入东宫，为景帝妃，景帝不甚宠爱，只因戚谊相联，不得已立她为后。为下文被废张本。更立皇子德为河间王，阏为临江王，余为淮阳王，非为汝南王，彭祖为广州王，发为长沙王。长沙旧为吴氏封地，文帝末年，长沙王吴羌病殁，无子可传，撤除国籍，因把长沙地改封少子，这也不必细表。前后交代，界划清楚。

且说太子家人晁错，在文帝十五年间，对策称旨，已擢任中大夫。及景帝即位，错为旧属，自然得蒙主宠，超拜内史。屡参谋议，每有献纳，景帝无不听从。朝廷一切法令，无不变更，九卿中多半侧目。就是丞相申屠嘉，也不免嫉视，恨不得将错斥去，错不顾众怨，任意更张，擅将内史署舍，开辟角门，穿过太上皇庙的短墙。太上皇庙，就是高祖父太公庙，内史署正在庙旁，向由东门出入，欲至大道，必须绕过庙外短墙，颇觉不便。错未曾奏闻，便即擅辟，竟将短垣穿过，筑成直道。申屠嘉得了此隙，即令府吏缮起奏章，弹劾错罪，说他蔑视太上皇，应以大不敬论，请即按律加诛。这道奏章尚未呈入，偏已有人闻知，向错通报，错大为失色，慌忙乘夜入宫，叩阍进见。景帝本准他随时白事，且闻他趁夜进来，还道有什么变故，立即传入。及错奏明开门事件，景帝便向错笑说道："这有何妨，尽管照办便了。"错得了此言，好似皇恩大赦一般，当即叩首告退。是夕好放心安睡了。

那申屠嘉如何得悉？一俟天明，便怀着奏章，入朝面递，好教景帝当时发落，省得悬搁起来。既入朝堂，略待须臾，便见景帝出来视朝。当下带同百官，行过常礼，就取出奏章，双手捧上。景帝启阅已毕，却淡淡的顾语道："晁错因署门不便，另辟新门，只穿过太上皇庙的外墙，与庙无损，不足为罪，且系朕使他为此，丞相不要多心。"嘉碰了这个钉子，只好顿首谢过，起身退归。回至相府，懊恼得不可名状，府吏等从旁惊问，嘉顿足说道："我悔不先斩错，乃为所卖，可恨可恨！"说着，喉中作痒，吐出了一口粘痰；色如桃花。府吏等相率大惊，忙令侍从扶嘉入卧，一面延医调理。俗语说得好，心病还须心药治，嘉病是因错而起，错不除去，嘉如何能痊？眼见是日日呕血。服药无灵，终致毕命。急性子终难长寿。景帝闻丧，总算遣人赐赗，予谥曰节，便升御史大夫陶青为丞相，且擢晁错为御史大夫。错暗地生欢，不消细说。

唯大中大夫邓通，时已免官，他还疑是申屠嘉反对，把他劾去。及嘉已病死，又想运动起复，那知免官的原因，是为了吮痈遗嫌，结怨景帝，景帝把他黜免，他却还想做官，岂不是求福得祸么？一道诏下，竟把他拘系狱中，饬吏审讯。通尚未识何因，至当堂对簿，方知有人告讦，说他盗出徼外铸钱。这种罪名，全是捕风捉影，怎得不极口呼冤。偏问官隐承上意，将假成真，一番诱迫，硬要邓通自诬，通偷生怕死，只好依言直认。及问官复奏上去，又得了一道严诏，收回严道铜山，且将家产抄没，还要令他交清官债。通已做了面团团的富翁，何至官款未还？这显是罗织成文，砌成此罪。通虽得出狱，已是家破人空，无从居食。还是馆陶长公主，记着文帝遗言，不使饿死，特遣人赍给钱物，作为赒济。怎晓得一班虎吏，专知逢迎天子，竟把通所得赏赐，悉数夺去。甚至浑身搜检，连一簪都不能收藏。可怜邓通得而复失，仍变做两手空空。长公主得知此事，又私下给予衣食，叫他托词借贷，免为吏取。通遵着密嘱，用言搪塞，还算活了一两年。后来长公主无暇顾及，通不名一钱，寄食人家，有朝餐，无晚餐，终落得奄奄饿死，应了相士的前言。大数难逃，吮痈何益。

唯晁错接连升任，气焰愈张，尝与景帝计议，请减削诸侯王土地，第一着应从吴国开手。所上议案，大略说是：

前高帝初定天下，昆弟少，诸子弱，大封同姓，齐七十余城，楚四十余城，吴五十余城，封三庶孽，半有天下。今吴王前有太子之隙，诈称病不朝，于古法当诛，文帝不忍，因赐几杖，德至厚也，当改过自新，反益骄恣，即山铸钱，煮海水为盐，诱天下亡人，潜谋作乱，今削亦反，不削亦反，削之其反亟，祸小，不削则反迟，祸大。末二语未尝无识。

景帝平日，也是怀着此念，欲削王侯。既得错议，便令公卿等复议朝堂，大众莫敢驳斥。独詹事窦婴，力言不可，乃将错议暂行搁起。窦婴字王孙，系窦太后从侄，官虽不过詹事，未列九卿，但为太后亲属，却是有此权力，所以不畏晁错，放胆力争。错当然恨婴，唯因婴有内援，却也未便强辩，只得暂从含忍，留作后图。景帝三年冬十月，梁王武由镇入朝，武系窦太后少子，由淮阳徙梁，事见前文。统辖四十余城，地皆膏腴，收入甚富，历年得朝廷赏赐，不可胜计，府库金钱，积至亿万，珠玉宝器，比京师为多。景帝即位，武已入觐二次，此番复来朝见，当由景帝派使持节，用了乘车驷马，出郊迎接。待至阙下，由武下车拜谒，景帝即起座降殿，亲为扶起，携手入宫。窦太后素爱少子，景帝又只有这个母弟，自然曲体亲心，格外优待。既已谒过太后，当即开宴接风，太后上座，景帝与武左右分坐，一母两儿，聚首同堂，端的是天伦乐事，喜气融融。景帝酒后忘情，对着幼弟欢欣与语道："千秋万岁后，当将帝位传王。"武得了此言，且喜且惊。明知是一句醉话，不便作真，但既有此一言，将来总好援为话柄，所以表面上虽然谦谢，心意中却甚欢愉。窦太后越加快慰，正要申说数语，使景帝订定密约，不料有一人趋至席前，引卮进言道："天下乃高皇帝的天下，父子相传，立有定例，皇上怎得传位梁王？"说着，即将酒卮捧呈景帝，朗声说道："陛下今日失言，请饮此酒。"景帝瞧着，乃是詹事窦婴，也自觉出言冒昧，应该受罚，便将酒卮接受，一饮而尽。独梁王武横目睨婴，面有愠色，更着急的乃是窦太后，好好的一场美事，偏被那侄儿打断，真是满怀郁愤，无处可伸。随即罢席不欢，怅然入内。景帝也率弟出宫，婴亦退去。翌日，即由婴上书辞职，告病回家。窦太后余怒未平，且将婴门籍除去，此后不准入见。**门籍谓出入殿门户籍。**梁王武住了数日，也辞行回国去了。

　　御史大夫晁错，前次为了窦婴反对，停消议案，此次见婴免职，暗地生欢，因复提出原议，劝景帝速削诸王，毋再稽迟。议尚未决，适逢楚王戊入朝，错遂吹毛索瘢，说他生性渔色，当薄太后丧葬时，未尝守制，仍然纵淫，依律当加死罪，请景帝明正典刑。**太觉辣手。**这楚王戊系景帝从弟，乃祖就是元王刘交，**即高祖同父少弟，殁谥曰元，前文中亦曾叙过。**刘交王楚二十余年，尝用名士穆生、白生、申公为中大夫，敬礼不衰。穆生素不嗜酒，交与饮时，特为置醴，借示敬意。及交殁后，长子辟非先亡，由次子郢客嗣封。郢客继承先志，仍然优待三人。未几郢客又殁，子戊袭爵。起初尚勉绳祖武，后来渐耽酒色，无意礼贤，就使有时召宴穆生，也把醴酒失记，不为特设。穆生退席长叹道："醴酒不设，王意已怠，我再若不去，恐不免受钳楚市了。"遂称疾不出。申公、白生，与穆生同事多年，闻他有疾，忙往探省。既入穆生家内，穆生虽然睡着，面上却没有什么病容，当下瞧透隐情，便同声劝解道："君何不念先王旧德，乃为了嗣王忘醴，小小失敬，就卧病不起呢？"穆生喟然道："古人有言，君子见机而作，不俟终日。先王待我三人，始终有礼，无非为重道起见，今嗣王礼貌寖衰，是明明忘道了。王既忘道，怎可与他久居？我岂但为区区醴酒么？"申公、白生也叹息而出，穆生竟谢病自去。**不愧知机。**戊不以为意，专从女色上着想，采选丽姝，终日淫乐，所以薄太后丧讣到来，并没有什么哀戚，仍在后宫，倚翠偎红，自图快活，太傅韦孟，作诗讽谏，毫不见从，孟亦辞归，戊以为距都甚远，朝廷未必察觉，乐得花天酒地，娱我少年。那知被晁错查悉，竟乘戊入朝时，索取性命。还亏景帝不忍从严，但削夺东海郡，仍令回国。

错既得削楚，复议削赵，也将赵王遂摘取过失，把他常山郡削去。赵王遂即幽王友子，见前文。又闻胶西王卬，系齐王肥第五子，见前文。私下卖爵，亦提出弹劾，削去六县。三国已皆怨错，唯一时未敢遽动，错遂以为安然无忌，就好趁势削吴。正在兴高采烈的时候，忽来了一个苍头白发的老人，踉门直入，见了错面，即皱眉与语道："汝莫非寻死不成？"错闻声一瞧，乃是自己的父亲，慌忙扶令入座，问他何故前来。错父说道："我在颍川家居，却也觉得安逸，今闻汝为政用事，硬要侵削王侯，疏人骨肉，外间已怨声载道，究属何为？所以特来问汝！"错应声道："怨声原是难免，但今不为此，恐天子不尊，宗庙不固。"错父遽起，向错长叹道："刘氏得安，晁氏必危，我年已老，实不忍见祸及身，不如归去罢。"此老却也有识。错尚欲挽留，偏他父接连摇首，扬长自去。及错送出门外，也不见老父回顾，竟尔登车就道，一溜烟似的去了。错还入厅中，踌躇多时，总觉得箭在弦上，不得不发，只好违了父嘱，壹意做去。

吴王濞闻楚赵胶西，并致削地，已恐自己波及，也要坐削。忽由都中传出消息，说是晁错议及削吴，果然不出所料，自思束手待毙，终属不妙，不如先发制人，或可泄愤。唯独力恐难成事，总须联络各国，方好起兵。默计各国诸王，要算胶西王最有勇力，为众所惮，况曾经削地，必然怀恨，何妨遣人前往，约同起事。计画已定，即令中大夫应高，出使胶西。胶西王卬，闻有吴使到来，当即召见，问明来意。应高道："近日主上任用邪臣，听信谗贼，侵削诸侯，诛罚日甚，古语有言，刮糠及米，吴与胶西，皆著名大国，今日见削，明日便恐受诛。吴王抱病有年，不能朝请，朝廷不察，屡次加疑，甚至吴王胁肩累足，尚惧不能免祸。今闻大王因封爵小事，还且被削，罪轻罚重，后患更不堪设想了。未知大王曾预虑否？"卬答道："我亦未尝不忧，但既为人臣，也是无法，君将何以教我？"应高道："吴王与大王同忧，所以遣臣前来，请大王乘时兴兵，拚生除患。"卬不待说完，即瞿然惊起道："寡人何敢如此！主上操持过急，我辈只有拚着一死，怎好造反呢？"高接说道："御史大夫晁错，荧惑天子，侵夺诸侯，各国都生叛意，事变已甚，今复彗星出现，蝗虫并起，天象已见，正是万世一时的机会。吴王已整甲待命，但得大王许诺，便当合同楚国，西略函谷关，据住荥阳敖仓的积粟，守候大王，待大王一到，并师入都，唾手成功，那时与大王中分天下，岂不甚善！"卬听了此言，禁不住高兴起来，便即极口称善，与高立约，使报吴王。吴王濞尚恐变卦，复扮作使臣模样，亲至胶西，与卬面订约章。卬愿纠合齐菑川胶东济南诸国，濞愿纠合楚赵诸国。彼此说妥，濞遂归吴，卬即遣使四出，与约起事。

胶西群臣，有几个见识高明，料难有成，向卬进谏道："诸侯地小，不能当汉十分之二，大王无端起反，徒为太后加忧，实属非计！况今天下只有一主，尚起纷争，他日果侥幸成事，变做两头政治，岂不是越要滋扰么！"卬不肯从。<small>利令智昏。</small>旋得各使返报，谓齐与菑川胶东济南诸国，俱愿如约。卬喜如所望，飞书报吴，吴亦遣使往说楚赵。楚王戊早已归国，正是愤恨得很，还有什么不允？申公、白生，极言不可，反致触动戊怒，把二人连系一处，使服赭衣，就市司春。楚相张尚，太傅赵夷吾，再加谏阻，竟被戊喝令斩首。<small>狂暴至此，不亡何待。</small>遂调动兵马，起应吴王，赵王遂也应许吴使，赵相建德内史王悍，苦谏不听，反致烧死。<small>比戊还要残忍。</small>于是吴、楚、赵、胶西、胶东、菑川、济南七国，同时举兵。

独齐王将闾，前已与胶西连谋，忽觉此事不妙，幡然变计，敛兵自守。还有济北王志，本由胶西王号召，有意相从，适值城坏未修，无暇起应，更被郎中令等将王监束，不得发兵。胶西王卬，因齐中途悔约，即与胶东菑川济南三国，合兵围齐，拟先把临淄攻下，然后往会吴兵。<small>就是失机。</small>唯赵王遂出兵西境，等候吴楚兵至，一同西进，又遣使招诱匈奴，使为后援。

吴王濞已得六国响应，就遍征国中士卒，出发广陵，且下令军中道："寡人年六十二，今自为将，少子年甫十四，亦使作前驱，将士等年齿不同，最老不过如寡人，最少不过如寡人少子，应各自努力，图功待赏，不得有违！"军中听着命令，未尽赞成，但也不能不去，只好相率西行，鱼贯而出，差不多有二十万人。濞又与闽越东越诸国，<small>东越即东瓯。</small>通使赍书，请兵相助。闽越犹怀观望，东越却发兵万人，来会吴军。吴军渡过淮水，与楚王戊相会，势焰尤威，再由濞致书淮南诸王，诱令出兵。淮南分为三国，事见前文。淮南王刘安，系厉王长冢子，尚记父仇，得濞赍书，便欲发兵，偏中了淮南相的计谋，佯请为将，待至兵权到手，即不服安命，守境拒吴。刘安不即诛死，还亏此相。衡山王勃，不愿从吴，谢绝吴使。庐江王赐，意在观望，含糊答复。吴王濞见三国不至，又复传檄四方，托词诛错。当时诸侯王共有二十二国，除楚、赵、胶西、胶东、菑川、济南与吴同谋外，余皆裹足不前。齐、燕、城阳、济北、淮南、衡山、庐江、梁、代、河间、临江、淮阳、汝南、广川、长沙共十五国加入同叛七国，合得二十二国。濞已势成骑虎，也顾不得祸福利害，竟与楚王戊合攻梁国。梁王武飞章入都，火急求援，景帝闻报，不觉大惊，亟召群臣入朝，会议讨逆事宜。小子有诗叹道：

> 封建翻成乱国媒，叛吴牵率叛兵来，
> 追原祸始非无自，总为时君太好猜。

景帝会议讨逆，当有一人出奏，请景帝御驾亲征，欲知此人为谁，待至下回再表。

申屠嘉虽称刚正，而性太躁急，不合为相。相道在力持大体，徒以严峻为事，非计也。观其檄召邓通，擅欲加诛，已不免失之卤莽。幸而文帝仁柔，邓通庸劣，故不致嫁祸己身耳，彼景帝之宽，不逮文帝，晁错之狡，远过邓通，嘉乃欲以待邓通者待晁错，适见其惑也。呕血而死得保首领，其犹为申屠嘉之幸事欤？若邓通之不死嘉手，而终致饿毙，铜山无济，愈富愈穷，彼之热中富贵者，不知以通为鉴，尚营营逐逐，于朝市之间，果胡为者？吴王濞首先发难，连兵叛汉，虽晁错之激成，终觉野心之未餍，名不正，言不顺，是而欲侥幸成功也，宁可得乎？彼楚赵胶西胶东菑川济南诸王，则更为不度德不量力之徒，以一国为孤注，其愚更不足道焉。

第十九回

信袁盎诡谋斩御史
遇赵涉依议出奇兵

却说景帝闻七国变乱，吴为首谋，已与楚兵连合攻梁，急得形色仓皇，忙召群臣会议。当有一人出班献策，请景帝亲自出征。这人为谁？就是主议削吴的晁错。景帝道："我若亲征，都中由何人居守？"晁错道："臣当留守都中。陛下但出兵荥阳，堵住叛兵，就是徐潼一带，暂时不妨弃去，令彼得地生骄，自减锐气，方可用逸制劳，一鼓平乱。"景帝听着，半晌无言。猛记得文帝遗言，谓天下有变，可用周亚夫为将，因即掉头左顾，见亚夫正端立一旁，便召至案前，命他督兵讨逆，亚夫直任不辞。景帝大喜，遂升亚夫为太尉，命率三十六将军，出讨吴楚，亚夫受命即行。景帝遣发亚夫，正想退朝，偏又接到齐王急报，速请援师。景帝踌躇多时，方想着窦婴忠诚，可付大任，乃特派使臣持节，召婴入朝。*既用周亚夫，又召入窦婴，不可谓景帝不明。*婴已免官家居，使节往返，不免需时，景帝未便坐待，当然退朝入内。及婴与使臣到来，景帝正进谒太后，陈述意见。*应该有此手续。*婴虽违忤太后，被除门籍，但此时是奉旨特召，门吏怎敢拦阻？自然放他进去，他却趋入太后宫中，拜见太后及景帝。景帝即命婴为将，使他领兵救齐。婴拜辞道："臣本不才，近又患病，望陛下另择他人。"景帝知婴尚记前嫌，未肯效力，免不得劝慰数语，仍令就任。婴再三固辞，景帝作色道："天下方危，王孙*即婴字，见上。*谊关国戚。难道可袖手旁观

125

么?"婴见景帝情词激切,又暗窥太后形容,也带着三分愧色,自知不便固执,乃始承认下去。景帝就命婴为大将军,且赐金千斤。婴谓齐固当援,赵亦宜讨,特保荐栾布郦寄两人,分统军马。景帝依议,拜两人并为将军,使栾布率兵救齐,郦寄引兵击赵,都归窦婴节制。

婴拜命而出,先在都中,暂设军辕,即将所赐千金,陈诸廊下。一面招集将士,分委军务,应需费用,令就廊下自取。不到数日,千金已尽,无一入私,因此部下感激,俱乐为用。婴又日夕部署,拟即出发荥阳,忽有故吴相袁盎乘夜谒婴,婴立即延入,与谈时事。盎说及七国叛乱,由吴唆使,吴为不轨,由错激成,但教主上肯听盎言,自有平乱的至计。婴前时与错相争,互有嫌隙,此时听了盎言,好似针芥相投,格外合意。**婴错争论,见前回。**因留盎住宿军辕,愿为奏达。盎暗喜道:"晁错,晁错,看汝今日尚能逞威否?"原来盎与错素不相容,虽同为朝臣,未尝同堂与语,至错为御史大夫,创议削吴,盎方辞去吴相,回都复命,错独说盎私受吴王财物,应该坐罪,有诏将盎免官,赦为庶人。及吴楚连兵攻梁,错又嘱语丞史,重提前案,欲即诛盎,还是丞史替盎解说,谓盎不宜有谋,且吴已起兵,穷治何益,错乃稍从缓议。偏已有人向盎告知,盎遂进见窦婴,要想靠婴势力,乘间除错。婴与他意见相同,那能不替他入奏?

景帝闻得盎有妙策,自然召见。盎拜谒已毕,望见错亦在侧,正是冤家相遇,格外留心。但听景帝问道:"吴楚造反,君意将如何处置?"盎随口答道:"陛下尽管放怀,不必忧虑。"景帝道:"吴王倚山铸钱,煮海为盐,诱致天下豪杰,白头起事,若非计出万全,岂肯轻发?怎得说是不必忧呢!"盎又道:"吴只有铜盐,并无豪杰,不过招聚无赖子弟,亡命奸人,一哄为乱,臣故说是不必忧呢。"错正入白调饷事宜,急切不能趋避,只好呆立一旁,待盎说了数语,已是听得生厌,便从旁插入道:"盎言甚是,陛下只准备兵食便了。"偏景帝不肯听错,还要穷根到底,详问计策,盎答道:"臣有一计,定能平乱,但军谋须守秘密,不便使人与闻。"**明明是为了晁错。**景帝因命左右退去,惟错不肯行,仍然留着。盎暗暗着急,又向景帝面请道:"臣今所言,无论何人,不宜得知。"**何必这般鬼祟!**景帝乃使错暂退,错不好违命,悻悻地趋往东厢。盎四顾无人,才低声说道:"臣闻吴楚连谋,彼此书信往来,无非说是高帝子弟,各有分土。偏出了贼臣晁错,擅削诸侯,欲危刘氏,所以众心不服，连兵西来，志在诛错，求复故土。诚使陛下将错处斩，赦免吴楚各国，归还故地，彼必罢兵谢罪，欢然回国，还要遣什么兵将，费什么军饷呢！"景帝为了亲征计议，已是动疑，此次听了盎言，越觉错有歹心，所以前番力请亲征，自愿守都，损人利己，煞是可恨。因复对盎答说道："如果可以罢兵，我亦何惜一人，不谢天下！"盎乃答说道："愚见如此，唯陛下熟思后行。"景帝竟面授盎为太常，使他秘密治装，赴吴议和，盎受命而去。

　　晁错尚莫明其妙，等到袁盎退出，仍至景帝前续陈军事，但见景帝形容如旧，倒也看不出什么端倪。又未便问及袁盎所言，只好说完本意，怅然退归。约莫过了一旬，也不见有特别诏令，还道袁盎无甚异议，或虽有异言，未邀景帝信从，因此毫无动静。那知景帝已密嘱丞相陶青，廷尉张欧等劾奏错罪，说他议论乖谬，大逆不道，应该腰斩，家属弃市。景帝又亲加手批，准如所奏，不过一时未曾发落，但召中尉入宫，授与密诏，且嘱咐了好几语，使他依旨施行。中尉领了密旨，乘车疾驰，直入御史府中，传旨召错，立刻入朝，错惊问何事？中尉诡称未知，但催他快快登车，一同前去。错连忙穿好冠带，与中尉同车出门。车夫已经中尉密嘱，一手挽车，一手扬鞭，真是非常起劲，与风驰电掣相似。错从车内顾着外面，惊疑的了不得，原来车路所经，统是都市，并非入宫要道。正要开口诘问中尉，车已停住，中尉一跃下车，车旁早有兵役待着，由中尉递了一个暗号，便回首向错道："晁御史快下车听诏！"错见停车处乃是东市，向来是杀头地方，为何叫我此处听旨，莫非要杀我不成！一面想，一面下车，两脚方立住地上，便由兵役趋近，把错两手反缚，牵至法场，令他长跪听诏。中尉从袖中取出诏书，宣读到应该腰斩一语，那晁错的头颅，已离了脖项，堕地有声。<small>叙得新颖。</small>身上尚穿着朝服，未曾脱去。中尉也不复多顾，仍然上车，还朝复命。景帝方将错罪宣告中外，并命拿捕错家全眷，一体坐罪。<small>诛错已不免失刑，况及全家！</small>旋由颍川郡报称错父于半月前，已服毒自尽，<small>回应前回。</small>外如母妻子侄等，悉数拿解，送入都中。景帝闻报，诏称已死勿问，余皆处斩。可怜错凤号智囊，反弄到这般结局，身诛族夷，聪明反被聪明误，看错便可了然！这且毋庸细表。<small>言之慨然。</small>

　　且说袁盎受命整装，也知赴吴议和，未必有效，但闻朝廷已经诛错，得报宿仇，不得不冒险一行，聊报知遇。景帝又遣吴王濞从子刘通，与盎同行。盎至吴军，先使通入报吴王，吴王知晁错已诛，却也心喜，不过罢兵诏命，未肯接受，索性将通留住军中，另派都尉一人，率兵五百，把盎围住营舍，断绝往来，盎屡次求见，终被拒绝，唯遣人招盎降吴，当使为将。总算盎还有良心，始终不为所动，宁死勿降。

到了夜静更深，盎自觉困倦，展被就睡，正在神思蒙眬，突有一人叫道："快起！快走！"盎猛被惊醒，慌忙起来，从灯光下顾视来人，似曾相识，唯一时叫不出姓名，却也未便发言。那人又敦促道："吴王定议斩君，期在诘朝，君此时不走，死在目前了！"盎惊疑道："君究系何人，乃来救我？"那人复答道："臣尝为君从史，盗君侍儿，幸蒙宽宥，感恩不忘，故特来救君。"盎乃仔细辨认，果然不谬，因即称谢道："难得君不忘旧情，肯来相救！但帐外兵士甚多，叫我如何出走？"那人答道："这可无虑。臣为军中司马，本奉吴王命令，来此围君，现已为君设策，典衣换酒，灌醉兵士，大众统已睡熟，君可速行。"盎复疑虑道："我曾知君有老亲，若放我出围，必致累君，奈何奈何！"那人又答道："臣已安排妥当，君但前去，不必为臣担忧！臣自有与亲偕亡的方法。"盎乃向他下拜，由那人答礼后，即引盎至帐后，用刀割开营帐，屈身钻出。帐外搭着一棚，棚外果有醉卒卧着，东倒西歪，不省人事，两人悄悄的跨过醉卒，觅路疾趋。一经出棚，正值春寒雨湿，泥滑难行。那人已有双屦怀着，取出赠盎，使盎穿上，又送盎数百步，指示去路，方才告别。盎贪夜疾走，幸喜路上尚有微光，不致失足。自思从前为吴相时，从史盗我侍儿，亏得我度量尚大，不愿究治，且将侍儿赐与从史，因此得他搭救，使我脱围。<u>盎之宽免从史，与从史之用计救盎，都从两方语意中叙出，可省许多文字</u>。但距敌未远，总还担忧，便将身中所持的旄节，解下包好，藏在怀中，免得露出马脚。自己苦无车马，又要著屦行走，觉得两足滞重，很是不便，但逃命要紧，也顾不得步履艰难，只好放出老力，向前急行。一口气跑了六七十里，天色已明，远远望见梁都。心下才得放宽，唯身体不堪疲乏，两脚又肿痛交加，没奈何就地坐下。可巧有一班马队，侦哨过来，想必定是梁兵，便又起身候着。待他行近，当即问讯，果然不出所料。乃复从怀中取出旄节，持示梁军，且与他说明情由。梁军见是朝使，不敢怠慢，且借与一马，使盎坐着。盎至梁营中一转，匆匆就道，入都销差去了。<u>侥幸侥幸</u>。

景帝还道盎等赴吴，定能息兵，反遣人至周亚夫军营，饬令缓进。待了数日，尚未得盎等回报，只有谒者仆射邓公入朝求见。邓公为成固人，本从亚夫出征，任官校尉，此次正由亚夫差遣，入报军情。景帝疑问道："汝从军中前来，可知晁错已死，吴楚曾愿罢兵否？"邓公道："吴王蓄谋造反，已有好几十年，今日借端发兵，不过托名诛错，其实并不是单为一错呢！陛下竟将错诛死，臣恐天下士人，从此将箝口结舌，不敢再言国事了！"景帝愕然，急问何故？邓公道："错欲减削藩封，实恐诸侯强大难制，故特创此议，强本弱末，为万世计。今计画方行，反受大戮。内使忠臣短气，外为列侯报仇，臣窃为陛下不取呢！"景帝不禁叹息道："君言甚是！我亦悔恨无及了！"已而袁盎逃还，果言吴王不肯罢兵，景帝未免埋怨袁盎。但盎曾有言说明，要景帝熟思后行，是诛错一事，实出景帝主张，景帝无从推诿。且盎在吴营，拚死不降，忠诚亦属可取。于是不复加罪，许盎照常供职，一面授邓公为城阳中尉，使他回报亚夫，相机进兵。

邓公方去，那梁王武的告急书，一日再至。景帝又遣人催促亚夫，令速救梁，亚夫上书献计，略言楚兵剽轻，难与争锋，现只可把梁委敌，使他固守，待臣断敌食道，方可制楚。楚兵溃散，吴自无能为了。景帝已信任亚夫，复称依议。亚夫时尚屯兵霸上，既接景帝复诏，便备着驿车六乘，拟即驰赴荥阳。甫经启行，有一士人遮道进说道："将军往讨吴楚，战胜，宗庙安；不胜，天下危，关系重大，可否容仆一言？"亚夫闻说，忙下车相揖道："愿闻高论。"*如此虚心，怎得不克？* 士人答道："吴王素富，久已蓄养死士，此次闻将军出征，必令死士埋伏殽渑，预备邀击，将军不可不防！且兵事首贵神速，将军何不绕道右行，走蓝田，出武关，进抵雒阳，直入武库，掩敌无备，且使诸侯闻风震动，共疑将军从天而下，不战便已生畏了。"亚夫极称妙计，因问他姓名，知是赵涉，遂留与同行。依了赵涉所说的路途，星夜前进，安安稳稳地到了雒阳。亚夫大喜道："七国造反，我乘传车至此，一路无阻，岂非大幸！今我若得进据荥阳，荥阳以东，不足忧了！"当下遣派将士，至殽渑间搜索要隘，果得许多伏兵，逐去一半，擒住一半，回至亚夫前报功。亚夫益服赵涉先见，奏举涉为护军。更访得雒阳侠客剧孟，与他结交，免为敌用。然后驰入荥阳，会同各路人马，再议进行。

看官听说！荥阳扼东西要冲，左敖仓，右武库，有粟可因，有械可取，东得即东胜，西得即西胜，从来刘项相争，注重荥阳，便是为此。至亚夫会兵荥阳，喜如所望，亦无非因要地未失，赶先据住，已经占了胜着。*说明形势，格外醒目。* 彼时吴中也有智士，请吴王先机进取，毋落人后，吴王不肯信用，遂为亚夫所乘，终致败亡。当吴王濞出兵时，大将军田禄伯，曾进语吴王道："我兵一路西行，若无他奇道，恐难立功，臣愿得五万人，出江淮间，收复淮南长沙，长驱西进，直入武关，与大王会，这也是一条奇计呢！"吴王意欲照行，偏由吴太子驹，从中阻挠，恐禄伯得机先叛，请乃父不可分兵，遂致一条奇计，徒付空谈。嗣又有少将桓将军，为吴画策道："吴多步兵，步兵利走险阻，汉多车骑，车骑利战平地，今为大王计，宜赶紧西进，所过城邑，不必留攻，若能西据雒阳，取武库，食敖仓粟，阻山带河，号令诸侯，就使一时不得入关，天下已定，否则大王徐行，汉兵先出，彼此在梁楚交界，对垒争锋，我失彼长，彼得我失，大事去了！"吴正濞又复狐疑，遍问老将。老将都不肯冒险，反说桓将军年少躁进，未可深恃。于是第二条良谋，又屏弃不用。吴王该死。好几十万吴楚大兵，徒然屯聚梁郊，与梁争战。

梁王武派兵守住棘壁，被吴楚兵一鼓陷入，杀伤梁兵数万人。再由梁王遣将截击，复为所败。梁王大惧，固守睢阳，闻得周亚夫已至河雒，便即遣使求援。那知亚夫抱定本旨，未肯相救，急得梁王望眼将穿，一日三使，催促亚夫。亚夫进至淮阳，仍然逗留。梁王待久不至，索性将亚夫劾奏一本，飞达长安。景帝得梁王奏章，见他似泣似诉，料知情急万分，不得不转饬亚夫，使救梁都。亚夫却回诏使，用了旧客邓尉的秘谋，故意的退避三舍，回驻昌邑，深沟高垒，坚守勿出。梁王虽然愤恨亚夫，但求人无效，只好求己，日夜激励士卒，壹意死守，复选得中大夫韩安国，及楚相张尚弟羽为将军，且守且战。安国持重善守，羽为乃兄死事，尚为楚王戊所杀，见前回。立志复仇，往往乘隙出击，力败吴兵，因此睢阳一城兀自支持得住。吴楚两王，还想督兵再攻，踏破梁都。不料有探马报入，说是周亚夫暗遣将士，抄出我兵后面，截我粮道，现在粮多被劫，运路全然不通了。吴王濞大惊道："我兵不下数十万，怎可无粮？这且奈何！"楚王戊亦连声叫苦，无法可施。小子有诗咏道：

> 老悖原为速死征，陵人反致受人陵；
> 良谋不用机先失，坐使雄兵兆土崩。

欲知吴楚两王，如何抵制周亚夫，且待下回再叙。

晁错之死，后世多代为呼冤。错特小有才耳，其杀身也固宜，非真不幸也。苏子瞻之论错，最为公允，自发而不能自收，徒欲以天子为孤注，能保景帝之不加疑忌耶！惟袁盎借公济私，当国家危急之秋，反为是报怨欺君之举，其罪固较错为尤甚，错死而盎不受诛，错其原难瞑目欤！彼周亚夫之受命出征，以谨严之军律，具翕受之虚心。赵涉，途人耳，一经献议，见可即行，邓尉，旧客也，再请坚壁，深信不疑，以视吴王之两得良谋，终不能用，其相去固甚远矣。两军相见，善谋者胜，观诸周亚夫而益信云。

第二十回

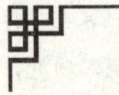

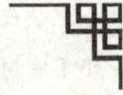

平叛军太尉建功
保屏王邻封乞命

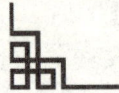

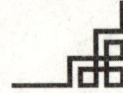

却说吴楚两王，闻得粮道被断，并皆惊惶，欲待冒险西进，又恐梁军截住，不便径行。当由吴王濞打定主意，决先往击周亚夫军，移兵北行。到了下邑，却与亚夫军相值，因即扎定营盘，准备交锋。亚夫前次回驻昌邑，原是以退为进，暗遣弓高侯韩颓当等，绕出淮泗，截击吴楚粮道，使后无退路，必然向前进攻，所以也移节下邑，屯兵待着。既见吴楚兵到来，又复坚壁相持，但守勿战。吴王濞与楚王戊，挟着一腔怒气，来攻亚夫，恨不得将亚夫大营，顷刻踏破，所以三番四次，逼营挑战。亚夫只号令军士，不准妄动，但教四面布好强弩，见有敌兵猛扑，便用硬箭射去，敌退即止，连箭干都似宝贵，不容妄发一支。吴楚兵要想冲锋，徒受了一阵箭伤，毫无寸进，害得吴楚两王，非常焦灼，日夜派遣侦卒，探伺亚夫军营。一夕，亚夫营中，忽然自相惊扰，声达中军帐下，独亚夫高卧不起，传令军士毋哗，违令立斩！果然不到多时，仍归镇静。持重之效。

过了两天，吴兵竟乘夜劫营，直奔东南角上，喊杀连天，亚夫当然准备，临事不致张皇，但却能见机应变，料知敌兵鼓噪前来，定是声东击西的诡计，当下遣派将吏，防御东南，仍令照常堵住，不必惊惶，自己领着精兵，向西北一方面，严装待敌。部将还道他是避危就安，不能无疑，那知吴楚两王，潜率锐卒，竟悄悄的绕出西

132

北，想来乘虚踹营。距营不过百步，早被亚夫窥见，一声鼓号，营门大开，前驱发出弓弩手，连环迭射，后队发出刀牌手，严密加防。亚夫亲自督阵，相机指挥，吴楚兵乘锐扑来，耳中一闻箭镞声，便即受伤倒地，接连跌翻了好几百人，余众大哗。时当昏夜，月色无光，吴楚兵是来袭击，未曾多带火炬，所以箭已射到，尚且不知闪避，徒落得皮开肉裂，疼痛难熬，伤重的当即倒毙，伤轻的也致晕翻。人情都贪生怕死，怎肯向死路钻入，自去拚生，况前队已有多人陨命，眼见得不能再进，只好退下。就是吴楚两王，本欲攻其无备，不意亚夫开营迎敌，满布人马，并且飞矢如雨，很觉利害，一番高兴，化作冰消，连忙收兵退归，懊怅而返。那东南角上的吴兵，明明是虚张声势，不待吴王命令，早已退向营中去了。亚夫也不追赶，入营闭垒，检点军士，不折一人。

又相持了好几日，探得吴楚兵已将绝粮，挫损锐气，乃遣颍阴侯灌何等，率兵数千，前去搦战。吴楚兵出营接仗，两下奋斗多时，恼动汉军校尉灌孟，舞动长槊，奋勇陷阵。吴楚兵向前拦阻，被灌孟左挑右拨，刺死多人，一马驰入。孟子灌夫，见老父轻身陷敌，忙率部曲千人，上前接应。偏乃父只向前进，不遑后顾，看看杀到吴王面前，竟欲力歼渠魁，一劳永逸。那吴王左右，统是历年豢养的死士，猛见灌孟杀入，慌忙并力迎战。灌孟虽然老健，究竟众寡悬殊，区区一支长槊，拦不住许多刀戟，遂致身经数创，危急万分。待至灌夫上前相救，乃父已力竭声嘶，倒翻马上。灌夫急指示部曲，将父救回，自在马上杀开吴军，冲出一条走路，驰归军前。顾视乃父，已是挺着不动，毫无声息了。夫不禁大恸，尚欲为父报仇，回马致死。灌何瞧着，忙自出来劝阻，一面招呼部众，退回大营。这灌孟系颍阳人，本是张姓，尝事灌何父婴，由婴荐为二千石，因此寄姓为灌。灌婴殁后，何得袭封。孟年老家居，吴楚变起，何为偏将，仍召孟为校尉。孟本不欲从军，但为了旧情难却，乃与子灌夫偕行。灌夫也有勇力，带领千人，与乃父自成一队，隶属灌何麾下。此次见父阵亡，怎得不哀？亚夫闻报，亲为视殓，并依照汉朝定例，令灌夫送父归葬。灌夫不肯从命，且泣且愤道："愿取吴王或吴将首级，报我父仇。"却有血性。亚夫见他义愤过人，倒也不便相强，只好仍使留着，唯劝他不必过急。偏灌夫迫不及待，私嘱家奴十余人，夜劫敌营。又向部曲中挑选壮士，得数十名，裹束停当，候至夜半，便披甲执戟，带领数十骑出寨，驰往敌垒。才行数步，回顾壮士，多已散去，只有两人相随，此时报仇心切，也不管人数多少，竟至吴王大营前，怒马冲入。吴兵未曾预防，统是吓得倒躲，一任灌夫闯进后帐。灌夫手下十数骑，亦皆紧紧跟着。后帐由吴王住宿，绕守多人，当即出来阻住，与灌夫鏖斗起来。灌夫毫不胆怯，挺戟乱刺，戳倒了好几人，唯身上也受了好几处重伤，再看从奴等，多被杀死，自知不能济事，随即大喝一声，拍马退走。吴兵从后追赶，亏得两壮士断住后路，好使灌夫前行。至灌夫走出吴营，两壮士中又战死一人，只有一人得脱，仍然追上灌夫，疾驰回营。灌何闻夫潜往袭敌，亟派兵士救应。兵士才出营门，已与夫兜头碰着，见他战袍上面，尽染血痕，料知已经重创，忙即扶令下马，簇拥入营。灌何取出万金良药，替他敷治，才得不死。但十余人能劫吴营，九死中博得一生，好算是健儿身手，亘古罕闻了！

吴王经他一吓，险些儿魂离躯壳，且闻汉将只十数人，能有这般胆量，倘或全军过来，如何招架得住，因此日夜不安。再加粮食已尽，兵不得食，上下枵腹，将佐离心，自思长此不走，即不战死，也是饿死。踌躇终日，毫无良法，结果是想得一条密策，竟挈领太子驹，及亲卒数千，黄夜私行，向东逃去。蛇无头不行，兵无主自乱，二十多万饥卒，仓猝中不见吴王，当然骇散。楚王戊孤掌难鸣，也想率众逃生，不料汉军大至，并力杀来。楚兵都饿得力乏，怎能上前迎战？一声惊叫，四面狂奔，单剩了一个楚王戊，拖落后面，被汉军团团围住。戊自知不能脱身，拔剑在手，向颈一横，立即毙命。**可记得后宫美人否？** 亚夫指挥将士，荡平吴楚大营，复下令招降敌卒，缴械免死。吴楚兵无路可归，便相率投诚。只有下邳人周丘，好酒无赖，前投吴王麾下，请得军令，略定下邳，北攻城阳，有众十余万，嗣闻吴王败遁，众多离散，丘亦退归。自恨无成，发生了一个背疽，不久即死。吴王父子，渡淮急奔，过丹徒，走东越，沿途收集溃卒，尚有万人。东越就是东瓯，惠帝三年，曾封东越君长摇为东海王，后来子孙相传，与吴通好。吴起兵时，东越王曾拨兵助吴，驻扎丹徒，为吴后援。**回应五十四回。** 及吴王父子来奔，见他势穷力尽，已有悔心，可巧周亚夫遣使前来，嘱使杀死吴王，当给重赏，东越王乐得听命，便诱吴王濞犒军，暗令军士突出，将濞杀毙。六十多岁的老藩王，偏要这般寻死，所谓自作孽，不可活，与人何尤！但高祖曾说濞有反相，至是果验，莫非因相貌生成，到老也是难免吗？**不幸多言而中。** 濞既被杀，传首长安，独吴太子驹，幸得逃脱，往奔闽越，下文自有交代。

且说周亚夫讨平吴楚，先后不过三月，便即奏凯班师，唯遣弓高侯韩颓当，带兵赴齐助攻胶西诸国。胶西王卬，使济南军主持粮道，自与胶东菑川，合兵围齐，环城数匝。回应前回。齐王将闾，曾遣路中大夫入都告急，景帝已将齐事委任窦婴，由婴调派将军栾布，领兵东援，至路中大夫进见，乃复续遣平阳侯曹襄，曹参曾孙。往助栾布，并令路中大夫返报齐王，使他坚守待援。路中大夫星夜回齐，行至临淄城下，正值胶西诸国，四面筑垒，无路可通，没奈何硬着头皮，闯将进去，匹马单身，怎能越过敌垒，眼见是为敌所缚，牵见三国主将，三国主将问他何来？路中大夫直言不讳。三国主将与语道："近日汝主已遣人乞降，将有成议，汝今由都中回来，最好与我通报齐王，但言汉兵为吴楚所破，无暇救齐，齐不如速降三国，免得受屠。果如此言，我当从重赏汝，否则汝可饮刀，莫怪我等无情！"路中大夫佯为许诺，并与设誓，从容趋至城下，仰呼齐王禀报。齐王登城俯问，路中大夫朗声道："汉已发兵百万，使太尉亚夫，击破吴楚，即日引兵来援。栾将军与平阳侯先驱将至，请大王坚守数日，自可无患，切勿与敌兵通和！"齐王才答声称是，那路中大夫的头颅，已被敌兵斫去，不由地触目生悲，咬牙切齿，把一腔情急求和的惧意，变做拚生杀敌的热肠。舍身谏主，路中大夫不愧忠臣！当下督率将士。婴城固守。未几即由汉将栾布，驱兵杀到，与胶西胶东菑川三国人马，交战一场，不分胜负。又未几由平阳侯曹襄，率兵继至，与栾布两路夹攻，击败三国将士。齐王将闾，也乘势开城，麾兵杀出，三路并进，把三国人马扫得精光。济南军也不敢相救，逃回本国去了。如此不耐久战，造什么反！

胶西王卬，奔还高密，即胶西都城。免冠徒跣，席稿饮水，入向王太后谢罪。王太后本教他勿反，至此见子败归，惹得忧愤交并，无词可说。独王太子德，从旁献议，还想招集败卒，袭击汉军。卬摇首道："将怯卒伤，怎可再用？"道言未绝，外面已递入一书，乃是弓高侯韩颓当差人送来。卬又吃了一惊，展开一阅，见书中写道：

奉诏诛不义，降者赦除其罪，仍复故土，不降者灭之。王今何处？当待命从事！

卬既阅罢，问明来使，始知韩颓当领兵到来，离城不过十里。此时无法拒绝，只好偕同来使，往见颓当。甫至营前，即肉袒匍匐，叩头请罪。既已做错，一死便了，何必这般乞怜！颓当闻报，手执金鼓，出营语卬道："王兴师多日，想亦劳苦，但不知王为何事发兵？"卬膝行前进道："近因晁错用事，变更高皇帝命令，侵削诸侯，卬等以为不义，恐他败乱天下，所以联合七国，发兵诛错。今闻错已受诛，卬等谨罢兵回国，自愿请罪！"颓当正色道："王若单为晁错一人，何勿上表奏闻，况未曾奉诏，擅击齐国，齐本守义奉法，又与晁错毫不相关，试问王何故进攻？如此看来，王岂徒为晁错么？"说着，即从袖中取出诏书，朗读一周。诏书大意，无非说是造反诸王，应该伏法等语。听得刘卬毛骨皆寒，无言可辩。及颓当读完诏书，且与语道："请王自行裁决，无待多言！"卬乃流涕道："如卬等死有余辜，也不望再生了。"随即拔剑自刎。卬母与卬子，闻卬毕命，也即自尽。胶东王雄渠，菑川王贤，济南王辟光，得悉胶西王死状，已是心惊，又闻汉兵四逼，料难抵敌，不如与卬同尽，免得受刀。因此预求一死，或服药，或投缳，并皆自杀。七国中已平了六国，只有赵王遂，守住邯郸。由汉将郦寄，率兵围攻，好几月不能取胜。乃就近致书栾布，请他援应。栾布早拟班师，因查得齐王将闾，曾与胶西诸国通谋，不能无罪，所以表请加讨，留齐待命。齐王将闾，闻风先惧，竟至饮鸩丧生，布乃停兵不攻。会接郦寄来书，乃移兵赴赵。赵王遂求救匈奴，匈奴已探知吴楚败耗，不肯发兵，赵势益危。郦栾两军，合力攻邯郸城，尚不能下。嗣经栾布想出一法，决水灌入，守兵大惊，城脚又坏，终被汉军乘隙突进，得破邯郸。赵王遂无路可奔，也拚着性命，一死了事，于是七国皆平。

济北王志，前与胶西王约同起事，虽由郎中令设法阻挠，总算中止。见五十三回。但闻齐王难免一死，自己怎能逃咎，因与妻子诀别，决计自裁。妻子牵衣哭泣，一再劝阻，志却与语道："我死，汝等或尚可保全。"随即取过毒药，将要饮下。有一僚属公孙玃，从旁趋入道："臣愿为大王往说梁王，求他通意天子，如或无成，死亦未迟。"志乃依言，遣玃往梁。梁王武传令入见，玃行过了礼，便向前进言道："济北地居西塞，东接强齐，南牵吴越，北逼燕赵。势不能自守，力不足御侮。前因吴与胶西双方威胁，虚言承诺，实非本心。若使济北明示绝吴，吴必先下齐国，次及济北，连合燕赵，据有山东各国，西向叩关，成败尚未可知。今吴王连合诸侯，贸然西行，彼以为东顾无忧，那知济北抗节不从，致失后援，终落得势孤援绝，兵败身亡。大王试想区区济北，若非如此用谋，是以犬羊敌虎狼，早被吞噬，怎能为国效忠，自尽职务？乃功义如此，尚闻为朝廷所疑，臣恐藩臣寒心，非社稷利！现在只有大王能持正义，力能幹旋，诚肯为济北王出言剖白，上全危国，下保穷民，便是德沦骨髓，加惠无穷了！愿大王留意为幸！"不外恭维。梁王武闻言大悦，即代为驰表上闻，果得景帝复诏，赦罪不问。但将济北王徙封菑川。公孙玃既得如愿，自然回国复命，济北王志才得幸全。

　　各路将帅，陆续回朝，景帝论功行赏，封窦婴为魏其侯，栾布为鄃侯。唯周亚夫曹襄等早沐侯封，不便再加，仍照旧职，不过赏赐若干金帛，算做报功。其余随征将士，亦皆封赏有差。自齐王将闾服毒身亡，景帝说他被人胁迫，罪不至死，特从抚恤条例，赐谥将闾为孝王，使齐太子寿，仍得嗣封。一面拟封吴楚后人，奉承先祀。窦太后得知此信，召语景帝道："吴王首谋造反，罪在不赦，奈何尚得封荫子孙？"景帝乃罢。唯封平陆侯宗正刘礼为楚王，礼为楚元王交次子，命礼袭封，是不忘元王的意思。又分吴地为鲁江都二国，徙淮阳王余为鲁王，汝南王非为江都王。二王为景帝子，见五十三回。立皇子端为胶西王，彻为胶东王，胜为中山王。迁衡山王勃为济北王，庐江王赐为衡山王。济南国除，不复置封。

　　越年，立子荣为皇太子，荣为景帝爱姬栗氏所出，年尚幼稚，因母得宠，遂立为储嗣。时人或称为栗太子。栗太子既立，栗姬越加得势，遂暗中设法，想将薄皇后摔去，好使自己正位中宫。薄皇后既无子嗣，又为景帝所不喜，只看太皇太后薄氏面上，权立为后。见五十三回。本来是个宫中傀儡，有名无实，一经栗姬从旁倾轧，怎得保得住中宫位置？果然到了景帝六年，被栗姬运动成熟，下了一道诏旨，平白地将薄后废去。无故废后，景帝不为无过。栗姬满心欢喜，总道是桃僵可代，唾手告成，就是六宫粉黛，也以为景帝废后，无非为栗姬起见，虽然因羡生妒，亦唯有徒唤奈何罢了。谁知天有不测风云，人有旦夕祸福，栗姬始终不得为后，连太子荣都被摇动，黜为藩王。可怜栗姬数载苦心，付诸流水，免不得愤恚成病，玉殒香消。小子有诗咏道：

> 欲海茫茫总不平，一波才逐一波生；
> 从知谗妒终无益，色未衰时命已倾。

究竟太子荣何故被黜，待至下回再详。

吴楚二王之屯兵梁郊，不急西进，是一大失策，既非周亚夫之善于用兵，亦未必果能逞志。项霸王以百战余威，犹受困于广武间，卒至粮尽退师，败死垓下，况如吴楚二王乎？灌夫之为父复仇，路中大夫之为主捐躯，忠肝义胆，照耀史乘，备录之以示后世，所以劝子臣也。公孙獷愿说梁王，以片言之请命，救犀主于垂危，亦未始非济北忠臣。假令齐王将间，有此臣属，则亦何至仓皇毕命。将间死而志独得生，此国家之所以不可无良臣也。彼七王之致毙，皆其自取，何足惜乎！

第二十一回

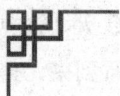

王美人有缘终作后
栗太子被废复蒙冤

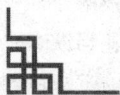

　　却说景帝妃嫔，不止栗姬一人，当时后宫里面，尚有一对姊妹花，生长槐里，选入椒房，出落得娉娉婷婷，成就了恩恩爱爱。闺娃王氏，母名臧儿，本是故燕王臧荼孙女，嫁为同里王仲妻，生下一男两女，男名为信，长女名姑，一名姝儿。次女名息姁。未几仲死，臧儿挈了子女，转醮与长陵田家，又生二子，长名蚡，幼名胜。姑年已长，嫁为金王孙妇，已生一女。臧儿平日算命，术士说她两女当贵，臧儿似信非信。适值长女归宁，有一相士姚翁趋过，由臧儿邀他入室，令与二女看相。姚翁见了长女，不禁瞠目道：“好一个贵人，将来当生天子，母仪天下！”继相次女，亦云当贵，不过比乃姊稍逊一筹。汉家相士，所言多验，想是独得秘传。臧儿听着，暗想长女已嫁平民，如何能生天子？得为国母？因此心下尚是怀疑。事有凑巧，朝廷选取良家子女，纳入青宫，臧儿遂与长女密商，拟把她送入宫中，博取富贵。长女姑虽已有夫，但闻着富贵两字，当然欣羡，也不能顾及名节，情愿他适。臧儿即托人向金氏离婚，金氏如何肯从，辱骂臧儿。臧儿不管他肯与不肯，趁着长女归宁未返，就把她装束起来，送交有司，辇运入宫。

　　槐里与长安相距，不过百里，朝发夕至。一入宫门，便拨令侍奉太子，太子就是未即位的景帝。壮年好色，喜得娇娃，姑复为希宠起见，朝夕侍侧，格外巴结，惹得太子色魔缠扰，情意缠绵，男贪女爱，我我卿卿，一朵残花，居然压倒香国，不到一年，便已怀胎，可惜是弄瓦之喜，未及弄璋。大器须要晚成。唯宫中已呼她为王美人，或称王夫人。美人系汉宫妃妾之称，秩视二千石。这王美人忆及同胞，又想到女弟身上，替她关说。太子是多多益善，就派了东宫侍监，赍着金帛，再向臧儿家聘选次女，充作嫔嫱。臧儿自送长女入宫后，尚与金氏争执数次，究竟金氏是一介平民，不能与储君构讼，只好和平解决，不复与争。此次由宫监到来，传说王美人如何得宠，如何生女，更令臧儿生欢。及听到续聘次女一事，也乐得唯命是从，随即受了金帛，又把次女改装，打扮得齐齐整整，跟着宫监，出门上车。

好容易驰入东宫，乃姊早已待着，叮嘱数语，便引见太子。太子见她体态轻盈，与乃姊不相上下，自然称心合意，相得益欢。当夜开筵与饮，令姊妹花左右侍宴，约莫饮了十余觥，酒酣兴至，情不自持，王美人知情识趣，当即辞去。神女初会高唐，襄王合登巫峡，行云布雨，其乐可知。比乃姊如何。说也奇怪，一点灵犀，透入子宫，竟尔絪缊化育，得孕麟儿。十月满足，产了一男，取名为越，就是将来的广川王。

乃姊亦随时进御，接连怀妊，偏只生女不生男，到了景帝即位这一年，景帝梦见一个赤彘，从天空中降下，云雾迷离，直入崇芳阁中，及梦觉后，起游崇芳阁，尚觉赤云环绕，仿佛龙形，当下召术士姚翁入问，姚翁谓兆主吉祥，阁内必生奇男，当为汉家盛主。景帝大喜，过了数日，景帝又梦见神女捧日，授与王美人，王美人吞入口中，醒后即告知王美人，偏王美人也梦日入怀，正与景帝梦兆相符。景帝料为贵兆，遂使王美人移居崇芳阁，改阁名为绮兰殿，凭着那龙马精神，与王美人谐欢竟夕，果得应了瑞征。待至七夕佳期，天上牛女相会，人间麟趾呈祥，王美人得生一子，英声初试，便是不凡。景帝尝梦见高祖，叫他生子名彘，又因前时梦彘下降，遂取王美人子为彘。嗣因彘字取名，究属不雅，乃改名为彻。王美人生彻以后，竟不复孕，那妹子却迭生四男，除长男越外，尚有寄乘舜三人，后皆封王。事且慢表。

且说王美人生彻时，景帝已有数男，栗姬生子最多，貌亦可人，却是王美人的情敌。景帝本爱恋栗姬，与订私约，俟姬生一子，当立为储君。后来栗姬连生三男，长名荣，次名德，又次名阏。德已封为河间王，阏亦封为临江王，见五十三回。只有荣未受封，明明是为立储起见。偏经王家姊妹，连翻引入，与栗姬争宠斗妍，累得栗姬非常愤恨。王美人生下一彻，却有许多瑞兆相应，栗姬恐他立为太子，反致己子失位，所以格外献媚，力求景帝践言。景帝既欲立荣，又欲立彻，迁延了两三年，尚难决定。唯禁不住栗姬催促，絮聒不休，而且舍长立幼，也觉不情，因此决意立荣，但封彻为胶东王。**见前回。**

是时馆陶长公主嫖，为景帝胞姊，适堂邑侯陈午为妻，生有一女，芳名叫做阿娇。长公主欲配字太子，使人向栗姬示意，总道是辈分相当，可一说便成。偏偏栗姬不愿联姻，竟至复绝。原来长公主出入宫闱，与景帝谊属同胞，素来亲昵，凡后宫许多妾媵，都奉承长公主，求她先容，长公主不忍却情，免不得代为荐引。**乐得做人情。**独栗姬素来妒忌，闻着长公主时进美人，很为不平，所以长公主为女议婚，便不顾情谊，随口谢绝。长公主恼羞成怒，遂与栗姬结下冤仇。**统是妇人意见。**那王美人却趁此机会，联络长公主，十分巴结。两下相遇，往往叙谈竟日，无语不宣。长公主说及议婚情事，尚有恨声，王美人乐得凑奉，只说自己没福，不能得此佳妇。长公主随口接说，愿将爱女阿娇，与彻相配，王美人巴不得有此一语，但口中尚谦言彻非太子，不配高亲。**语语反激，才情远过栗姬。**惹得长公主耸眉张目，且笑且恨道："废立常情，祸福难料，栗氏以为己子立储，将来定得为皇太后。千稳万当，那知还有我在，管教她儿子立储不成！"王美人忙接入道："立储是国家大典，应该一成不变，请长公主不可多心！"**再激一句更恶。**长公主愤然道："她既不中抬举，我也无暇多顾了！"王美人暗暗喜欢，又与长公主申订婚约，长公主方才辞去。王美人见了景帝，就说起长公主美意，愿结儿女姻亲。景帝以彻年较幼，与阿娇相差数岁，似乎不甚相合，所以未肯遽允。王美人即转喜为忧，又与长公主说明。长公主索性带同女儿，相将入宫，适胶东王彻，立在母侧。**汉时分封诸王，年幼者多未就国。故彻尚在宫。**长公主顺手携住，拥置膝上，就顶抚摩，戏言相问道："儿愿娶妇否？"彻生性聪明，对着长公主嬉笑无言。长公主故意指示宫女，问他可否合意？彻并皆摇首。至长公主指及己女道："阿娇可好么？"彻独笑着道："若得阿娇为妇，合贮金屋，甚好！甚好！"**小儿生就老脸皮。**长公主不禁大笑，就是王美人也喜动颜开。长公主遂将彻抱定，趋见景帝，笑述彻言。景帝当面问彻，彻自认不讳。景帝想他小小年纪，独喜阿娇，当是前生注定姻缘，不若就此允许，成就儿女终身大事，于是认定婚约，各无异言。长公主与王美人，彼此做了亲母，情好尤深，一想报恨，一想夺嫡，两条心合做一条心，都要把栗姬母子挤去。栗姬也有风闻，唯望自己做了皇后，便不怕他播弄。好几年费尽心机，才把薄皇后挤落台下，正想自己登台，偏有两位新亲母，从旁摆布，不使如愿。这也是因果报应，弄巧反拙呢！

景帝方欲立栗姬为后，急得长公主连忙进谗，诬称栗姬崇信邪术，诅咒妃嫱，每与诸夫人相会，往往唾及背后。量窄如此，恐一得为后，又要看见人彘的惨祸了！景帝听及人彘二字，未免动心，遂踱至栗姬宫内，用言探试道："我百年后，后宫诸姬，已得生子，汝应善为待遇，幸勿忘怀。"一面说，一面瞧着栗姬容颜，忽然改变，又紫又青，半晌不发一言。一味嫉妒，全无才具，怎能免人挤排。待了多时，仍然无语，甚且将脸儿背转，遂致景帝忍耐不住，起身便走。甫出宫门，但听里面有哭骂声，隐约有老狗二字。本想回身诘责，因恐徒劳口角，反失尊严，不得已忍气而去。自是心恨栗姬，不愿册立。长公主又日来侦伺，或与景帝晤谈，辄称胶东王如何聪俊，如何孝顺，景帝也以为然。并记起前时梦兆，多主吉祥，如或立为太子，必能缵承大统。此念一起，太子荣已是动摇，再加王美人格外谦和，誉满六宫，越觉得栗姬母子，相形见绌了。

流光如驶，又是一年，大行官礼官。忽来奏请，说是子以母贵，母以子贵，今太子母尚无位号，应即册为皇后。景帝瞧着，不禁大怒道："这事岂汝等所宜言？"说着，即命将大行官论罪，拘系狱中，且竟废太子荣为临江王。条侯周亚夫，魏其侯窦婴，先后谏诤，皆不见从。婴本来气急，谢病归隐，只周亚夫仍然在朝，寻且因丞相陶青病免，即令亚夫代任，但礼貌反不及曩时，不过援例超迁罢了。看官听说！景帝决然废立，是为了大行一奏，疑是栗姬暗中主使，所以动怒。其实主使的不是栗姬，却是争宠夺嫡的王美人。王美人已知景帝怨恨栗姬，特嘱大行奏请立后，为反激计，果然景帝一怒，立废太子，只大行官为此下狱，枉受了数旬苦楚。后来王美人替他缓颊，才得释放，总算侥幸免刑，那栗姬从此失宠，不得再见景帝一面，深宫寂寂，长夜漫漫，叫她如何不愤，如何不病，未几又来了一道催命符，顿将栗姬芳魂，送入冥府！看官不必细猜，便可知彻为太子，王美人为皇后，是送死栗姬的催命符呢。

唯自太子荣被废，至胶东王彻得为太子，中间也经过两月有余，生出一种波折，几乎把两亲母的秘谋，平空打断。还亏王氏母子，生就多福，任凭他人觊觎，究竟不为所夺，仍得暗地斡旋。看官欲知觊觎储位的人物，就是景帝胞弟梁王武。梁王武前次入朝，景帝曾有将来传位的戏言，被窦婴从旁谏阻，扫兴还梁。见五十三回。至七国平定，梁王武固守有功，得赐天子旌旗，出警入跸，开拓国都睢阳城，约七十里，建筑东苑方三百余里，招延四方宾客，如齐人羊胜公孙诡邹阳，吴人枚乘严忌，蜀人司马相如等，陆续趋集，侍宴东苑，称盛一时。公孙诡更多诡计，不愧大名。常为梁王谋画帝位，梁王倍加宠遇，任为中尉。及栗太子废立时，梁王似预得风闻，先期入朝，静觇内变，果然不到多日，储君易位。梁王进谒窦太后，婉言干请，意欲太后替他主张，订一兄终弟及的新约，太后爱怜少子，自然乐从，遂召入景帝，再开家宴，酒过数巡，太后顾着景帝道："我已老了，能有几多年得生世间，他日梁王身世，所托惟兄。"景帝闻言避席，慌忙下跪道："谨遵慈命！"太后甚喜，即命景帝起来，仍复欢宴。直至三人共醉，方罢席而散。既而景帝酒醒，自思太后所言，寓有深意，莫非因我废去太子，即将梁王接替不成。因特召入诸大臣，与他密议所闻。太常袁盎首答道："臣料太后意思，实欲立梁王为储君，但臣决以为不可行！"景帝复问及不可行的理由，盎复答道："陛下不闻宋宣公么？宋宣公见春秋时代。不立子殇公，独立弟穆公，后来五世争国，祸乱不绝。小不忍必乱大谋，故春秋要义，在大居正，传子不传弟，免得乱统。"说到此语，群臣并齐声赞成。景帝点首称是，遂将袁盎所说，转白太后。太后虽然不悦，但也无词可驳，只得罢议。梁王武不得逞谋，很是懊恼，复上书乞赐容车地，由梁国直达长乐宫。当使梁民筑一甬道，彼此相接，可以随时通车，入觐太后，这事又是一大奇议，自古罕闻。景帝将原书颁示群臣，又由袁盎首先反对，力为驳斥。景帝依言，拒复梁王，且使梁王归国。梁王闻得两番计策，都被袁盎打消，恨不得手刃袁盎，只因有诏遣归，不便再留，方怏怏回国去了。

景帝遂立王美人为皇后，胶东王彻为皇太子，一个再醮的民妇，居然得入主中宫，若非福命生成，怎有这番幸遇！可见姚翁所言，确是不诬。还有小王美人息姁，亦得进位夫人，所生长子越与次子寄，已有七龄，并为景帝所爱，拟皆封王。到了景帝改元的第二年，景帝三次改元，第一次计七年，第二次计六年，第三次计三年，史称第二次为中元年，末次为后元年。即命越王广川，寄王胶东，尚有乘舜二幼子，后亦授封清河常山二王。可惜息姁享年不永，未及乃姊福寿，但也算是一个贵命了。话休絮烦。

且说太子荣，既失储位，又丧生母，没奈何辞行就国，往至江陵。江陵就是临江国都，本是栗姬少子阏分封地，见前文。阏已夭逝，荣适被黜，遂将临江封荣。荣到国甫及年余，因王宫不甚宽敞，特拟估工增筑。宫外苦无隙地，只有太宗文皇帝庙垣，与宫相近，尚有余地空着，可以造屋，荣不顾后虑，乘便构造。偏被他人告发，说他侵占宗庙余地，无非投阱下石。景帝乃征令入都。荣不得不行，就在北门外设帐祖祭，即日登程。相传黄帝子累祖，壮年好游，致死道中，后人奉为行神。一说系共工氏子修。每遇出行，必先设祭，因此叫作祖祭。荣已祭毕，上车就道，蓦听得豁喇一声，车轴无故自断，不由得吃了一惊，只好改乘他车。江陵父老，因荣抚治年余，却还仁厚爱民，故多来相送。既见荣车断轴，料知此去不祥，相率流涕道："我王恐不复返了！"荣别了江陵百姓，驰入都中，当有诏旨传将出来，令荣至中尉处待质。冤冤相凑，碰着了中尉郅都，乃是著名的酷吏，绰号苍鹰，朝臣多半侧目，独景帝说他不避权贵，特加倚任。这大约是臭味相投，别有赏心呢！句中有刺。

先是后宫中有一贾姬，色艺颇优，也邀主眷。景帝尝带她同游上苑，赏玩多时，贾姬意欲小便，自往厕所，突有野彘从兽栏窜出，向厕闯入。景帝瞧着，不禁着忙，恐怕贾姬受伤，急欲派人往救。郅都正为中郎将，侍驾在旁，见景帝顾视左右，面色仓皇，却故意把头垂下，佯作不见。景帝急不暇择，竟拔出佩剑，自去抢救，郅都偏趋前数步，拦住景帝，伏地启奏道："陛下失一姬又有一姬，天下岂少美妇人？若陛下自去冒险，恐对不住宗庙太后，奈何为一妇人，不顾轻重呢！"景帝乃止，俄而野彘退出，贾姬也即出来，幸未受伤，当由景帝挈她登辇，一同还宫。适有人将郅都谏诤，入白太后，太后嘉他知义，赏赐黄金百斤。景帝亦以都为忠，加赐百金，嗣是郅都称重朝廷。也亏贾姬不加妒忌，才得厚赐。既而济南有一瞷氏大族，约三百余家，横行邑中，有司不敢过问。景帝闻知，特命郅都为济南守，令他往治。都一到济南，立即派兵往捕，得瞷氏首恶数人，斩首示众，余皆股栗，不敢为非。约莫过了一年，道不拾遗，济南大治，连邻郡都惮他声威，景帝乃召为中尉。

都再入国门，丰裁越峻，就是见了丞相周亚夫，亦只一揖，与他抗礼。亚夫却也不与计较。及临江王荣，征诣中尉，都更欲借此申威，召至对簿，装起一张黑铁面孔，好似阎罗王一般。荣究竟少年，未经大狱，见着郅都这副面目，已吓得魂胆飞扬，转思母死弟亡，父已失爱，余生也觉没趣，何苦向酷吏乞怜，不若作书谢过，自杀了事。主意已定，乃旁顾府吏，欲借取纸笔一用，那知又被郅都喝阻，竟叱令皂役，把他牵回狱中。还是魏其侯窦婴，闻悉情形，取给纸笔，荣写就一封绝命书，托狱吏转达景帝，一面解带悬梁，自缢而亡。却是可怜！狱吏报知郅都，都并不惊惶，但取荣遗书呈入。景帝览书，却也没有什么哀戚，只命将王礼殓葬，予谥曰闵，待至出葬蓝田，偏有许多燕子，替他衔泥，加置冢上。途人见之，无不惊叹，共为临江王呼冤。小子有诗叹道：

> 入都拚把一身捐，玉碎何心望瓦全？
> 底事苍鹰心太狠，何如燕子尚知怜！

窦婴闻报，代为不平，便即入奏太后。欲知太后曾否加怜，待下回详细说明。

薄皇后为栗姬所排，无辜被废，而王美人又伺栗姬之后，并栗太子而掉去之，天道好还，何报应之巧耶？独怪景帝为守成令主，乃为二三妇人所播弄，无故废后，是为不义；无端废子，是为不慈。且王美人为再醮之妇，名节已失，亦不宜正位中宫，为天下母，君一过多矣，况至再至三平！太子荣既降为临江王，欲求免祸，务在小心，旧有王宫，居之可也，必欲鸠工增筑，致有侵及宗庙之嫌，未免自贻伊戚。但晁错穿庙垣而犹得无辜，临江王侵庙地而即致加罪，谁使苍鹰，迫诸死地？谓其非冤，不可得也。夫有栗太子之冤死，益足见景帝之忍心，苏颍滨谓其忌刻少恩，岂过毁哉！

第二十二回

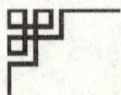

索罪犯曲全介弟
赐肉食戏弄条侯

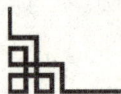

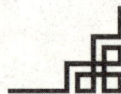

　　却说窦婴入谒太后，报称临江王冤死情形，窦太后究属婆心，不免泣下，且召入景帝，命将郅都斩首，俾得雪冤。景帝含糊答应，及退出外殿，又不忍将都加诛，但令免官归家。未几又想出一法，潜调都为雁门太守。雁门为北方要塞，景帝调他出去，一是使他离开都邑，免得母后闻知，二是使他镇守边疆，好令匈奴夺气。果然郅都一到雁门，匈奴兵望风却退，不敢相逼。甚至匈奴国王，刻一木偶，状似郅都，令部众用箭射像，部众尚觉手颤，迭射不中。这可想见郅都声威，得未曾有哩！匈奴本与汉朝和亲，景帝五年，也曾仿祖宗遗制，将宗室女充作公主，遣嫁出去，但番众总不肯守静，往往出没汉边，时思侵掠。自从郅都出守，举国相戒，胆子虽怯，心下总是不甘，便由中行说等定计，遣使入汉，只说郅都虐待番众，有背和约。景帝也知匈奴逞刁，置诸不问。偏被窦太后得知，大发慈威，怒责景帝敢违母命，仍用郅都，内扰不足，还要叫他虐待外人，真正岂有此理！今唯速诛郅都，方足免患。景帝见母后动怒，慌忙长跪谢过，并向太后哀求道："郅都实是忠臣，外言不足轻信，还乞母后贷他一死，以后再不轻用了！"太后厉声道："临江王独非忠臣么？为何死在他手中，汝若再不杀都，我宁让汝！"这数句怒话，说得景帝担当不起，只好勉依慈命，遣人传旨出去，把郅都置诸死刑。都为人颇有奇节，居官廉正，不受馈遗，就使亲若妻孥，也所不顾，但气太急，心太忍，终落得身首两分，史家称为酷吏首领，实是为此。*持平之论。*

景帝得使臣还报，尚是叹惜不已。忽闻太常袁盎，被人刺死安陵门外，还有大臣数人，亦皆遇害。景帝不待详查，便顾语左右道："这定是梁王所为，朕忆被害诸人，统是前次与议诸人，不肯赞成梁王，所以梁王挟恨，遣人刺死；否则盎有他仇，盎死便足了事，何故牵连多人呢！"说着，即令有司严捕刺客，好几日不得拿获。唯经有司悉心钩考，查得袁盎尸旁，遗有一剑，此剑柄旧锋新，料经工匠磨洗，方得如此，当下派干吏取剑过市，问明工匠，果有一匠承认，谓由梁国郎官，曾令磨擦生新。干吏遂复报有司，有司复转达景帝，景帝立遣田叔吕季主两人，往梁索犯，田叔曾为赵王张敖故吏，经高祖特别赏识，令为汉中郡守，*见前文。*在任十余年，方免职还乡。景帝因他老成练达，复召令入朝，命与吕季主同赴梁都。田叔明知刺盎首谋，就是梁王，但梁王系太后爱子，皇上介弟，如何叫他抵罪？因此降格相求，姑把梁王撇去，唯将梁王幸臣公孙诡羊胜，当作案中首犯，先派随员飞驰入梁，叫他拿交诡胜两人。诡胜是梁王的左右手，此次遣贼行刺，原是两人教唆出来，梁王方嘉他有功，待遇从隆，怎肯将他交出？反令他匿居王宫，免得汉使再来捕拿。田叔闻梁王不肯交犯，乃持诏入梁，责令梁相轩丘豹及内史韩安国等，拿缉诡胜两犯，不得稽延。*这是旁敲侧击的法门，田叔不为无见。*轩丘豹是个庸材，碌碌无能，那里捕得到两犯？只有韩安国材识，远过轩邱豹，却是有些能耐，从前吴楚攻梁，幸赖安国善守，才得保全。见五十四回。还有梁王僭拟无度，曾遭母兄诘责，也亏安国入都斡旋，求长公主代为洗刷，梁王方得无事。*此数语是补叙前文之阙。*后来安国为诡胜所忌，构陷下狱，狱吏田甲，多方凌辱，安国慨然道："君不闻死灰复燃么？"田甲道："死灰复燃，我当撒尿浇灰！"那知过了数旬，竟来了煌煌诏旨，说是梁内史出缺，应用安国为内史。梁王不敢违诏，只好释他出狱，授内史职，慌得田甲不知所措，私下逃去。安国却下令道："甲敢弃职私逃，应该灭族！"甲闻令益惧，没奈何出见安国，肉袒叩头，俯伏谢罪。*这也是小人惯技。*安国笑道："何必出此！请来撒尿！"甲头如捣蒜，自称该死。安国复笑语道："我岂同汝等见识，徒知侮人？汝幸遇我，此后休得自夸！"甲惶愧无地，说出许多感恩悔过的话儿，安国不复与较，但令退去，仍复原职。甲始拜谢而出。从此安国大度，称颂一方。唯至刺盎狱起，诡胜二人，匿居王宫，安国不便入捕，又无从卸责。踌躇数日，乃入白梁王道："臣闻主辱臣死，今大王不得良臣，竟遭摧辱，臣情愿辞官就死！"说着，泪下数行，梁王诧异道："君何为至此？"安国道："大王原系皇帝亲弟，但与太上皇对着高帝，与今上对着临江王，究系谁亲？"梁王应声道："我却勿如。"安国道："高帝尝谓提三尺剑，自取天下，所以太上皇不便相制，坐老抵阳。临江王无罪被废，又为了侵地一案，自杀中尉府。父子至亲，尚且如此，俗语有云，虽有亲父，安知不为虎？虽有亲兄，安知不为狼？今大王列在诸侯，听信邪臣，违禁犯法，天子为着太后一人，不忍加罪，使交出诡胜二人，大王尚力为袒护，未肯遵诏，恐天子一怒，太后亦难挽回。况太后亦连日涕泣，唯望大王改过，大王尚不觉悟，一旦太后晏驾，大王将攀援何人呢？"晓以利害，语婉而切。梁王不待说毕，已是泪下，乃入嘱诡胜，令他自图。诡胜无法求免，只得仰药毕命。梁王命将两人尸首，取示田叔吕季主，田吕乐得留情，好言劝慰。但尚未别去，还要探刺案情，梁王不免加忧，意欲选派一人，入都转圜，免得意外受罪。想来想去，只有邹阳可使，乃嘱令入都，并取给千金，由他使用，邹阳受金即行。这位邹阳的性格，却是忠直豪爽，与公孙诡羊胜不同，从前为了诡胜不法，屡次谏诤，几被他构成大罪，下狱论死。亏得才华敏赡，下笔千言，自就狱中缮成一书，呈入梁王，梁王见他词旨悱恻，也为动情，因命释出狱中，照常看待。阳却不愿与诡胜同事，自甘恬退，厌闻国政。至诡胜伏法，梁王始知阳有先见，再三慰勉，浼他入都调护，阳无可推诿，不得不勉为一行。既入长安，探得后兄王信，方蒙上宠，遂托人介绍，踵门求见，信召入邹阳，猝然问道："汝莫非流寓都门，欲至我处当差么？"邹阳道："臣素知长君门下，人多如鲫，不敢妄求使令。信系后兄，时人号为长君，故阳亦援例相称。今特竭诚进谒，愿为长君预告安危。"信始竦然起座道："君有何言？敢请明示！"阳又说道："长君骤得贵宠，无非因女弟为后，有此幸遇。但祸为福倚，福为祸伏，还请长君三思。"长君听了，暗暗生惊。原来王皇后善事太后，太后因后推恩，欲封王信为侯。嗣被丞相周亚夫驳议，说是高祖有约，无功不得封侯，乃致中止。这也是补叙之笔。今阳来告密，莫非更有意外祸变，为此情急求教，忙握着阳手，引入内厅，仔细问明。阳即申说道："袁盎被刺，案连梁王，梁王为太后爱子，若不幸被诛，太后必然哀戚，因哀生愤，免不得迁怒豪门。长君功无可言，过却易指，一或受责，富贵恐不保了。"庸人易骄亦易惧，故阳多恫吓语。长君被他一吓，越觉着忙，皱眉问计。阳故意摆些架子，令他自思，急得王信下座作揖，几乎欲长跪下去。阳始从容拦阻，向他献议道："长君欲保全禄位，最好是入白主上，毋穷梁事，梁王脱罪，太后必深感长君，与共富贵，何人再敢摇动呢！"信展颜为笑道："君言诚是，唯主上方在盛怒，应如何进说主上，方可挽回？"连说话都要教他，真是一个笨伯！阳说道："长君何不援引舜事，舜弟名象，尝欲杀舜，及舜为天子，封象有庳，自来仁人待弟，不藏怒，不宿怨，只是亲爱相待，毫无怨言，今梁王顽不如象，应该加恩赦宥，上效虞廷，如此说法，定可挽回上怒了。"信乃大喜，待至邹阳辞出，便入见景帝，把邹阳所教的言语，照述一遍，只不说出是受教邹阳。景帝喜信能知舜事，且自己好摹仿圣王，当然合意，遂将怨恨梁王的意思，消去一大半。可巧田叔吕季主，查完梁事，回京复命，路过霸昌厩，得知宫中消息，窦太后为了梁案，日夜忧泣不休，田叔究竟心灵，竟将带回案卷，一律取出，付诸一炬。吕季主大为惊疑，还欲抢取，田叔摇手道："我自有计，决不累君！"季主乃罢。待至还朝，田叔首先进谒，景帝亟问道："梁事已办了否？"田叔道："公孙诡羊胜实为主谋，现已伏法，可勿他问。"景帝道："梁王是否预谋？"田叔道："梁王亦不能辞责，但请陛下不必穷究。"景帝道："汝二人赴梁多日，总有查办案册，今可带来否？"田叔道："臣已大胆毁去了。试想陛下只有此亲弟，又为太后所爱，若必认真办理，梁王难逃死罪，梁王一死，太后必食不甘味，寝不安席，陛下有伤孝友，故臣以为可了就了，何必再留案册，株累无穷。"景帝正忧太后哭泣不安，听了田叔所奏，不禁心慰道："我知道了。君等可入白太后，免得太后忧劳。"田叔乃与吕季主进谒太后，见太后容色憔悴，面上尚有泪痕，便即禀白道："臣等往查梁案，梁王实未知情，罪由公孙诡羊胜二人，今已将二人加诛，梁王可安然无事了。"太后听着，即露出三分喜色，慰问田叔等劳苦，令他暂且归休。田叔等谢恩而退。吕季主好似寄生虫。从此窦太后起居如故。景帝以田叔能持大体，拜为鲁相。田叔拜辞东往。梁王武却谢罪西来。梁臣茅兰，劝梁王轻骑入关，先至长公主处，寓居数日，相机入朝。梁王依议，便将从行车马，停住关外，自己乘着布车，潜入关中，至景帝闻报，派人出迎，只见车骑，不见梁王，慌忙还报景帝。景帝急命朝吏，四出探寻，亦无下落。正在惊疑的时候，突有窦太后趋出，向景帝大哭道："皇帝果杀我子了！"不脱妇人腔调。景帝连忙分辩，窦太后总不肯信。可巧外面有人趋入，报称梁王已至阙下，斧锧待

149

罪。景帝大喜，出见梁王，命他起身入内，谒见太后。太后如获至宝，喜极生悲，梁王亦自觉怀惭，极口认过。景帝不咎既往，待遇如初，更召梁王从骑一律入关。梁王一住数日，因得邹阳报告，知是王信代为调停，免不得亲去道谢。两人一往一来，周旋数次，渐觉情投意合，畅叙胸襟。王信为了周亚夫阻他侯封，心中常存芥蒂，就是梁王武，因吴楚一役，亚夫坚壁不救，也引为宿嫌。两人谈及周丞相，并不禁触起旧恨，想要把他除去。梁王初幸脱罪，又要报复前嫌，正是江山可改，本性难移。因此互相密约，双方进言。王信靠着皇后势力，从中媒蘖，梁王靠着太后威权，实行谗诬。景帝只有个人知识，那禁得母妻弟舅，陆续蔽惑，自然不能无疑。况栗太子被废，及王信封侯时，亚夫并来絮聒，也觉厌烦，所以对着亚夫，已有把他免相的意思。不过记念旧功，一时未便开口，暂且迁延。并因梁王未知改过，仍向太后前搬弄是非，总属不安本分，就使要将亚夫免职，亦须待他回去，然后施行。梁王扳不倒亚夫，且见景帝情意寖衰，也即辞行回国，不复逗留。景帝巴不得他离开面前，自然准如所请，听令东归。会因匈奴部酋徐卢等六人，叩关请降，景帝当然收纳，并欲封为列侯。当下查及六人履历，有一个卢姓降酋，就是前叛王卢绾孙，名叫它人。绾前降匈奴，匈奴令为东胡王。见前文。嗣欲乘间南归，终不得志，郁郁而亡。至吕后称制八年，绾子潜行入关，诣阙谢罪，吕后颇嘉他反正，命寓燕邸，拟为置酒召宴，不料一病不起，大命告终，遂至绾妻不得相见，亦即病死。唯绾孙它人，尚在匈奴，承袭祖封，此时亦来投降。景帝为招降起见，拟将六人均授侯封，偏又惹动了丞相周亚夫，入朝面谏道：“卢它人系叛王后裔，应该加罪，怎得受封？就是此外番王，叛主来降，也是不忠，陛下反封他为侯，如何为训！”景帝本已不悦亚夫，一闻此言，自觉忍耐不住，勃然变色道：“丞相议未合时势，不用不用！”亚夫讨了一场没趣，怅怅而退。景帝便封卢它人为恶谷侯，余五人亦皆授封。越日即由亚夫呈入奏章，称病辞官，景帝也不挽留，准以列侯归第，另用桃侯刘舍为丞相。舍本姓项，乃父名襄，与项伯同降汉朝，俱得封侯，赐姓刘氏。襄死后，由舍袭爵，颇得景帝宠遇，至是竟代为丞相。舍实非相材，幸值太平，国家无事，恰也好敷衍过去。一年一年又一年，已是景帝改元后六年，舍自觉闲暇，乃迎合上意，想出一种更改官名的条议，录呈景帝。先是景帝命改郡守为太守，郡尉为都尉。又减去侯国丞相的丞字，但称为相。舍拟改称廷尉为大理，奉常为太常，典客为大行，后又改名为大鸿胪。治粟内史为大农，后又改名大司农。将作少府为将作大匠，主爵中尉为都尉，*后又改名右扶风。*长信詹事为长信少府，将行为大长秋，九行为行人，景帝当即准议。未几又改称中大夫为卫尉，*但改官名何关损益，我国累代如此，至今尚仍是习，令人不解。*总算是刘舍的相绩。*挖苦得妙。*梁王武闻亚夫免官，还道景帝信用已言，正好入都亲近，乃复乘车入朝。窦太后当然欢喜，唯景帝仍淡漠相遭，虚与应酬。梁王不免失望，更上书请留居京中，侍奉太后，偏又被景帝驳斥，梁王不得不归。归国数月，常闷闷不乐，趁着春夏交界，草木向荣，出猎消遣，忽有一人献上一牛，奇形怪状，背上生足，惹得梁王大加惊诧。罢猎回宫，惊魂未定，致引病魔，一连发了六日热症，服药无灵，竟尔逝世。讣音传到长安，窦太后废寝忘餐，悲悼的了不得，且泣且语道："皇帝果杀我子了！"*回应一笔，见得太后溺爱，只知梁王，不知景帝。*景帝入宫省母，一再劝慰，偏太后全然不睬，只是卧床大哭，或且痛责景帝，说他逼归梁王，遂致毕命。景帝有口难言，好似哑子吃黄连，说不出的苦闷，没奈何央恳长公主，代为劝解。长公主想了一策，与景帝说明，景帝依言下诏，赐谥梁王武为孝王，并分梁地为五国，尽封孝王子五人为王，连孝王五女，亦皆赐汤沐邑。太后闻报，乃稍稍解忧，起床进餐，后来境过情迁，自然渐忘。总计梁王先封代郡，继迁梁地，做了三十五年的藩王。拥资甚巨，坐享豪华，殁后查得梁库，尚剩黄金四十余万斤，其他珍玩，价值相等，他还不自知足，要想窥窃神器，终致失意亡身。唯平生却有一种好处，入谒太后，必致敬尽礼，不敢少违。就是在国时候，每闻太后不豫，亦且食旨不甘，闻乐不乐，接连驰使请安，待至太后病愈，才复常态。赐谥曰孝，并非全出虚诬呢。*孝为百行先，故特别提叙。*

梁王死后，景帝又复改元，史称为后元年。平居无事，倒反记起梁王遗言，曾说周亚夫许多坏处，究竟亚夫行谊，优劣如何，好多时不见入朝，且召他进来，再加面试。如或亚夫举止，不如梁王所言，将来当更予重任，也好做个顾命大臣，否则还是预先除去，免贻后患。主见已定，便令侍臣宣召亚夫，一面密嘱御厨，为赐食计。亚夫虽然免相，尚住都中，未尝还沛。一经奉召，当即趋入，见景帝兀坐宫中，行过了拜谒礼，景帝赐令旁坐，略略问答数语，便由御厨搬进酒肴，摆好席上。景帝命亚夫侍食，亚夫不好推辞，不过席间并无他人，只有一君一臣，已觉有些惊异，及顾视面前，仅一酒卮，并无匕箸，所陈肴馔，又是一块大肉，余无别物，暗思这种办法，定是景帝有意戏弄，不觉怒意勃发，顾视尚席道：*尚席是主席官名。*"可取箸来。"尚席已由景帝预嘱，假作痴聋，立着不动。亚夫正要再言，偏景帝向他笑语道："这还未满君意么？"说得亚夫又恨又愧，不得已起座下跪，免冠称谢。景帝才说了一个起字，亚夫便即起身，掉头径出。*也太率性。* 景帝目送亚夫出门，喟然太息道："此人鞅鞅，*与快字通。* 非少主臣。"*谁料你这般猜忌！* 亚夫已经趋出，未及闻知，回第数日，突有朝使到来，叫他入廷对簿。亚夫也不知何因，只好随吏入朝。这一番有分教：

烹狗依然循故辙，鸣雌毕竟识先机。*汉高祖曾封许负为鸣雌亭侯。*

究竟亚夫犯着何罪，待看下回便知。

若孔子尝杀少正卯，不失为圣，袁盎亦少正卯之流亚也，杀之亦宜。然孔子之杀少正卯，未尝不请命鲁君，梁王武乃为盗贼之行，潜遣刺客以毙之，例以擅杀之罪，夫复何辞！但梁王为窦太后爱子，若有罪即诛，是大伤母后之心，倘母以忧死，景帝不但负杀弟之名，且并成逼母之罪矣！贤哉田叔，移罪于公孙诡羊胜，悉毁狱辞，还朝复命，片言悟主，此正善处人母子兄弟之间。而曲为调护者也。若周亚夫之忠直，远出袁盎诸人之上，盎之示直，伪也，亚夫之主直，诚也，盎以口舌见幸，而亚夫以功业成名，社稷之臣也，犹将十世宥之，以劝能者，乃以直谏忤旨，赐食而不置箸，信谗而即召质，卒致柱石忠臣，无端饿死，庸非冤乎！黄钟毁弃，瓦釜雷鸣，古今殆有同慨焉。

第二十三回

嗣帝祚董生进三策
应主召申公陈两言

却说周亚夫到了大廷，已由景帝派出问官，责令亚夫对簿，且取出一封告密原书，交与阅看。亚夫览毕，全然没有头绪，无从对答。原来亚夫子恐父年老，预备后事，特向尚方*掌供御用食物之官*。买得甲楯五百具，作为他时护丧仪器。尚方所置器物，本有例禁，想是亚夫子贪占便宜，秘密托办，一面饬佣工运至家中，不给佣钱。佣工心中怀恨，竟说亚夫子偷买禁物，意图不轨，背地里上书告密。景帝方深忌亚夫，见了此书，正好作为罪证，派吏审问，其实亚夫子未尝禀父，亚夫毫不得知，如何辩说，问官还道他倔强负气，复白景帝。景帝怒骂道："我亦何必要他对答呢？"遂命将亚夫移交大理。*即廷尉，见前。*亚夫子闻知，慌忙过视，见乃父已入狱中，才将原情详告。亚夫也不暇多责，付之一叹。及大理当堂审讯，竟向亚夫问道："君侯何故谋反？"亚夫方答辩道："我子所买，乃系葬器，怎得说是谋反呢！"大理又讯笑道："就使君侯不欲反地上，也是欲反地下，何必讳言！"亚夫生性高傲，怎禁得这般揶揄，索性瞑目不言，仍然还狱。一连饿了五日，不愿进食，遂致呕血数升，气竭而亡，适应了许负的遗言。*命也何如。*

景帝闻亚夫饿死，毫不赗赠，但更封亚夫弟坚为平曲侯，使承绛侯周勃遗祀。那皇后亲兄王长君，却得从此出头，居然受封为盖侯了。*莫非营私！*独丞相刘舍，就职五年，滥竽充数，无甚补益，景帝也知他庸碌，把他罢免，升任御史大夫卫绾为丞相。绾系代人，素善弄车，得宠文帝，由郎官迁授中郎将，为人循谨有余，干练不足。景帝为太子时，曾召文帝侍臣，同往宴饮，唯绾不应召，文帝越加器重。谓绾居心不贰，至临崩时曾嘱景帝道："卫绾忠厚，汝应好生看待为是！"景帝记着，故仍使为中郎将。未几出任河间王太傅，吴楚造反，绾奉河间王命，领兵助攻，得有战功，因超拜中尉，封建陵侯。嗣复徙为太子太傅，更擢为御史大夫。刘舍免职，绾循资升任，也不过照例供职，无是无非。至御史大夫一职，却用了南阳人直不疑。不疑也做过郎官，郎官本无定额，并皆宿卫宫中，人数既多，退班时辄数人同居，呼为同舍。会有同舍郎告归，误将别人金钱携去，失金的郎官，还道是不疑盗取，不疑并不加辩，且措资代偿。*未免矫情。*嗣经同舍郎假满回来，仍将原金送还失主，失主大惭，忙向不疑谢过。不疑才说明意见，以为大众蒙谤，宁我受诬，于是众人都称不疑为长者。及不疑迁任中大夫，又有人讥他盗嫂无行，徒有美貌。不疑仍不与较，但自言我本无兄，从来也因从击吴楚得封塞侯，兼官卫尉，卫绾为相，不疑便超补御史大夫，两人都自守本分，不敢妄为。但欲要他治国平天下，却是相差得多呢！*断然两人。*

景帝又用宁成为中尉。宁成专尚严酷，比郅都还要辣手，曾做过济南都尉，人民疾首，并且居心操行，远不及郅都的忠清。偏景帝视为能吏，叫他主持刑政，正是嗜好不同，别具见解。看他诏令中语，如疑狱加谳，*景帝中五年诏令。*治狱务宽，*后元年诏令。*也说得仁至义尽，可惜是徒有虚文，言与行违，就是戒修职事，*后一年诏令。*诏劝农桑，禁采黄金珠玉，*后三年诏令。*亦未必臣民遵听，一道同风。可见景帝所为，远逊乃父，史家以文景并称，未免失实。不过与民休息，无甚纷更，还算有些守成规范。到了后三年孟春，猝然遇病，竟致崩逝，享寿四十有八，在位一十六年。遗诏赐诸侯王列侯马各二驷，吏二千石，各黄金二斤，民户百钱，出宫人归家，终身不复役使，作为景帝身后隆恩。

太子彻嗣皇帝位，年甫十有六岁，就是好大喜功、比迹秦皇的汉武帝。*回顾本书第一回。*尊皇太后窦氏为太皇太后，皇后王氏为皇太后，上先帝庙号为孝景皇帝，奉葬阳陵。武帝未即位时，已娶长公主女陈阿娇为妃，此时尊为天子，当然立陈氏为皇后。*金屋贮娇，好算如愿。*又尊皇太后母臧儿为平原君，连臧儿所生子田蚡田胜，亦予荣封。蚡为武安侯，胜为周阳侯。臧儿改嫁田氏，已与王氏相绝，田氏二子怎得无功封侯？即此已见武帝不遵祖制。所有丞相御史等人，暂仍旧职，未几已将改年。向来新皇嗣统，应该就先帝崩后，改年称元，以后便按次递增，就使到了一百年，也没有再三改元等事。自文帝误信新埋平候日再中，乃有二次改元的创闻。见五十一回。景帝未知干蛊，还要踵事增华，索性改元三次，史家因称为前元中元后元，作为区画。武帝即位一年，照例改元，本不足怪，唯后来且改元十余次，有司曲意献谀，谓改元宜应天瑞，当用瑞命纪元，选取名号，因此从武帝第一次改元为始，迭用年号相系。元年年号，叫作建元，这是在武帝元鼎三年时新作出来，由后追前，各系年号，后人依书编叙，就称武帝第一年为建元元年。看官须知年号开始，创自武帝，也是一种特别纪念，垂为成例呢。标明始事，应有之笔。

武帝性喜读书，雅重文学，一经践祚，便颁下一道诏书，命丞相御史列侯郡守诸侯相等，举荐贤良方正、直言极谏之士。于是广川人董仲舒，菑川人公孙弘，会稽人严助，以及各处有名儒生，并皆被选，同时入都，差不多有百余人。武帝悉数召入，亲加策问，无非询及帝王治要。一班对策士子，统皆凝神细思，属笔成文，约莫有三五时，依次呈缴，陆续退出。武帝逐篇披览，无甚合意，及看到董仲舒一卷，乃是详论天人感应的道理，说得原原本本，计数千言。当即击节称赏，叹为奇文。原来仲舒少治《春秋》，颇有心得，景帝时已列名博士，下帷讲诵，目不窥园，又阅三年有余，功益精进。远近学子，俱奉为经师。至是诣阙对策，正好把生平学识，抒展出来，果然压倒群儒，特蒙知遇。武帝见他言未尽意。复加策问，至再至三。仲舒更迭详对，统是援据《春秋》，归本道学，世称为天人三策，传诵古今。小子无暇抄录，但记得最后一篇，尤关重要，乃是请武帝崇尚孔子，屏黜异言。大略说是：

臣闻天者群物之祖，故遍覆包涵而无所殊。圣人法天而立道，亦溥爱而无私。春者天之所以生也，仁者君之所以爱也，夏者天之所以长也，德者君之所以养也，霜者天之所以杀也，刑者君之所以罚也，故孔子作《春秋》，上揆之天道，下质诸人情，书邦家之过，兼灾异之变，以此见人之所为，其美恶之极，乃与天地流通，而往来相应，此亦言天之一端也。夫天令之谓命，命非圣人不行，质朴之谓性，性非教化不成，人欲之谓情，情非制度不节，是故古之王者，上谨于承天意，以顺命也，下务明教化民，以成性也，正法度之宜，别上下之序，以防欲也。修此三者，而大本举矣，人受命于天，固超然异于群生，故孔子曰：天地之性人为贵，明于天性，知自贵于物，然后知仁义，知仁义然后重礼节，重礼节然后安处善，安处善然后乐循理，乐循理然后谓之君子。

臣又闻之：聚少成多，积小致巨，故圣人莫不以晻与暗字通。致明，以微致显。是以尧发于诸侯，舜兴乎深山，非一日而显也。盖有渐以致之矣。言出于己，不可塞也。行发于身，不可掩也，言行治之大者，君子所以动天地也，故尽小者大，慎微者著。积善在身，犹长日加益而人不知也，积恶在身，犹火之销膏而人不见也，此唐虞之所以得令名，而桀纣之可为悼惧者也。

夫乐而不乱，复而不厌者，谓之道。道者万世无敝，敝者道之失也。夏尚忠，殷尚质，周尚文者，救敝之术，当用此也。道之大原出于天，天不变，道亦不变，是以禹继舜，舜继尧，三圣相授，而守一道，无救敝之政也，故不言其所损益也。由是观之，继治世者其道同，继乱世者其道变，今大汉继乱之后，若宜少损周之文致，用夏之忠者。

夫古之天下，犹今之天下，共是天下，古大治而今远不逮，安所缪盩而陵夷若是，意者有所失于古之道与？有所诡于天之理与？天亦有所分予，予之齿者去其角，傅之翼者两其足，是所受大者，不得取小也。古之所予禄者，不食于力，不动于末，与天同意者也。身宠而载高位，家温而食厚禄，因乘富贵之资力。以与民争利于下，民安能如之哉？民日被削，寖以大穷，死且不避，安能避罪，此刑罚之所以蕃，而奸邪之所以不可胜者也。公仪子相鲁，至其家，见织帛，怒而出其妻，食于舍而茹葵，愠而拔之，曰吾已食禄，又夺园夫红女利乎？红读工。夫皇皇求财利，尝恐乏匮者，庶人之意也。皇皇求仁义，唯恐不能化民者，大夫之意也。易曰：负且乘，致寇至。言居君子之位，而为庶人之行者，祸患必至也。若居君子之位，当君子之行，则舍公仪休之相鲁，无可为者矣。

且臣闻《春秋》大一统者，天地之常经，古今之通谊也。今师异道，人异论，百家殊方，指意不同，是以上无以持一统，法制数变，下不知所守。臣愚以为诸不在六艺之科，孔子之术者，皆绝其道，勿使并进。邪僻之说灭息，然后统纪可壹，法度可明，民乃知所从矣。

这篇文字，最合武帝微意。武帝年少气盛，好高骛远，要想大做一番事业，振古烁今，可巧仲舒对策，首在兴学，次在求贤，最后进说大一统模范，请武帝崇正黜邪，规定一尊，正是武帝有志未逮，首思举行，所以深相契合，大加称赏。当下命仲舒为江都相，使佐江都王非。景帝子，见前。武帝既赏识仲舒，何不留为内用？丞相卫绾，闻得武帝嘉美仲舒，忙即迎合意旨，上了一本奏牍，说是各地所举贤良，或治申韩学，申商韩非。或好苏张言，无关盛治，反乱国政，应请一律罢归。武帝自然准奏，除公孙弘严助诸人，素通儒学外，并令归去，不得录用。卫绾还道揣摩中旨，可以希宠固荣，保全禄位，那知武帝并不见重，反因他拾人牙慧，格外鄙夷。不到数月，竟将卫绾罢免，改用窦婴为丞相。婴系窦太后侄儿，窦太后尝与景帝说及，欲令婴居相位。景帝谓婴沾沾自喜，量窄行轻，不合为相，所以终不见用。武帝也未尝定欲相婴，意中却拟重任田蚡，不过因蚡资望尚浅，恐人不服，并且婴是太皇太后的兄子，蚡乃皇太后的母弟，斟情酌理，亦应先婴后蚡，所以使婴代相，特命蚡为太尉。太尉一官，前时或设或废，唯周勃父子，两任太尉，及迁为丞相后，并将官职停罢。武帝复设此官，明明是位置田蚡起见。蚡虽曾学习书史，才识很是平常，只有性情乖巧，口才敏捷，乃是他的特长。自从武帝授为武安侯，他亦自知才具不足，广招宾佐，预为计画。入朝时乃滔滔奏对，议论动人，武帝堕入彀中，错疑他才能迈众，欲加大位。为此一误，遂惹出后来许多波澜，连窦婴也要被他排挤，断送性命，这且待后再表。

且说窦婴田蚡，既握朝纲，揣知武帝好儒，也不得不访求名士，推重耆英。适御史大夫直不疑免官，遂同举代人赵绾继任，并又荐入兰陵人王臧，由武帝授为郎中令。赵王两人，既已受任，便拟仿照古制，请设明堂辟雍。武帝也有此意，叫他详考古制，采择施行，两人又同奏一本，说是臣师申公，稽古有素，应由特旨征召，邀令入议。这申公就是故楚遗臣，与白生同谏楚王，被罚司春。见五十三回。及楚王戊兵败自焚，申公等自然免罪，各归原籍。申公鲁人，归家授徒，独重诗教，门下弟子，约千余人。赵绾王臧，俱向申公受诗，知师饱学，故特从推荐。武帝风闻申公重名，立即派遣使臣，用了安车蒲轮，束帛加璧，迎聘申公。

申公已八十余岁，杜门不出，此次闻有朝使到来，只好出迎。朝使传述上意，赍交玉帛，申公见他礼意殷勤，不得不应召入都。既到长安，面见武帝，武帝见他道貌

汉武帝蒲轮征贤

高古，格外加敬，当下传谕赐坐，访问治道，但听申公答说道："为治不在多言，但视力行何如。"两语说完，便即住口。武帝待了半晌，仍不闻有他语，*两语够了*。暗思自己备着厚礼，迎他到来，难道叫他说此二语，便算了事，一时大失所望，遂不欲再加质问，但命他为大中大夫，暂居鲁邸，妥议明堂辟雍，及改历易服与巡狩封禅等礼仪。申公已料武帝少年喜事，行不顾言，所以开口提出二语，待他有问再答。嗣见武帝不复加询，也即起身拜谢，退出朝门。赵绾王臧，引申公至鲁邸，叩问明堂辟雍等古制，申公微笑无言。绾与臧虽未免诧异，但只道是远来辛苦，不便遽问，因此请师休息，慢慢儿地提议。那知宫廷里面，发生一大阻力，不但议事无成，还要闯出大祸，害得二人失职亡身，这真叫做冒昧进阶，自取祸殃哩。

原来太皇太后窦氏，素好黄老，不悦儒术，尝召入博士辕固取示老子书。辕固尚儒绌老，猝然答说道："这不过家人常言，无甚至理。"窦太后发怒道："难道定要司空城旦书么？"固知太后语意，是讥儒教苛刻，比诸司空狱官，城旦刑法，因与私见不合，掉头自退。固本善辩，从前与黄生争论汤武，黄生主张放狱，固主张征诛，景帝颇祖固说；此番在窦太后前碰了钉子，还是不便力争，方才退出。那窦太后怒气未平，且因固不知谢过，欲加死罪，转思罪无可援，不如使他入圈击彘，俾彘咬死，省得费事。*恶之欲其死，全是妇人私见。*亏得景帝知悉，不忍固无端致死，特令左右借与利刃，方才将彘刺死。太后无词可说，只得罢休。但每闻儒生起用，往往从中阻挠，所以景帝在位十六年，始终不重用儒生。及武帝嗣位，窦太后闻他好儒，大为不然，复欲出来干预。武帝又不便违忤祖母，所有朝廷政议，都须随时请命。窦太后对着他事，却也听令施行，只有关系儒家法言，如明堂辟雍等种种制度，独批得一文不值，硬加阻止。冒冒失失的赵绾，一经探悉，便入奏武帝道："古礼妇人不得预政，陛下已亲理万凡，不必事事请命东宫！"*处人骨肉之间，怎得如此直率！*武帝听了，默然不答。看官听说！绾所说的东宫二字，乃是指长乐宫，为太皇太后所居。长乐宫在汉都东面，故称东宫。*诠释明白，免致阅者误会。*自从绾有此一奏，竟被太皇太后闻知，非常震怒，立召武帝入内，责他误用匪人。且言绾既崇尚儒术，怎得离间亲属？这明明是导主不孝，应该重惩。武帝尚想替绾护辩，只说丞相窦婴，太尉田蚡，并言赵绾多才，与王臧一同荐入，所以特加重任。窦太后不听犹可，听了此语，越觉怒不可遏，定要将绾臧下狱，婴蚡免官。武帝拗不过祖母，只好暂依训令，传旨出去，革去赵绾王臧官职，下吏论罪。拟俟窦太后怒解，再行释放。偏窦太后指二人为新垣平，非诛死不足示惩，累得武帝左右为难。那知绾与臧已拚一死，索性自杀了事。倒也清脱。小子有诗叹道：

> 才经拜爵即遭灾，祸患都从富贵来；
> 莫道文章憎命达，衒才便是杀身媒。

绾臧既死，窦太后还要黜免窦婴田蚡。究竟婴蚡曾否免官，待至下回再表。

武帝继文景之后，慨然有为，首重儒生，而董仲舒起承其乏，对策大廷，衰然举首。观其三策中语，持论纯正，不但非公孙弘辈可比，即贾长沙亦勿如也。武帝果有心鉴赏，应即留其补阙，胡为使之出相江都，是可知武帝之重儒，非真好儒也。第欲借儒生之词藻，以文致太平耳。申公老成有识，一经召问，即以力行为勉，譬如对症发药，先究病源，惜乎武帝之讳疾忌医，而未由针砭也。就令无窦太后之阻力，亦乌有济？董生去，申公归，而伪儒杂进，汉治不可问矣。

第二十四回

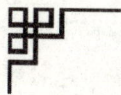

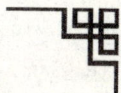

迎母姊亲驰御驾
访公主喜遇歌姬

却说窦婴田蚡，为了赵绾王臧，触怒太皇太后，遂致波及，一同坐罪。武帝不能袒护，只得令二人免官。申公本料武帝有始无终，不过事变猝来，两徒受戮，却也出诸意外，随即谢病免职，仍归林下，所有明堂辟雍诸议，当然搁置，不烦再提。武帝别用柏至侯许昌为相，武彊侯庄青翟为御史大夫，复将太尉一职，罢置不设。

先是河内人石奋，少侍高祖，有姊能通音乐，入为美人，**美人乃是女职，注见前**。奋亦得任中涓，**内侍官名**。迁居长安。后来历事数朝，累迁至太子太傅，勤慎供职，备位全身；有子四人，俱有父风，当景帝时，官皆至二千石，遂赐号为万石君。奋年老致仕，仍许食上大夫俸禄，岁时入朝庆贺，守礼如前，就是家规，亦非常严肃，子孙既出为吏，归谒时必朝服相见，如有过失，奋亦不欲明责，但当食不食，必经子孙肉袒谢罪，然后饮食如常，因此一门孝谨，名闻郡国。太皇太后窦氏，示意武帝，略言儒生尚文，徒事藻饰，还不如万石君家，起自小吏，却能躬行实践，远胜腐儒。因此武帝记着，特令石奋长子建为郎中令，少子庆为内史。建已经垂老，须发尽白，奋尚强健无恙，每值五日休沐，建必回家省亲，私取乃父所服衣裤，亲为洗濯，悄悄付与仆役，不使乃父得知，如是成为常例。至入朝事君，在大庭广众中，似不能言，如必须详奏事件，往往请屏左右，直言无隐。武帝颇嘉他朴诚，另眼相看。一日有奏牍呈入，经武帝批发下来，又由建复阅，原奏内有一个马字，失落一点，不由的大惊道："马字下有四点，象四足形与马尾一弯，共计五画，今有四缺一，倘被主上察出，岂不要受谴么？"为此格外谨慎，不敢少疏。看似迂拘，其实谨小慎微，也是人生要务，故特从详叙。唯少子庆，稍从大意，未拘小谨，某夕因酒后忘情，回过里门，竟不下车，一直驰入家中。偏被乃父闻知，又把老态形容出来，不食不语。庆瞧着父面，酒都吓醒，慌忙肉袒跪伏，叩头请罪，奋只摇首无言。时建亦在家，见弟庆触怒父亲，也招集全家眷属，一齐肉袒，跪在父前，代弟乞情，奋始冷笑道："好一个朝廷内史，为现今贵人，经过闾里，长老都皆趋避，内史却安坐车中，形容自若，想是现今时代，应该如此！"庆听乃父诘责，方知为此负罪，连忙说是下次不敢，幸乞恩恕。建与家人，也为固请，方由奋谕令退去，庆自此亦非常戒慎。比现今时代之父子相去何如？嗣由内史调任太仆，为武帝御车出宫，武帝问车中共有几马？庆明知御马六龙，应得六马，但恐忙中有错，特用鞭指数，方以六马相答。武帝却不责他迟慢，反默许他遇事小心，倚任有加。可小知者，未必能大受，故后来为相，贻讥素餐。至奋已寿终，建哀泣过度，岁余亦死，独庆年尚彊，历跻显阶，事且慢表。夹入此段，虽为御史郎中令补缺，似承接上文之笔，但说他家风醇谨，却是借古箴今。

且说弓高侯韩颓当，自平叛有功后，还朝复命，见五十五回。未几病殁。有一庶孙，生小聪明，眉目清扬，好似美女一般，因此取名为嫣，表字叫做王孙，武帝为胶东王时，尝与嫣同学，互相亲爱，后来随着武帝，不离左右。及武帝即位，嫣仍在侧，有时同寝御榻，与共卧起。或说他为武帝男妾，不知是真是假，无从证明。唯嫣既如此得宠，当然略去形迹，无论什么言语，都好与武帝说知。武帝生母王太后，前时嫁与金氏，生有一女，为武帝所未闻。见五十六回。嫣却得自家传，具悉王太后来历，乘间说明。武帝愕然道："汝何不早言？既有这个母姊，应该迎她入宫，一叙亲谊。"当下遣人至长陵，暗地调查，果有此女，当即回报。武帝遂带同韩嫣，乘坐御辇，前引后随，骑从如云，一拥出横城门，横音光。横城门为长安北面西门。直向长陵进发。

长陵系高祖葬地，距都城三十五里，立有县邑，徙民聚居，地方却也闹热，百姓望见御驾到来，总道是就祭陵寝，偏御驾驰入小市，转弯抹角，竟至金氏所居的里门外，突然停下。向来御驾经过，前驱清道，家家闭户，人人匿踪，所以一切里门，统皆关住。当由武帝从吏，呼令开门，连叫不应，遂将里门打开，一直驰入。到了金氏门首，不过老屋三椽，借蔽风雨。武帝恐金女胆怯，或致逃去，竟命从吏截住前后，不准放人出来。屋小人多，甚至环绕数匝，吓得金家里面，不知有何大祸，没一人不去躲避。金女是个女流，更慌得浑身发颤，带抖带跑，抢入内房，向床下钻将进去。那知外面已有人闯入，四处搜寻，只有大小男女数人，单单不见金女。当下向他人问明，知在内室，便呼她出来见驾。金女怎敢出头？直至宫监进去，搜至床下，才见她缩做一团，还是不肯出来。宫监七手八脚，把她拖出，叫她放胆出见，可得富贵。她尚似信非信，勉强拭去尘污，且行且却，宫监急不暇待，只好把她扶持出来，导令见驾。金女战兢兢的跪伏地上，连称呼都不知晓，只好屏息听着。**一路描摹，令人解颐。**

　　武帝亲自下车，呜咽与语道："嚄！**惊愕之辞。**大姊何必这般胆小，躲入里面？请即起来相见！"金女听得这位豪贵少年，叫她大姊，尚未知是何处弟兄。不过看他语意缠绵，料无他患，因即徐徐起立。再由武帝命她坐入副车，同诣宫中。金女答称少慢，再返入家门，匆匆装扮，换了一套半新半旧的衣服，辞别家人，再出乘车。问明宫监，才知来迎的乃是皇帝，不由得惊喜异常。一路思想，莫非做梦不成！好容易便入皇都，直进皇宫，仰望是宫殿巍峨，俯瞩是康衢平坦，还有一班官吏，分立两旁，非常严肃，真是见所未见，闻所未闻。待到了一座深宫，始由从吏请她下车，至下车后，见武帝已经立着，招呼同入，因即在后跟着，缓步徐行。

　　既至内廷，武帝又嘱令立待，方才应声住步。不消多时，便有许多宫女，一齐出来，将她簇拥进去，凝神睇视，上面坐着一位雍容华贵的妇人，左侧立着便是引她同入的少年皇帝，只听皇帝指示道："这就是臣往长陵，自去迎接的大姊。"又用手招呼道："大姊快上前谒见太后！"当下福至心灵，连忙步至座前，跪倒叩首道："臣女金氏拜谒。"**亏她想着！**王太后与金女，相隔多年，一时竟不相认，便开口问着道："汝就是俗女么？"金女小名是一俗字，当即应声称是。王太后立即下座，就近抚女。女也曾闻生母入宫，至此有缘重会，悲从中来，便即伏地涕泣。太后亦为泪下，亲为扶起，问及家况。金女答称父已病殁，又无兄弟，只招赘了一个夫婿，生下子女各一人，并皆幼稚，现在家况单寒，勉力糊口云云。母女正在泣叙，武帝已命内监传谕御厨，速备酒肴，顷刻间便即搬入，宴赏团圞。太后当然上坐，姊弟左右侍

163

宴，武帝斟酒一卮，亲为太后上寿，又续斟一卮，递与金女道："大姊今可勿忧，我当给钱千万，奴婢三百人，公田百顷，甲第一区，俾大姊安享荣华，可好么？"金女当即起谢，太后亦很是喜欢，顾语武帝道："皇帝亦太觉破费了。"武帝笑道："母后也有此说，做臣子的如何敢当？"说着，遂各饮了好几杯。武帝又进白太后道："今日大姊到此，三公主应即相见，愿太后一同召来！"太后连声称善，武帝即命内监出去，往召三公主去了。

太后见金女服饰粗劣，不甚雅观，便借更衣为名，叫金女一同入内。俗语说得好，佛要金装，人要衣装，自从金女随入更衣，由宫女替她装饰，搽脂抹粉，贴钿横钗，服霞裳，着玉舄，居然像个现成帝女，与进宫时大不相同。待至装束停当，复随太后出来，可巧三公主陆续趋入。当由太后武帝，引她相见，彼此称姊道妹，凑成一片欢声。这三公主统是武帝胞姊，均为王太后所出，见五十六回。长为平阳公主，次为南宫公主，又次为隆虑公主，已皆出嫁，不过并在都中，容易往来，所以一召即至。既已叙过寒暄，便即一同入席，团坐共饮，不但太后非常高兴，就是武帝姊弟，亦皆各极欢愉，直至更鼓频催，方才罢席。金女留宿宫中，余皆退去。到了翌日，武帝记着前言，即将面许金女的田宅财奴，一并拨给，复赐号为修成君。金女喜出望外，住宫数日，自去移居。偏偏祸福相因，吉凶并至，金女骤得富贵，乃夫遽尔病亡，想是没福消受。金女不免哀伤，犹幸得此厚赐，还好领着一对儿女，安闲度日。有时入觐太后，又得邀太后抚恤，更觉安心。

唯武帝迎姊以后，竟引动一番游兴，时常出行，建元二年三月上巳，亲幸霸上被祭。还过平阳公主家，乐得进去休息，叙谈一回。平阳公主，本称阳信公主，因嫁与平阳侯曹寿为妻，故亦称平阳公主。曹寿即曹参曾孙。公主见武帝到来，慌忙迎入，开筵相待。饮至数巡，却召出年轻女子十余人，劝酒奉觞。看官道平阳公主是何寓意？她是为皇后陈氏久未生子，特地采选良家女儿，蓄养家中，趁着武帝过饮，遂一并叫唤出来，任令武帝自择。偏武帝左右四顾，略略评量，都不过寻常脂粉，无一当意，索性回头不视，尽管自己饮酒。平阳公主见武帝看了诸女，统不上眼，乃令诸女退去，另召一班歌女进来侑酒，当筵弹唱。就中有一个娇喉宛转，曲调铿锵，送入武帝目中，不由的凝眸审视，但见她低眉敛翠，晕脸生红，已觉得妩媚动人，可喜可爱。尤妙在万缕青丝，挽成蛇髻，黑油油的可鉴人影，光滑滑的不受尘蒙。端详了好多时，尚且目不转瞬，那歌女早已觉着，斜着一双俏眼，屡向武帝偷看，口中复度出一种靡曼的柔音，暗暗挑逗，直令武帝魂驰魄荡，目动神迷。色不醉人人自醉。平阳公主复从旁凑趣，故意向武帝问道："这个歌女卫氏，色艺何如？"武帝听着，才顾向公主道："她是何方人氏？叫做何名？"公主答称籍隶平阳，名叫子夫。武帝不禁失声道："好一个平阳卫子夫呢！"说着，佯称体热，起座更衣。公主体心贴意，即命子夫随着武帝，同入尚衣轩。公主更衣室名尚衣轩。好一歇不见出来，公主安坐待着，并不着忙。又过了半晌，才见武帝出来，面上微带倦容，那卫子夫且更阅片时，方姗姗来前，星眼微饧，云鬟斜軃，一种娇怯态度，几乎有笔难描。怕武帝耶？怕公主耶？平阳公主瞧着子夫，故意的瞅了一眼，益令子夫含羞俯首，拈带无言。好容易乞求得来，何必如此！武帝看那子夫情态，越觉销魂，且因公主引进歌姝，发生感念，特面允酬金千斤。公主谢过赏赐，并愿将子夫奉送入宫。武帝喜甚，便拟挈与同归，公主再令子夫入室整妆。待她妆毕，席已早撤，武帝已别姊登车。公主忙呼子夫出行。子夫拜辞公主，由公主笑颜扶起，并为抚背道："此去当勉承雨露，强饭为佳！将来得能尊贵，幸勿相忘！"子夫诺诺连声，上车自去。

时已日暮，武帝带着子夫，并驱入宫，满拟夜间，再续欢情，重谐鸾凤，偏有一位贪酸吃醋的大贵人，在宫候着，巧巧冤家碰着对头，竟与武帝相遇，目光一瞬，早已看见那卫子夫。急忙问明来历，武帝只好说是平阳公主家奴，入宫充役。谁知她竖起柳眉，翻转桃脸，说了两个好字，掉头竟去。这人究竟为谁？就是皇后陈阿娇。武帝一想，皇后不是好惹的人物，从前由胶东王得为太子，由太子得为皇帝，多亏是后母长公主，一力提携。况幼年便有金屋贮娇的誓言，怎好为了卫子夫一人，撒去好几年夫妻情分？于是把卫子夫安顿别室，自往中宫，陪着小心。陈皇后还要装腔作态，叫武帝去伴新来美人，不必絮扰。嗣经武帝一再温存，方与武帝订约，把卫子夫锢置冷宫，不准私见一面。武帝恐伤后意，勉强照行，从此子夫锁处宫中，几有一年余不见天颜。陈后渐渐疏防，不再查问，就是武帝亦放下旧情，蹉跎过去。

会因宫女过多，武帝欲察视优劣，分别去留，一班闷居深宫的女子，巴不得出宫归家，倒还好另行择配，免误终身，所以情愿见驾，冀得发放。卫子夫入宫以后，本想陪伴少年天子，专宠后房，偏被正宫妒忌，不准相见，起初似罪犯下狱，出入俱受人管束，后来虽稍得自由，总觉得天高日远，毫无趣味，还不如乘机出宫，仍去做个歌女，较为快活，乃亦粗整乌云，薄施朱粉，出随大众入殿，听候发落。武帝亲御便殿，按着宫人名册，一一点验，有的是准令出去，有的是仍使留住。至看到卫子夫三字，不由的触起前情，留心盼着。俄见子夫冉冉过来，人面依然，不过清瘦了好几分，唯鸦鬟蝉鬓，依然漆黑生光。子夫以美发闻，故一再提及。及拜倒座前，逼住娇喉，呜呜咽咽地说出一语，愿求释放出宫。武帝又惊又愧，又怜又爱，忙即好言抚慰，命她留着。子夫不便违命，只好起立一旁，待至余人验毕，应去的即出宫门，应留的仍返原室。子夫奉谕留居，没奈何随众退回，是夕尚不见有消息。到了次日的夜间，始有内侍传旨宣召，子夫应召进见，亭亭下拜。武帝忙为拦阻，揽她入怀，重叙一年离绪。子夫故意说道："臣妾不应再近陛下，倘被中宫得知，妾死不足惜，恐陛下亦许多不便哩！"武帝道："我在此处召卿，与正宫相离颇远，不致被闻。况我昨得一梦，见卿立处，旁有梓树数株，梓与子声音相通，我尚无子，莫非应在卿身，应该替我生子么？"日有所思，夜有所梦，武帝自解梦境，未免附会。说着，即与子夫携手入床，再图好事。一宵湛露，特别覃恩，十月欢苗，从兹布种。小子有诗咏道：

> 阴阳化合得生机，年少何忧子嗣稀？
> 可惜昭阳将夺宠，祸端从此肇宫闱。

子夫得幸以后，便即怀妊在身，不意被陈后知晓，又生出许多醋波。欲知后事，且看下回。

武帝与金氏女，虽为同母姊，然母已改适景帝，则与前夫之恩情已绝，即置诸不问，亦属无妨。就令武帝曲体亲心，顾及金氏，亦唯有密遣使人，给彼粟帛，令无冻馁之虞，已可告无愧矣。必张皇车驾，麾骑往迎，果何为者？名为孝母，实彰母过是即武帝喜事之一端，不足为后世法也。平阳公主，因武帝之无子，私蓄少艾，乘间进御，或称其为国求储，心堪共谅，不知武帝年未弱冠，无子宁足为忧？观其送卫子夫时，有贵毋相忘之嘱，是可知公主之心，无非徼利，而他日巫蛊之狱，长门之锢，何莫非公主阶之厉也！武帝迎金氏女，平阳公主献卫子夫，迹似是而实皆非，有是弟即有是姊，同胞其固相类欤？

第二十五回

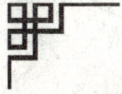

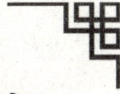

因祸为福仲卿得官
寓正于谐东方善辩

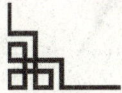

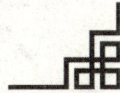

却说卫子夫怀妊在身，被陈皇后察觉，恚恨异常，立即往见武帝，与他争论。武帝却不肯再让，反责陈后无子，不能不另幸卫氏，求育麟儿。陈皇后无词可驳，愤愤退去。一面出金求医，屡服宜男的药品，一面多方设计，欲害新进的歌姬。老天不肯做人美，任她如何谋划，始终无效。武帝且恨后奇妒，既不愿入寝中宫，复格外保护卫氏，因此子夫日处危地，几番遇险，终得复安。陈皇后不得逞志，又常与母亲窦太主密商，总想除去情敌。窦太主就是馆陶长公主，因后加号，从母称姓，所以尊为窦太主。太主非不爱女，但一时也想不出良谋，忽闻建章宫中，有一小吏，叫做卫青，乃是卫子夫同母弟，新近当差，太主推不倒卫子夫，要想从她母弟上出气，嘱人捕青。

青与子夫，同母不同父，母本平阳侯家婢女，嫁与卫氏，生有一男三女，长女名君孺，次女名少儿，三女就是子夫。后来夫死，仍至平阳侯家为佣，适有家僮郑季，暗中勾搭，竟与私通，居然得产一男，取名为青。郑季已有妻室，不能再娶卫媪，卫媪养青数年，已害得辛苦艰难，不可名状。谁叫你偷图快乐。只好使归郑季，季亦没奈何，只好收留。从来妇人多妒，往往防夫外遇，郑季妻犹是人情，怎肯大度包容？况家中早有数子，还要他儿何用？不过郑季已将青收归，势难麾使他去，当

167

髡奴论相

下令青牧羊，视若童仆，任情呼叱。郑家诸子，也不与他称兄道弟，一味苛待。青寄人篱下，熬受了许多苦楚，才得偷生苟活，粗粗成人。一日跟了里人，行至甘泉，过一徒犯居室，遇着髡奴，注视青面，不由的惊诧道："小哥儿今日穷困，将来当为贵人，官至封侯哩！"青笑道："我为人奴，想什么富贵？"髡奴道："我颇通相术，不至看错！"青又慨然道："我但求免人笞骂，已为万幸，怎得立功封侯？愿君不必妄言！"*贫贱时都不敢痴想。* 说罢自去。已而年益长成，不愿再受郑家奴畜，乃复过访生母，求为设法。生母卫媪，乃至平阳公主处乞情，公主召青入见，却是一个彪形大汉，相貌堂堂，因即用为骑奴。每当公主出行，青即骑马相随，虽未得一官半职，较诸在家时候，苦乐迥殊。时卫氏三女，已皆入都，长女嫁与太子舍人公孙贺，次女与平阳家吏霍仲孺相奸，生子去病。三女子夫，已由歌女选入宫中。青自思郑家兄弟，一无情谊，不如改从母姓，与郑氏断绝亲情，因此冒姓为卫，自取一个表字，叫做仲卿。这仲卿二字的取义，乃因卫家已有长子，自己认作同宗，应该排行第二，所以系一仲字，卿字是志在希荣，不烦索解。唯据此一端，见得卫青入公主家，已是研究文字，粗通音义。聪明人不劳苦求，一经涉览，便能领会，所以后此掌兵，才足胜任。否则一个牧羊儿，胸无点墨，难道能平空腾达，专阃无惭么？*应有此理。*

　　唯当时做了一两年骑奴，却认识了好几个朋友，如骑郎公孙敖等，皆与往还，因此替他荐引，转入建章宫当差。不意与窦太主做了对头，好好的居住上林，竟被太主使人缚去，险些儿斫落头颅。*建章系上林宫名。* 亏得公孙敖等，召集骑士，急往抢救，得将卫青夺回，一面托人代达武帝，武帝不禁愤起，索性召见卫青，面加擢用，使为建章监侍中，寻且封卫子夫为夫人，再迁青为大中大夫。就是青同母兄弟姊妹，也拟一并加恩，俾享富贵。青兄向未知名，时人因他入为贵戚，排行最长，共号为卫长君。此时亦得受职侍中。卫长女君孺，既嫁与公孙贺，贺父浑邪，尝为陇西太守，封平曲侯，后来坐法夺封，贺却得侍武帝，曾为舍人，至是夫因妻贵，升官太仆。卫次女少儿，与霍仲孺私通后，又看中了一个陈掌，私相往来，掌系前曲逆侯陈平曾孙，有兄名何，擅夺人妻，坐罪弃市，封邑被削，掌寄寓都中，不过充个寻常小吏，只因他面庞秀美，为少儿所眼羡，竟撇却仲孺，愿与掌为夫妇。*掌兄夺人妻，掌又诱人妻，可谓难兄难弟，不过福命不同。* 仲孺本无媒证，不能强留少儿，只好眼睁睁的由她改适。那知陈掌既得少妇，复沐异荣，平白地为天子姨夫，受官詹事。*俏郎君也有特益。*

就是抢救卫青的公孙敖，也获邀特赏，超任大中大夫。

唯窦太主欲杀卫青，弄巧成拙，反令他骤跻显要，连一班昆弟亲戚，并登显阶，真是悔恨不迭，无从诉苦！陈皇后更闷个不了，日日想逐卫子夫，偏子夫越得专宠，甚至龙颜咫尺，似隔天涯，急切里又无从挽回，唯长锁蛾眉，终日不展，慢慢儿设法摆布罢了。伏下文巫蛊之祸。唯武帝本思废去陈后，尚恐太皇太后窦氏。顾着血胤，出来阻挠，所以只厚待卫氏姊弟，与陈后母女一边，未敢过问。但太皇太后已经不悦，每遇武帝入省，常有责言。武帝不便反抗，心下却很是抑郁，出来排遣，无非与一班侍臣，嘲风弄月，吟诗醉酒，消磨那愁里光阴。

当时侍臣，多来自远方，大都有一技一能，足邀主眷，方得内用。就中如词章滑稽两派，更博武帝欢心，越蒙宠任。滑稽派要推东方朔，词章派要推司马相如，他若、严助、枚皋、吾丘、寿王、主父偃、朱买臣、徐乐、严安、终军等人，先后干进，总不能越出两派范围。迄今传说东方朔司马相如遗事，几乎脍炙人口，称道勿衰。小子且撮叙大略，聊说所闻。东方朔字曼倩，系平原厌次人氏，少好读书，又善诙谐。闻得汉廷广求文士，也想乘时干禄，光耀门楣，乃西入长安，至公车令处上书自陈，但看他书中语意，已足令人解颐。略云：

臣朔少失父母，长养兄嫂，年十二学书，三冬文史足用，十五学击剑，十六学诗书，诵二十二万言，十九学孙吴兵法，战阵之具，钲鼓之教，亦诵二十二万言。凡臣朔固已诵四十四万言，又尝服子路之言。臣朔年二十二，长九尺三寸，目若悬珠，齿若编贝，勇若孟贲，孟贲卫人，古勇士。捷若庆忌，吴王僚子。廉若鲍叔，齐大夫。信若尾生，古信士。若此可以为天子大臣矣。臣朔昧死再拜以闻。

这等书辞，若遇着老成皇帝，定然视作痴狂，弃掷了事。偏经那武帝的眼中，却当作奇人看待，竟令他待诏公车。公车属卫尉管领，置有令史，凡征求四方名士，得用公车往来，不需私费。就是士人上书，亦必至公车令处呈递，转达禁中。武帝叫他待诏公车，已是有心留用，朔只好遵诏留着。好多时不见诏下，唯在公车令处领取钱米，只够一宿三餐，此外没有什么俸金，累得朔望眼将穿，囊资俱尽。偶然出游都中，见有一班侏儒，从旁经过。便向他们恐吓道："汝等死在目前，尚未知晓么？"

侏儒大惊问故。朔又说道："我闻朝廷召入汝等，名为侍奉天子，实是设法歼除。试想汝等不能为官，不能为农，不能为兵，无益国家，徒耗衣食，何如一概处死，可省许多食用？但恐杀汝无名，所以诱令进来，暗地加刑。"亏他捏造。侏儒闻言，统吓得面色惨沮，涕泣俱下。朔复佯劝道："汝等哭亦无益，我看汝等无罪受戮，很觉可怜，现在特为设法，愿汝等依着我言，便可免死。"侏儒齐声问计，朔答道："汝等但俟御驾出来，叩头请罪，如或天子有问，可推到我东方朔身上，包管无事。"说罢自去。侏儒信以为真，逐日至宫门外候着，好容易得如所望，便一齐至车驾前，跪伏叩头，泣请死罪。武帝毫不接洽，惊问何因？大众齐声道："东方朔传言，臣等将尽受天诛，故来请死。"武帝道："朕并无此意，汝等且退，待朕讯明东方朔便了。"

众始拜谢起去。武帝即命人往召东方朔。朔正虑无从见驾，特设此计，既得闻召，立即欣然赶来。武帝忙问道："汝敢造言惑众，难道目无王法么？"朔跪答道："臣朔生固欲言，死亦欲言，侏儒身长三尺余，每次领一囊粟，钱二百四十，臣朔身长九尺余，亦只得粟一囊，钱二百四十，侏儒饱欲死，臣朔饥欲死，臣意以为陛下求才，可用即用，不可用即放令归家，勿使在长安索米，饥饱难免一死呢！"武帝听罢，不禁大笑，因令朔待诏金马门。金马门本在宫内，朔既得入宫，便容易觌见天颜。会由武帝召集术士，令他射覆。是游戏术名。详见下句。特使左右取过一盂，把守宫覆诸盂下，令人猜射。守宫虫名，即壁虎。诸术士屡猜不中，东方朔独闻信趋入道："臣尝研究易理，能射此复。武帝即令他猜射，朔分蓍布卦，依象推测，便答出四语道：

臣以为龙又无角，谓之为蛇又有足，跂跂脉脉善缘壁，是非守宫即蜥蜴。

武帝见朔猜着，随口称善，且命左右赐帛十匹，再令别射他物，无不奇中，连蒙赐帛。旁有宠优郭舍人，因技见宠，雅善口才，此次独怀了妒意，进白武帝道："朔不过侥幸猜着，未足为奇。臣愿令朔复射，朔若再能射中，臣愿受笞百下，否则朔当受笞，臣当赐帛。"想是臀上肉作痒，自愿求笞。说着，即密向盂下放入一物，使朔射覆。朔布卦毕，含糊说道："这不过是个窭数呢。"独言小物。郭舍人笑指道："臣原知朔不能中，何必谩言！"道言未毕，朔又申说道："生肉为脍，干肉为脯，著树为寄生，盆下为窭数。"郭舍人不禁失色，待至揭盂审视，果系树上寄生。那时郭舍人不能免答，只得趋至殿下，俯伏待着。当有监督优伶的官吏，奉武帝命，用着竹板，笞责舍人，喝打声与呼痛声，同时并作。东方朔拍手大笑道："咄！口无毛，声嗷嗷，尻益高！"尻读若考，平声。郭舍人又痛又恨，等到受笞已毕，一跛一突的走上殿阶，哭诉武帝道："朔敢毁辱天子从官，罪应弃市。"武帝乃顾朔问道："汝为何将他毁辱？"朔答道："臣不敢毁他，但与他说的隐语。"武帝问隐语如何，朔说道："口无毛是狗窦形，声嗷嗷是鸟哺鷇声，尻益高是鹤俯啄状，奈何说是毁辱呢！"郭舍人从旁应声道："朔有隐语，臣亦有隐语，朔如不知，也应受笞。"朔顾着道："汝且说来。"舍人信口乱凑，作为谐语道："令壶齟，侧加切。老柏涂，丈加切。伊优亚，乌加切。狋音银。吽读若牛。牙。"朔不假思索，随口作答道："令作命字解；壶所以盛物，齟即邪齿貌；老是年长的称呼，为人所敬；柏是不凋木，四时阴浓，为鬼所聚；涂是低湿的路径；伊优亚乃未定词；狋吽牙乃犬争声，有何难解呢？"舍人本胡诌成词，无甚深意，偏经朔一一解释，倒觉得语有来历；自思才辩不能相及，还是忍受一些笞辱，便算了事。是你自己取笞，与朔何尤。武帝却因此重朔，拜为郎官。朔得常侍驾前，时作谐语，引动武帝欢颜。武帝逐渐加宠，就是朔脱略形迹，也不复诘责，且尝呼朔为先生。

会当伏日赐肉，例须由大官丞官名。分给，朔入殿候赐，待到日昃，尚不见大官丞来分，那肉却早已摆着；天气盛暑，汗不停挥，不由得懊恼起来，便即拔出佩剑，走至俎前，割下肥肉一方，举示同僚道："三伏天热，应早归休，且肉亦防腐，臣朔不如自取，就此受赐回家罢。"口中说，手中提肉，两脚已经转动，趋出殿门，径自去讫。群僚究不敢动手，待至大官丞进来，宣诏分给，独不见东方朔，问明群僚，才知朔割肉自去，心下恨他专擅，当即向武帝奏明。汝何故至晚方来？武帝记着，至翌日御殿，见朔趋入，便向他问道："昨日赐肉，先生不待诏命，割肉自去，究属何理？"朔也不变色，但免冠跪下，从容请罪。武帝道："先生且起，尽可自责罢了！"朔再拜而起，当即自责道："朔来！朔来！受赐不待诏，为何这般无礼呢？拔剑割肉，志何其壮！割肉不多，节何其廉，归遗细君，情何其仁！难道敢称无罪么？"细君犹言小妻，自谦之词。武帝又不觉失笑道："我使先生自责，乃反自誉，岂不可笑！"当下顾令左右，再赐酒一石，肉百斤，使他归遗细君。朔舞蹈称谢，受赐而去。群僚都服他机警，称羡不置。

会东都献一矮人，入谒武帝，见朔在侧，很加诧异道："此人惯偷王母桃，何亦在此。"武帝怪问原因，矮人答道："西方有王母种桃，三千年方一结子，此人不良，已偷桃三次了。"武帝再问东方朔，朔但笑无言。其实东方朔并非仙人，不过略有技术，见誉当时！偷桃一说，也是与他谐谑，所以朔毫不置辩。后世因讹传讹，竟当作实事相看，疑他有不死术，说他偷食蟠桃，因得延年，这真叫做无稽之谈了。辟除邪说，有关世道。唯东方朔虽好谈谑，却也未尝没有直言，即据他谏止辟苑，却是一篇正大光明的奏议，可惜武帝反不肯尽信呢。

武帝与诸人谈笑度日，尚觉得兴味有限，因想出微行一法，易服出游。每与走马善射的少年，私下嘱咐，叫他守候门外，以漏下十刻为期，届期即潜率近侍，悄悄出会，纵马同往。所以殿门叫做期门，有时驰骋竟夕，直至天明，还是兴致勃勃，跑入南山，与从人射猎为乐，薄暮方还。一日又往南山驰射，践人禾稼，农民大哗，鄠杜令闻报，领役往捕，截住数骑，骑士示以乘舆中物，方得脱身。已而夜至柏谷，投宿旅店。店主人疑为盗贼，暗招壮士，意图拿住众人，送官究治。亏得店主妇独具慧眼，见武帝骨相非凡，料非常人，因把店主灌醉，将他缚住，备食进帝。转眼间天色已明，武帝挈众出店，一直回宫。当下遣人往召店主夫妇，店主人已经酒醒，闻知底细，惊慌得了不得。店主妇才与说明，于是放胆同来，伏阙谢罪。武帝特赏店主妇千金，并擢店主人为羽林郎。店主人喜出望外，与妻室同叩几个响头，然后退去。得有此贤妻，应该令他向妻磕头。

自经过两次恐慌，武帝乃托名平阳侯曹寿，多带侍从数名，防备不测。且分置更衣所十二处，以便日夕休息。大中大夫吾丘寿王，阿承意旨，请拓造上林苑，直接南山，预先估计价值，圈地偿民。武帝因国库盈饶，并不吝惜。独东方朔进奏道：

臣闻谦游静愙，天表之应，应之以福。骄溢靡丽，天表之应，应之以异。今陛下累筑郎台，郎与廊宇通。恐其不高也，弋猎之处，恐其不广也，如天不为变，则三辅之地，尽可为苑，何必蹙厔鄠杜乎？

夫南山，天下之阻也，南有江淮，北有河渭，其地从汧陇以东，商雒以西，厥壤肥饶，所谓天下陆海之地，百工之所取资，万民之所仰给也。今规以为苑，绝陂池水泽之利，而取民膏腴之地，上乏国家之用，下夺农桑之业，其不可一也。且盛荆棘之林，大虎狼之墟，坏人冢墓，毁人家庐，令幼弱怀土而思，耆老泣涕而悲，其不可二也。斥而营之，垣而围之，骑驰东西，车鸷南北，纵一日之乐，致危无堤之舆，其不可三也。夫殷作九市之宫而诸侯叛，灵王起章华之台而楚民散，秦兴阿房之殿而天下乱，陛下奈何蹈之？粪土愚臣，自知忤旨，但不敢以阿默者危陛下，谨昧死以闻。

武帝见说，却也称善，进拜朔为大中大夫，兼给事中。但游猎一事，始终不忘，仍依吾丘寿王奏请，拓造上林苑。小子有诗叹道：

> 谐语何如法语良，嘉谟入告独从详；
> 君虽不用臣无忝，莫道东方果太狂！

上林苑既经拓造，遂引出一篇上林赋来。欲知上林赋作是何人？便是上文所说的司马相如，看官且住，容小子下回叙明。

陈皇后母子欲害卫子夫，并及其同母弟卫青，卒之始终无效，害人适以利人，是可为妇女好妒者留下龟鉴。天下未有无故害人，而能自求多福者也。东方朔好为诙谐，乘时干进，而武帝亦第以俳优畜之。观其射覆之举，与郭舍人互相角技，不过自矜才辩，与国家毫无补益。至若割肉偷桃诸事，情同儿戏，更不足取，况偷桃之事更无实证乎？唯谏止拓苑之言，有关大体，厥后尚有直谏时事，是东方朔之名闻后世者，赖有此尔。滑稽派固不足重也。

第二十六回

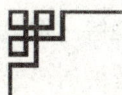

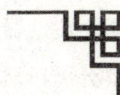

挑孷女即席弹琴
别娇妻入都献赋

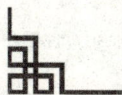

却说司马相如，字长卿，系蜀郡成都人氏，少时好读书，学击剑，为父母所钟爱，呼为犬子；及年已成童，慕战国时人蔺相如，赵人。因名相如。是时蜀郡太守文翁，吏治循良，大兴教化，遂选择本郡士人，送京肄业，司马相如亦得与选。至学成归里，文翁便命相如为教授，就市中设立官学，招集民间子弟，师事相如，入学读书。遇有高足学生，辄使为郡县吏，或命为孝弟力田。蜀民本来野蛮，得着这位贤太守，兴教劝学，风气大开，嗣是学校林立，化野为文，后来文翁在任病殁，百姓追怀功德，立祠致祭，连文翁平日的讲台旧址，都随时修葺，垂为纪念，至今遗址犹存。莫谓循吏不可为。唯文翁既殁，相如也不愿长作教师，遂往游长安，入资为郎。嗣得迁官武骑常侍，相如虽少学技击，究竟是注重文字，不好武备，因此就任武职，反致用违所长。会值梁王武入朝景帝，从吏如邹阳枚乘诸人，皆工著作，见了相如，互相谈论，引为同志，相如乃欲往投梁国，索性托病辞官，竟至睢阳，梁都，见前。干谒梁王。梁王却优礼相待，相如得与邹枚诸人，琴书雅集，诗酒逍遥，暇时撰成一篇子虚赋，传播出去，誉重一时。

既而梁王逝世，同人皆风流云散，相如亦不得安居，没奈何归至成都。家中只有四壁，父母早已亡故，就使有几个族人，也是无可倚赖，穷途落魄，郁郁无聊，偶记及临邛县令王吉，系多年好友，且曾与自己有约，说是宦游不遂，可来过从等语。此时正当贫穷失业的时候，不能不前往相依，乃摒挡行李，径赴临邛。王吉却不忘旧约，闻得相如到来，当即欢迎，并问及相如近状。相如直言不讳，吉代为扼腕叹息。眉头一皱，计上心来，遂与相如附耳数语，相如自然乐从。当下用过酒膳，遂将相如行装，命左右搬至都亭；使他暂寓亭舍，每日必亲自趋候。相如前尚出见，后来却屡次挡驾，称病不出。偏吉仍日日一至，未尝少懈。附近民居，见县令仆仆往来，伺候都亭，不知是什么贵客，寓居亭舍，有劳县令这般优待，逐日殷勤。一时哄动全邑，传为异闻。

临邛向多富人，第一家要算卓王孙，次为程郑，两家僮仆，各不下数百人。卓氏先世居赵，以冶铁致富，战国时便已著名。及赵为秦灭，国亡家灭，只剩得卓氏两夫妇，辗转徙蜀，流寓临邛。好在临邛亦有铁山，卓氏仍得采铁铸造，重兴旧业。汉初榷铁从宽，**榷铁即冶铁税。**卓氏坐取厚利，复成巨富，蓄养家僮八百，良田美宅，不可胜计，程郑由山东徙至，与卓氏操业相同，彼此统是富户，并且同业，当然是情谊相投，联为亲友。一日卓王孙与程郑晤谈，说及都亭中寓有贵客，应该设宴相邀，自尽地主情谊，乃即就卓家为宴客地，预为安排，两家精华，一齐搬出，铺设得非常华美；然后具柬请客，首为司马相如，次为县令王吉，此外为地方绅富，差不多有百余人。

王吉闻信，自喜得计，立即至都亭密告相如，叫他如此如此。**总算玉女于成。**相如大悦，依计施行，待至王吉别去，方将行李中的贵重衣服，携取出来，最值钱的是一件鹔鹴裘，正好乘寒穿著，出些风头。余如冠履等皆更换一新，专待王吉再至，好与同行，俄而县中复派到车骑仆役，归他使唤，充作驺从。又俄而卓家使至，敦促赴席。相如尚托词有病，未便应召。及至使人往返两次，才见王吉复来，且笑且语，携手登车，从骑一拥而去。

到了卓家门首，卓王孙程郑与一班陪客，统皆伫候，见了王吉下车，便一齐趋集，来迎贵客。相如又故意延挨，直至卓王孙等，车前迎谒，方缓缓地起身走下。**描摹得妙。**大众仰望丰采，果然是雍容大雅，文采风流，当即延入大厅，延他上坐。王吉从后趋入，顾众与语道："司马公尚不愿莅宴，总算有我情面，才肯到此。"相如即接言道："屡躯多病，不惯应酬，自到贵地以来，唯探望邑尊一次，此外未曾访友，还乞诸君原谅。"卓王孙等满口恭维，无非说是大驾辱临，有光陋室等语。未几即请令入席，相如也不推辞，便坐首位。王吉以下，挨次坐定，卓王孙程郑两人，并在末座相陪。余若驺从等，俱在外厢，亦有盛餐相待，不消多叙。那大厅里面的筵席，真个是山珍海味，无美不收。

约莫饮了一两个时辰，宾主俱有三分酒意，王吉顾相如道："君素善弹琴，何不一劳贵手，使仆等领教一二？"相如尚有难色，卓王孙起语道："舍下却有古琴，愿听司马公一奏。"王吉道："不必不必，司马公琴剑随身，我看他车上带有琴囊，可即取来。"左右闻言，便出外取琴。须臾携至，当是特地带来。由王吉接受，奉交相如。都是做作。相如不好再辞，乃抚琴调弦，弹出声来。这琴名为绿绮琴，系相如所素弄，凭着那多年熟手，按指成声，自然雅韵铿锵，抑扬有致。大众齐声喝彩，无不称赏。恐未免对牛弹琴。正在一弹再鼓，忽闻屏后有环珮声，即由相如留心窥看，天缘辐凑，巧巧打了一个照面，引得相如目迷心醉，意荡神驰。究竟屏后立着何人？原来是卓王孙女卓文君。文君年才十七，生得聪明伶俐，妖冶风流，琴棋书画，件件皆精，不幸嫁了一夫，为欢未久，即悲死别，二八红颜，怎堪经此惨剧，不得已回到母家，嫠居度日。此时闻得外堂上客，乃是华贵少年，已觉得摇动芳心，情不自主，当即缓步出来，潜立屏后。方思举头外望，又听得琴声入耳，音律双谐，不由的探出娇容，偷窥贵客，适被相如瞧见，果然是个绝世尤物，比众不同。相如便即变动指法，弹成一套《凤求凰》曲，借那弦上宫商，度送心中诗意。文君是个解人，侧耳静听，一声声的寓着情词，词云：

凤兮凤兮归故乡，遨游四海求其凰。有一艳女在此堂，室迩人遐毒我肠。何由交接为鸳鸯！凤兮凤兮从凰栖，得托孳尾永为妃。交情通体必和谐，中夜相从别有谁！

弹到末句，划然顿止。已而酒阑席散，客皆辞去，文君才返入内房，不言不语，好似失去了魂魄一般。忽有一侍儿踉跄趋入，报称贵客为司马相如，曾在都中做过显官，年轻才美，择偶甚苛，所以至今尚无妻室。目下告假旋里，路经此地，由县令留玩数天，不久便要回去了。文君不禁失声道："他……他就要回去么？"情急如绘。侍儿本由相如从人，奉相如命，厚给金银，使通殷勤，所以入告文君，用言探试。及见文君语急情深，就进一层说道："似小姐这般才貌，若与那贵客订结丝萝，正是一对天成佳耦，愿小姐勿可错过！"文君并不加嗔，还道侍儿是个知心，便与她密商良法。侍儿替她设策，竟想出一条乘夜私奔的法子，附耳相告。文君记起琴心，原有中夜相从一语，与侍儿计谋暗合。情魔一扰，也顾不得什么嫌疑，什么名节，便即草草装束，一俟天晚，竟带了侍儿，偷出后门，趁着夜间月色，直向都亭行去。

都亭与卓家相距，不过里许，顷刻间便可走到。司马相如尚未就寝，正在忆念文君，胡思乱想，蓦闻门上有剥啄声，即将灯光剔亮，亲自开门。双扉一启，有两女鱼贯进来，先入的乃是侍儿，继进的就是日间所见的美人。一宵好事从天降，真令相如大喜过望，忙即至文君前，鞠躬三揖。也是一番俟门礼。文君含羞答礼，趋入内房。惟侍儿便欲告归，当由相如向她道谢，送出门外，转身将门掩住，急与文君握手叙情。灯下端详，越加娇艳，但看她眉如远山，面如芙蕖，肤如凝脂，手如柔荑，低鬟弄带，真个销魂。那时也无暇多谈，当即相携入帏，成就了一段姻缘。郎贪女爱，彻夜绸缪，待至天明，两人起来梳洗，彼此密商，只恐卓家闻知，前来问罪，索性逃之夭夭，与文君同诣成都去了。

卓王孙失去女儿，四下找寻，并无下落，嗣探得都亭贵客，不知去向，转至县署访问，亦未曾预悉，才料到寡女文君，定随相如私奔。家丑不宜外扬，只好搁置不提。王吉闻相如不别而行，亦知他拥艳逃归，但本意是欲替相如作伐，好教他入赘卓家，借重富翁金帛，再向都中谋事，那知他求凰甫就，遽效鸿飞，自思已对得住故人，也由他自去，不复追寻。这谢媒酒未曾吃得，当亦可惜。

唯文君跟着相如，到了成都，总道相如衣装华美，定有些须财产，那知他家室荡然，只剩了几间敝屋，仅可容身。自己又仓猝夜奔，未曾多带金帛，但靠着随身金饰，能值多少钱文？事已如此，悔亦无及，没奈何拔钗沽酒，脱钏易粮。敷衍了好几月，已将衣饰卖尽，甚至相如所穿的鹔鹴裘，也押与酒家，赊取新酿数斗，肴核数色，归与文君对饮浇愁。文君见了酒肴，勉强陪饮，至问及酒肴来历，乃由鹔鹴裘抵押得来，禁不住泪下数行，无心下箸。相如虽设词劝慰，也觉得无限凄凉，文君见相如为己增愁，因即收泪与语道："君一寒至此，终非长策，不如再往临邛，向兄弟处借贷钱财，方可营谋生计。"相如含糊答应，到了次日，即挈文君启程。身外已无长物，只有一琴一剑，一车一马，尚未卖去，乃与文君一同登程，再至临邛，先向旅店中暂憩，私探卓王孙家消息。

旅店中人，与相如夫妇，素不相识。便直言相告道：卓女私奔，卓王孙几乎气死，现闻卓女家穷苦得很，曾有人往劝卓王孙，叫他分财赒济，偏卓王孙盛怒不从，说是女儿不肖，我不忍杀死，何妨听她饿死。如要我赒给一钱，也是不愿云云。相如听说，暗思卓王孙如此无情，文君也不便往贷。我已日暮途穷，也不能顾着名誉，索性与他女儿抛头露面，开起一爿小酒肆来，使他自己看不过去，情愿给我钱财，方作罢论。主见已定，遂与文君商量，文君到了此时，也觉没法，遂依了相如所言，决计照办。**文君名节，原不足取，但比诸朱买臣妻，还是较胜一筹。**相如遂将车马变卖，作为资本，租借房屋，备办器具，居然择日开店，悬挂酒旗。店中雇了两三个酒保，自己也充当一个脚色，改服犊鼻裈，**即短脚裤。**携壶涤器，与佣保通力合作。一面令文君淡装浅抹，当垆卖酒。**系买酒之处，筑土堆瓮。**

顿时引动一班酒色朋友，都至相如店中，喝酒赏花。有几人认识卓文君，背地笑谈，当作新闻，一传十，十传百，送入卓王孙耳中。卓王孙使人密视，果是文君，惹得羞愧难堪，杜门不出。当有许多亲戚故旧，往劝卓王孙道："足下只有一男二女，何苦令文君出丑，不给多金？况文君既失身长卿，往事何须追究，长卿曾做过贵官，近因倦游归家，暂时落魄，家况虽贫，人才确是不弱，且为县令门客，怎见得埋没终身？足下不患无财，一经赒济，便好反辱为荣了！"卓王孙无奈相从，因拨给家童百名，钱百万缗，并文君嫁时衣被财物，送交相如肆中。相如即将酒肆闭歇，乃与文君饱载而归。县令王吉，却也得知，唯料是相如诡计，绝不过问。相如也未曾会合，彼此心心相印，总算是个好朋友呢。**看到此处，不可谓非相如能屈能伸。**

相如返至成都，已得僮仆资财，居然做起富家翁来，置田宅，辟园圃，就住室旁筑一琴台，与文君弹琴消遣。又因文君性耽曲蘖，特向邛崃县东，购得一井，井水甘美，酿酒甚佳，特号为文君井，随时汲取，造酒合欢。且在井旁亦造一琴台，尝挈文君登台弹饮，目送手挥，领略春山眉妩。酒酣兴至，翦来秋水瞳人。未免有情，愿从此老。**何物长卿得此艳福。**只是蛾眉伐性，醇酒伤肠，相如又素有消渴病，怎禁得酒色沉迷，恬不知返，因此旧疾复发，不能起床。**特叙琐事以戒后人。**亏得名医调治，渐渐痊可，乃特作一篇美人赋，作为自箴。可巧朝旨到来，召令入都，相如乐得暂别文君，整装北上。不多日便到长安，探得邑人杨得意，现为狗监，**掌上林猎犬。**代为先容，所以特召。当下先访得意，问明大略，得意说道："这是足下的《子虚赋》，得邀主知。主上恨不与足下同时，仆谓足下，曾为此赋，现正家居。主上闻言，因即宣召足下。足下今日到此，取功名如拾芥了。"相如忙为道谢，别了得意。诘旦入朝，武帝见了相如，便问："《子虚赋》是否亲笔？"相如答道："《子虚赋》原出臣手，但尚系诸侯情事，未足一观。臣请为陛下作《游猎赋》。"武帝听说，遂令尚书给与笔札。相如受笔札后，退至阙下，据案构思，濡毫落纸，赋就了数千言，方才呈入。武帝展览一周，觉得满纸琳琅，目不胜赏，遂即叹为奇才，拜为郎官。

当时与相如齐名，要算枚皋，皋即吴王濞郎中枚乘庶子。乘尝谏阻吴王造反，故吴王走死，乘不坐罪，仍由景帝召入，命为弘农都尉。乘久为大国上宾，不愿退就郡吏，莅任未几，便托病辞官，往游梁国。梁王武好养食客，当然引为幕宾，文诰多出乘手。乘纳梁地民女为妾，乃生枚皋。至梁王病殁，乘归淮阴原籍，妾不肯从行，触动乘怒，竟将她母子留下，但给与数千钱，俾她赡养，径自告归。武帝素闻乘名，即位后，就派遣使臣，用着安车蒲轮，迎乘入都。乘年已衰迈，竟病死道中。使臣回报武帝，武帝问乘子能否属文？派员调查，好多时才得枚皋出来，诣阙上陈，自称读书能文。原来皋幼传父业，少即工词，十七岁上书梁王刘买，*即梁王武长子。*得诏为郎，嗣为从吏所谮，得罪亡去，家产被收。辗转到了长安，适遇朝廷大赦，并闻武帝曾求乘子，遂放胆上书，作了自荐的毛遂。*赵人，此处系是借喻。*武帝召入，见他少年儒雅，已料知所言非虚，再命作《平乐馆赋》，却是下笔立就，比相如尤为敏捷，词藻亦曲赡可观，因也授职为郎。唯相如为文，虽迟必佳，皋却随手写来，片刻可成，但究不及相如的工整。就是皋亦自言勿如。唯谓诗赋乃消遣笔墨，毋庸多费心思，故往往诙谐杂出，不尚修辞，后人称为马迟枚速，便是为此。小子有诗咏道：

> 髦士峨峨待诏来，幸逢天子拔真才，
> 马迟枚速何遑问，但擅词章便占魁。

尚有朱买臣一段故事，不妨连类叙明，请看官续阅下回，自知分晓。

文君夜奔相如，古今传为佳话，究之寡廉鲜耻。有玷闺箴。而相如则尤为名教罪人，羡其美而挑逗之，涎其富而污辱之，学士文人，果当如是耶！我国小说家，往往于才子佳人之苟合，津津乐道，遂致钻穴窥墙之行，时有所闻。近则自由择偶，不待媒妁，盖又变本加厉。名节益荡然矣。然文君既随相如，虽穷不怨。甚至当垆沽酒，亦所甘心，以视近人之忽合忽离，行同犬彘者，其得毋相去尚远耶！读此回，不禁有每况愈下之感云。

第二十七回

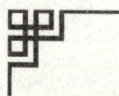

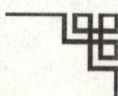

厌夫贫下堂致悔
开敌衅出塞无功

却说吴人朱买臣，表字翁子，性好读书，不治产业，蹉跎至四十多岁，还是一个落拓儒生，食贫居贱，困顿无聊。家中只有一妻，不能赡养，只好与他同入山中，刈薪砍柴，挑往市中求售，易钱为生。妻亦负载相随。唯买臣肩上挑柴，口中尚咿唔不绝，妻在后面听着，却是一语不懂，大约总是背诵古书，不由得懊恼起来，叫他不要再念。偏是买臣越读越响，甚且如唱歌一般，提起嗓子，响彻市中。妻连劝数次，并不见睬，又因家况越弄越僵，单靠一两担薪柴，如何度日？往往有了朝餐，没有晚餐。自思长此饥饿，终非了局，不如别寻生路，省得这般受苦，便向买臣求去。买臣道："我年五十当富贵，今已四十余岁了，不久便当发迹了，汝随我吃苦，已有二十多年，难道这数载光阴，竟忍耐不住么？待我富贵，当报汝功劳。"语未说完，但听得一声娇嗔道："我随汝多年，苦楚已尝遍了，汝原是个书生，弄到担柴为生，也应晓得读书无益，为何至今不悟，还要到处行吟！我想汝终要饿死沟中，怎能富贵？不如放我生路，由我去罢！"买臣见妻动恼，再欲劝解，那知妇人性格，固执不返，索性大哭大闹，不成样子，乃允与离婚，写了休书，交与妻手，妻绝不留恋，出门自去。实是妇人常态，亦不足怪。

买臣仍操故业，读书卖柴，行歌如故。会当清明节届，春寒未尽，买臣从山上

182

刘柴，束作一担，挑将下来，忽遇着一阵风雨，淋湿敝衣，觉得身上单寒，没奈何趋入墓间，为暂避计。好容易待至天霁，又觉得饥肠乱鸣，支撑不住。事有凑巧，来了一男一女，祭扫墓前，妇人非别，正是买臣故妻。买臣明明看见，却似未曾相识，不去睬她。倒是故妻瞧着买臣，见他瑟缩得很，料为饥寒所迫，因将祭毕酒饭，分给买臣，使他饮食。买臣也顾不得着惭，便即饱餐一顿，把碗盏交还男人，单说了一个谢字，也不问男子姓名。其实这个男子，就是他前妻的后夫。前妻还算有情。两下里各走各路，并皆归家。

转眼间已过数年，买臣已将近五秩了，适会稽郡吏入京上计，计乃簿帐之总名。随带食物，并载车内，买臣愿为运卒，跟吏同行。既到长安，即诣阙上书，多日不见发落。买臣只好待诏公车，身边并无银钱，还亏上计吏怜他穷苦，给济饮食，才得生存。可巧邑人庄助，自南方出使回来，买臣曾与识面，乃踵门求见，托助引进。助却顾全乡谊，便替他入白武帝，武帝方才召入，面询学术。买臣说《春秋》，言《楚辞》，正合武帝意旨，遂得拜为中大夫，与庄助同侍禁中。不意释褐以后，官运尚未亨通，屡生波折，终致坐事免官，仍在长安寄食。又阅年始召他待诏。

是时武帝方有事南方，欲平越地，遂令买臣乘机献策，取得铜章墨绶，来作本地长官。富贵到手了。看官欲知买臣计议，待小子表明越事，方有头绪可寻。随手叙入越事，是萦带法。从前东南一带，南越最大，次为闽越，又次为东越。闽越王无诸，受封最早，汉高所封。东越王摇及南越王赵佗，受封较迟。摇为惠帝时所封，佗为文帝时所封，并见前文。三国子孙，相传未绝，自吴王濞败奔东越，被他杀死，吴太子驹，亡走闽越，屡思报复父仇，尝劝闽越王进击东越。回应前文五十五回。闽越王郢，乃发兵东侵，东越抵敌不住，使人向都中求救。武帝召问群臣，武安侯田蚡，谓越地辽远，不足劳师，独庄助从旁驳议，谓小国有急，天子不救，如何抚绥万方？武帝依了助言，便遣助持节东行，至会稽郡调发戍兵，使救东越。会稽守迁延不发，由助斩一司马，促令发兵，乃即由海道进军，陆续往援。行至中途，闽越兵已闻风退去。东越王屡经受创，恐汉兵一返，闽越再来进攻，因请举国内徙，得邀俞允。于是东越王以下，悉数迁入江淮间。闽越王郢，自恃兵强，既得逐去东越，复欲并吞南越。休养了三四年，竟大举入南越王境。南越王胡，为赵佗孙，闻得闽越犯边，但守勿战，一面使人飞奏汉廷，略言两越俱为藩臣，不应互相攻击，今闽越无故侵臣，臣不敢举兵，

李广射虎

唯求皇上裁夺！武帝览奏，极口褒赏，说他守义践信，不能不为他出师。当下命大行王恢、及大司农韩安国，并为将军，一出豫章，一出会稽，两路并进，直讨闽越。淮南王安，上书谏阻，武帝不从，但饬两路兵速进。闽越王郢回军据险，防御汉师。郢弟余善，聚族与谋，拟杀郢谢汉，族人多半赞成。遂由余善怀刃见郢，把郢刺毙，就差人赍着郢首，献与汉将军王恢。恢方率军逾岭，既得余善来使，乐得按兵不动。一面通告韩安国，一面将郢首传送京师，候诏定夺。武帝下诏罢兵，遣中郎将传谕闽越，另立无诸孙繇君丑为王，使承先祀。偏余善挟威自恣，不服繇王，繇王丑复遣人入报。武帝以余善诛郢有功，不如使王东越，权示羁縻，乃特派使册封，并谕余善，划境自守，不准与繇王相争。余善总算受命。武帝复使庄助慰谕南越，南越王胡，稽首谢恩，愿遣太子婴齐，入备宿卫，庄助遂与婴齐偕行。路过淮南，淮南王安，迎助入都，表示殷勤。助曾受武帝面嘱，顺道谕淮南王，至是传达帝意，淮南王安，自知前谏有误，惶恐谢过，且厚礼待助，私结交好。助不便久留，遂与订约而别。**为后文连坐叛案张本。**还至长安，武帝因助不辱使命，特别赐宴，从容问答。至问及居乡时事，助答言少时家贫，致为友婿富人所辱，未免怅然。武帝听他言中寓意，即拜助为会稽太守，使得夸耀乡邻。谁知助莅任以后，并无善声，武帝要把他调归。

　　适值东越王余善，屡征不朝，触动武帝怒意，谋即往讨，买臣乘机进言道："东越王余善，向居泉山，负嵎自固，一夫守险，千人俱不能上，今闻他南迁大泽，去泉山约五百里，无险可恃，今若发兵浮海，直指泉山，陈舟列兵，席卷南趋，破东越不难了！"武帝甚喜，便将庄助调还，使买臣代任会稽太守。买臣受命辞行，武帝笑语道："富贵不归故乡，如衣锦夜行，今汝可谓衣锦荣归了！"**天子当为地择人，不应徒令夸耀故乡，乃待庄助如此，待买臣又如此。毋乃不经。**买臣顿首拜谢，武帝复嘱道："此去到郡，宜亟治楼船，储粮蓄械，待军俱进，不得有违！"买臣奉命而出。

　　先是买臣失官，尝在会稽守邸中，寄居饭食，**守邸如今之会馆相似。**免不得遭人白眼，忍受揶揄。此次受命为会稽太守，正是吐气扬眉的日子，他却藏着印绶，仍穿了一件旧衣，步行至邸。邸中坐着上计郡吏，方置酒高会，酣饮狂呼，见了买臣进去，并不邀他入席，尽管自己乱喝。**统是势利小人。**买臣也不去说明，低头趋入内室，与邸中当差人役，一同啖饭。待至食毕，方从怀中露出绶带，随身飘扬。有人从旁瞧着，暗暗称奇，遂走至买臣身旁，引绶出怀，却悬着一个金章。细认篆文，正是会稽郡太守官印，慌忙向买臣问明。买臣尚淡淡的答说道："今日正诣阙受命，君等不必张皇！"话虽如此，已有人跑出外厅报告上计郡吏。郡吏等多半酒醉，统斥他是妄语胡言，气得报告人头筋饱绽，反唇相讥道："如若不信，尽可入内看明。"当有一个买臣故友，素来瞧不起买臣，至此首先着忙，起座入室。片刻便即趋出，拍手狂呼道："的确是真，不是假的！"大众听了，无不骇然，急白守邸郡丞，同肃衣冠，至中庭排班伫立，再由郡丞入启买臣，请他出庭受谒。买臣徐徐出户，踱至中庭，大众尚恐酒后失仪，并皆加意谨慎，拜倒地上。*不如是，不足以见炎凉世态。*买臣才答他一个半礼。待到大众起来，外面已驱入驷马高车，迎接买臣赴任。买臣别了众人，登车自去，有几个想乘势趋奉，愿随买臣到郡，都被买臣复绝，碰了一鼻子灰，这且无容细说。

唯买臣驰入吴境，吏民夹道欢迎，趋集车前，就是吴中妇女，也来观看新太守丰仪，真是少见多怪，盛极一时。买臣从人丛中望将过去，遥见故妻，亦站立道旁，不由得触起旧情，记着墓前给食的余惠，便令左右呼她过来，停车细询。此时贵贱悬殊，后先迥别，那故妻又羞又悔，到了车前，几至呆若木鸡。还是买臣和颜与语，才说出一两句话来，原来故妻的后夫，正充郡中工役，修治道路，经买臣问悉情形，也叫他前来相见，使与故妻同载后车，驰入郡衙。当下腾出后园房屋，令他夫妻同居，给与衣食。*不可谓买臣无情。*又遍召故人入宴，所有从前叨惠的亲友，无不报酬，乡里翕然称颂。唯故妻追悔不了，虽尚衣食无亏，到底不得锦衣美食，且见买臣已另娶妻室，享受现成富贵，自己曾受苦多年，为了一时气忿，竟至别嫁，反将黄堂贵眷，平白地让诸他人，如何甘心？左思右想，无可挽回，还是自尽了事，遂乘后夫外出时，投缳毕命。买臣因覆水难收，势难再返，特地收养园中，也算是不忘旧谊。才经一月，即闻故妻自缢身亡，倒也叹息不置。因即取出钱财，令她后夫买棺殓葬，这也不在话下。*复水难收，本太公望故事，后人多误作买臣遗闻，史传中并未载及，故不妄入。*

且说买臣到任，遵着武帝面谕，置备船械，专待朝廷出兵，助讨东越。适武帝误听王恢，诱击匈奴，无暇南顾，所以把东越事搁起，但向北方预备出师。

汉自文景以来，屡用和亲政策，笼络匈奴。匈奴总算与汉言和，未尝大举入犯，唯小小侵掠，在所不免。朝廷亦未敢弛防，屡选名臣猛将，出守边疆。当时有个上郡太守李广，系陇西成纪人，骁勇绝伦，尤长骑射，文帝时出击匈奴，毙敌甚众，已得擢为武骑常侍，至吴楚叛命，也随周亚夫出征，突阵搴旗，著有大功，只因他私受梁印，功罪相抵，故只调为上谷太守。上谷为出塞要冲，每遇匈奴兵至，广必亲身出敌，为士卒先，典属国官名。公孙昆邪，尝泣语景帝道："李广才气无双，可惜轻敌，倘有挫失，恐亡一骁将，不如内调为是。"景帝乃徙广入守上郡。上郡在雁门内，距虏较远，偏广生性好动，往往自出巡边。一日出外探哨，猝遇匈奴兵数千人，蜂拥前来，广手下只有百余骑，如何对敌？战无可战，走不及走，他却从容下马，解鞍坐着。匈奴兵疑有诡谋，倒也未敢相逼。会有一白马将军出阵望广，睥睨自如，广竟一跃上马，仅带健骑十余人，向前奔去，至与白马将军相近。张弓发矢，飕的一声，立将白马将军射毙，再回至原处，跳落马下，坐卧自由。匈奴兵始终怀疑，相持至暮并皆退回。嗣是广名益盛。却是有胆有识，可惜命运欠佳。

武帝素闻广名，特调入为未央宫卫尉，又将边郡太守程不识，亦召回京师，使为长乐宫卫尉。广用兵尚宽，随便行止，不拘行伍，不击刁斗，使他人人自卫，却亦不遭敌人暗算。不识用兵尚严，部曲必整，斥堠必周，部众当谨受约束，不得少违军律，敌人亦怕他严整，未敢相犯。两将都防边能手，士卒颇愿从李广，不愿从程不识。不识也推重广才，但谓宽易致失，宁可从严。这是正论。因此两人名望相同，将略不同。

至武帝元光元年，武帝于建元六年后，改称元光元年。复令李广、程不识为将军，出屯朔方。越年，匈奴复遣使至汉，申请和亲。大行王恢，谓不如与他绝好，相机进兵。韩安国已为御史大夫，独主张和亲，免得劳师。武帝遍问群臣，群臣多赞同韩议，乃遣归番使，仍允和亲。偏有雁门郡马邑人聂壹，年老嗜利，入都进谒王恢，说是匈奴终为边患，今乘他和亲无备，诱令入塞，伏兵邀击，必获大胜。恢本欲击虏邀功，至此听了壹言，又觉得兴致勃发，立刻奏闻。武帝年少气盛，也为所动，再召群臣会议。韩安国又出来反对，与王恢争论廷前，各执一是。王恢说道："陛下即位数年，威加四海，统一华夷，独匈奴侵盗不已，肆无忌惮，若非设法痛击，如何示威！"安国驳说道："臣闻高皇帝被困平城，七日不食，及出围返都，不相仇怨，可见圣人以天下为心，不愿挟私害公。自与匈奴和亲，利及五世，故臣以为不如主和！"恢又说道："此语实似是而非。从前高皇帝不去报怨，乃因天下新定，不应屡次兴师，劳我人民。今海内久安，只有匈奴屡来寇边，常为民患，死伤累累，槽车相望。这正仁人君子，引为痛心，奈何不乘机击逐呢！"安国又申驳道："臣闻兵法有言，以饱待饥，以逸待劳，所以不战屈人，安坐退敌。今欲卷甲轻举，长驱深入，臣恐道远力竭，反为敌擒，故决意主和，不愿主战！"恢摇首道："韩御史徒读兵书，未谙兵略，若使我兵轻进，原是可虞，今当诱彼入塞，设伏邀击，使他左右受敌，进退两难，臣料擒渠获丑，在此一举，可保得有利无害呢！"*看汝做来。*

武帝听了多时，也觉得恢计可用，决从恢议，遂使韩安国为护军将军，王恢为将屯将军，太仆公孙贺为轻车将军，卫尉李广为骁骑将军，大中大夫李息为材官将军，率同兵马三十多万，悄悄出发。先令聂壹出塞互市，往见军臣单于，*匈奴国主名，见前。*愿举马邑城献虏。单于似信非信，便问聂壹道："汝本商民，怎能献城？"聂壹答道："我有同志数百人，若混入马邑，斩了令丞，管教全城可取，财物可得，但望单于发兵接应，并录微劳，自不致有他患了！"单于本来贪利，闻言甚喜，立派部目随着聂壹，先入马邑，俟聂壹得斩守令，然后进兵。聂壹返至马邑，先与邑令密谋，提出死囚数名，枭了首级，悬诸城上，托言是令丞头颅，诳示匈奴来使。来使信以为然，忙去回报军臣单于，单于便领兵十万，亲来接应，路过武州，距马邑尚百余里，但见沿途统是牲畜，独无一个牧人，未免诧异起来，可巧路旁有一亭堡，料想堡内定有亭尉，何不擒住了他，问明底细？当下指挥人马，把亭围住，亭内除尉史外，只有守兵百人，无非是了望敌情，通报边讯。此次亭尉得了军令，佯示镇静，使敌不疑，所以留住亭内，谁料被匈奴兵马，团团围住，偌大孤亭，如何固守？没奈何出降匈奴，报知汉将秘谋。单于且惊且喜，慌忙退还，及驰入塞外，额手相庆道："我得尉史，实邀天佑！"一面说，一面召过尉史，特封天王。*却是侥来富贵，可惜舍义贪生。*

是时王恢已抄出代郡，拟袭匈奴兵背后，截夺辎重，蓦闻单于退归，不胜惊讶，自思随身兵士，不过二三万人，怎能敌得过匈奴大队，不如纵敌出塞，还好保全自己生命，遂敛兵不出，旋且引还。*既有今日，何必当初！*韩安国等带领大军，分驻马邑境内，好几日不见动静，急忙变计出击，驰至塞下，那匈奴兵早已遁去，一些儿没有形影了，只好空手回都。安国本不赞成恢议，当然无罪，公孙贺等亦得免谴。独王恢乃是首谋，无故劳师，轻自纵敌，眼见是无功有罪，应该受刑。小子有诗叹道：

娄敬和亲原下策，王恢诱敌岂良谋，
劳师卅万轻挑衅，一死犹难谢主忧。

毕竟王恢是否坐罪，且看下回再详。

贪之一字，无论男妇，皆不可犯。试观本回之朱买臣妻，及大行王恢，事迹不同，而致死则同，盖无一非贪字误之耳，买臣妻之求去，是志在贪富，王恢之诱匈奴，是志在贪功，卒之贪富者轻丧名节，无救于贫，贪功者徒费机谋，反致坐罪。后悔难追，终归自杀，亦何若不贪之为愈乎！是故买臣妻之致死，不能怨买臣之薄情，王恢之致死，不能怨武帝之寡德，要之皆自取而已。世之好贪者其鉴诸！

第二十八回

执国法王恢受诛
骂座客灌夫得罪

却说王恢还朝，入见武帝，武帝不禁怒起，说他劳师纵敌，罪有所归。试问自己，果能无过否？王恢答辩道："此次出师，原拟前后夹攻，计擒单于，诸将军分伏马邑，由臣抄袭敌后，截击辎重，不幸良谋被泄，单于逃归，臣所部止三万人，不能拦阻单于，明知回朝复命，不免遭戮，但为陛下保全三万人马，亦望曲原！陛下如开恩恕臣，臣愿邀功赎罪；否则请陛下惩处便了。"武帝怒尚未息，令左右系恢下狱，援律谳案。廷尉议恢逗挠当斩，复奏武帝。武帝当即依议，限期正法。恢闻报大惧，慌忙嘱令家人，取出千金，献与武安侯田蚡，求他缓颊。是时太皇太后窦氏早崩，在武帝建元六年。丞相许昌，亦已免职。武安侯田蚡，竟得入膺相位，内依太后，外冠群僚，总道是容易设法，替恢求生，遂将千金老实收受，入宫白王太后道："王恢谋击匈奴，伏兵马邑，本来是一条好计，偏被匈奴探悉，计不得成，虽然无功，罪不至死。今若将恢加诛，是反为匈奴报仇，岂非一误再误么？"王太后点首无言。待至武帝入省，便将田蚡所言，略述一遍。武帝答道："马邑一役，本是王恢主谋，出师三十万众，望得大功，就使单于退去，不中我计，但恢已抄出敌后，何勿邀击一阵，杀获数人，借慰众心？今恢贪生怕死，逗留不出，若非按律加诛，如何得谢天下呢！"理论亦正，可惜徒知责人，不知责己。

王太后本与恢无亲，不过为了母弟情面，代为转言。及见武帝义正词严，也觉得不便多说，待至武帝出宫，即使人复报田蚡。蚡亦只好复绝王恢。**千金可曾发还否？**恢至此已无生路，索性图个自尽，省得身首两分。狱吏至恢死后，方才得知，立即据实奏闻，有诏免议。看官阅此，还道武帝决意诛恢，连太后母舅的关说，都不肯依，好算是为公忘私。其实武帝也怀着私意，与太后母舅两人，稍有芥蒂，所以借恢出气，不肯枉法。

武帝常宠遇韩嫣，累给厚赏。**已见前文。**嫣坐拥资财，任情挥霍，甚至用黄金为丸，弹取鸟雀。长安儿童，俟嫣出猎，往往随去。嫣一弹射，弹丸辄坠落远处，不复觅取。一班儿童，乐得奔往寻觅，运气的拾得一丸，值钱数十缗，当然怀归。嫣亦不过问。时人有歌谣道："苦饥寒，逐金丸。"武帝颇有所闻，但素加宠幸，何忍为此小事，责他过奢，会值江都王非入朝，武帝约他同猎上林，先命韩嫣往视鸟兽。嫣奉命出宫，登车驰去，从人却有百余骑。江都王非，正在宫外伺候，望见车骑如云，想总是天子出来，急忙麾退从人，自向道旁伏谒。不意车骑并未停住，尽管向前驰去。非才知有异，起问从人，乃是韩嫣坐车驰过，忍不住怒气直冲，急欲奏白武帝。转思武帝宠嫣，说也无益，不如暂时容忍。待至侍猎已毕，始入谒王太后，泣诉韩嫣无礼，自愿辞国还都，入备宿卫，与嫣同列。王太后也为动容，虽然非不是亲子，究竟由景帝所出，不能为嫣所侮，**非系程姬所产。**乃好言抚慰，决加嫣罪。也是嫣命运该绝，一经王太后留心调查，复得嫣与宫人相奸情事，两罪并发，即命赐死。武帝还替嫣求宽，被王太后训斥一顿，弄得无法转圜，只好听嫣服药，毒发毙命。嫣弟名说，曾由嫣荐引入侍，武帝惜嫣短命，乃擢说为将，后来且列入军功，封案道侯。江都王非，仍然归国，未几即殁，由子建嗣封，待后再表。

唯武帝失一韩嫣，总觉得太后不肯留情。**未免介意。**独王太后母弟田蚡，素善阿谀，颇得武帝亲信。从前尚有太皇太后，与蚡不合，**见前文。**至此已经病逝，毫无阻碍，所以蚡得进跻相位。向来小人情性，失志便谄，得志便骄，蚡既首握朝纲，并有王太后作为内援，当即起了骄态，作福作威，营大厦，置良田，广纳姬妾，厚储珍宝，四方货赂，辇集门庭，端的是安富尊荣，一时无两。**犹记前时贫贱时否？**每当入朝白事，坐语移时，言多见用，推荐人物，往往得为大吏至二千石，甚至所求无厌，惹得武帝也觉生烦，一日蚡又面呈荐牍，开列至十余人，要求武帝任用。武帝略略看毕，不禁作色道："母舅举用许多官吏，难道尚未满意么？以后须让我拣选数人。"蚡乃起座趋出。既而增筑家园，欲将考工地圈入，以便扩充。考工系少府属官。因再入朝面请，武帝又怫然道："何不径取武库？"说得蚡面颊发赤，谢过而退。为此种种情由，所以王恢一案，武帝不肯放松，越是太后母舅说情，越是要将王恢处死。田蚡权势虽隆，究竟拗不过武帝，只好作罢。

　　是时故丞相窦婴，失职家居，与田蚡相差甚远，免不得抚髀兴嗟。前时婴为大将军，声势赫濯，蚡不过一个郎官，奔走大将军门下，拜跪趋谒，何等谦卑，就是后来婴为丞相，蚡为太尉，名位上几乎并肩，但蚡尚自居后进，一切政议，推婴主持，不稍争忤。谁知时移势易，婴竟蹉跌，蚡得超升，从此不复往来，视同陌路，连一班亲戚僚友，统皆变了态度，只知趋承田氏，未尝过谒窦门，所以婴相形见绌，越觉不平。何不归隐。

　　独故太仆灌夫，却与婴沆瀣相投，始终交好，不改故态，婴遂视为知己，格外情深。灌夫自吴楚战后，见五十五回。还都为中郎将，迁任代相，武帝初，入为太仆，与长乐卫尉窦甫饮酒，忽生争论，即举拳殴甫，甫系窦太后兄弟，当然不肯罢休，便即入白宫中。武帝还怜灌夫忠直，忙将他外调出去，使为燕相，夫终使酒好气，落落难合，卒致坐法免官，仍然还居长安。他本是颍川人氏，家产颇饶，平时善交豪猾，食客常数十人，及夫出外为官，宗族宾客，还是倚官托势，鱼肉乡民。颍川人并有怨言，遂编出四句歌谣，使儿童唱着道："颍水清，灌氏宁，颍水浊，灌氏族。"夫在外多年，无暇顾问家事，到了免官以后，仍不欲退守家园，但在都中混迹。居常无事，辄至窦婴家欢叙。两人性质相同，所以引为至交。

　　一日夫在都游行，路过相府，自思与丞相田蚡，本是熟识，何妨闯将进去，看他如何相待？主见已定，遂趋入相府求见。门吏当即入报，蚡却未拒绝，照常迎入。谈了数语，便问夫近日闲居，如何消遣？夫直答道："不过多至魏其侯家，饮酒谈天。"蚡随口接入道："我也欲过访魏其侯，仲孺可愿同往否？"夫本字仲孺，听得蚡邀与同往，就应声说道："丞相肯辱临魏其侯家，夫愿随行。"蚡不过一句虚言，谁知灌夫竟要当起真来！乃注目视夫，见夫身著素服，便问他近有何丧？夫恐蚡寓有别意，又向蚡进说道："夫原有期功丧服，未便宴饮，但丞相欲过魏其侯家，夫怎敢以服为辞？当为丞相预告魏其侯，令他具酒守候，愿丞相明日蚤临，幸勿渝约！"蚡只好允诺。夫即告别，出了相府，匆匆往报窦婴。**实是多事。**

婴虽未夺侯封，究竟比不得从前，一呼百诺。既闻田蚡要来宴叙，不得不盛筵相待，因特入告妻室，赶紧预备，一面嘱厨夫多买牛羊，连夜烹宰，并饬仆役洒扫房屋，设具供张，足足忙了一宵，未遑安睡。一经天明，便令门役小心侍候。过了片刻，灌夫也即趋至，与窦婴一同候客。好多时不闻足音，仰瞩日光，已到晌午时候。婴不禁焦急，对灌夫说道："莫非丞相已忘记不成！"夫亦愤然道："那有此理！我当往迎。"说着便驰往相府，问明门吏，才知蚡尚高卧未起。勉强按着性子，坐待了一二时，方见蚡缓步出来。当下起立与语道："丞相昨许至魏其侯家，魏其侯夫妇，安排酒席，渴望多时了。"蚡本无去意，到此只好佯谢道："昨宵醉卧不醒，竟至失记，今当与君同往便了。"乃吩咐左右驾车，自己又复入内，延至日影西斜，始出呼灌夫，登车并行。窦婴已望眼欲穿，总算不虚所望，接着这位田丞相，延入大厅，开筵共饮。灌夫喝了几杯闷酒，觉得身体不快，乃离座起舞，舒动筋骸。未几舞罢，便语田蚡道："丞相曾善舞否？"蚡假作不闻。惹动灌夫酒兴，连问数语，仍不见答。夫索性移动座位，与蚡相接，说出许多讥刺的话儿。窦婴见他语带蹊跷，恐致惹祸，连忙起扶灌夫，说他已醉，令至外厢休息。待夫出去，再替灌夫谢过。蚡却不动声色，言笑自若。饮至夜半，方尽欢而归。**即此可见田蚡阴险。**

自有这番交际，蚡即想出一法，浼令宾佐籍福，至窦婴处求让城南田。此田系窦婴宝产，向称肥沃，怎肯让与田蚡？当即对着籍福，忿然作色道："老朽虽是无用，丞相也不应擅夺人田！"籍福尚未答言，巧值灌夫趋进，听悉此事，竟把籍福指斥一番。还是籍福气度尚宽，别婴报蚡，将情形概置不提，但向蚡劝解道："魏其侯年老且死，丞相忍耐数日，自可唾手取来，何必多费唇舌哩？"蚡颇以为然，不复提议。偏有他人讨好蚡前，竟将窦婴灌夫的实情，一一告知，蚡不禁发怒道："窦氏子尝杀人，应坐死罪；亏我替他救活，今向他乞让数顷田，乃这般吝惜么？况此事与灌夫何干，又来饶舌，我却不稀罕这区区田亩，看他两人能活到几时？"于是先上书劾奏灌夫，说他家属横行颍川，请即饬有司惩治。武帝答谕道："这本丞相分内事，何必奏请呢！"蚡得了谕旨，便欲捕夫家属，偏夫亦探得田蚡阴事，要想乘此讦发，作为抵制。原来蚡为太尉时，正值淮南王安入朝，蚡出迎霸上，密与安语道："主上未有太子，将来帝位，当属大王。大王为高皇帝孙，又有贤名，若非大王继立，此外尚有何人？"安闻言大喜，厚赠蚡金钱财物，托蚡随时留意。蚡原是骗钱好手。两下里订立密约，偏被灌夫侦悉，援作话柄，关系却是很大。何妨先发制人，径去告讦。蚡得着风声，自觉情虚，倒也未敢遽下辣手，当有和事老出来调停，劝他两面息争，才算罢议。

到了元光四年，蚡取燕王嘉刘泽子。女为夫人，由王太后颁出教令，尽召列侯宗室，前往贺喜。窦婴尚为列侯，应去道贺，乃邀同灌夫偕往。夫辞谢道："夫屡次得罪丞相，近又与丞相有仇，不如不往。"婴强夫使行。且与语道："前事已经人调解，谅可免嫌；况丞相今有喜事，正可乘机宴会，仍旧修好，否则将疑君负气，仍留隐恨了。"婴为灌夫所累，也是够了，此次还要叫他同行，真是该死！灌夫不得已与婴同行，一入相门，真是车马喧阗，说不尽的热闹。两人同至大厅，当由田蚡亲出相迎，彼此作揖行礼，自然没有怒容。未几便皆入席，田蚡首先敬客，挨次捧觞，座上俱不敢当礼，避席俯伏。窦婴灌夫，也只得随众鸣谦。嗣由座客举酒酬蚡，也是挨次轮流。待到窦婴敬酒，只有故人避席，余皆膝席。古人尝席地而坐，就是宾朋聚宴，也是如此。膝席是膝跪席上，聊申敬意，比不得避席的谦恭。灌夫瞧在眼里，已觉得座客势利，心滋不悦，及轮至灌夫敬酒，到了田蚡面前，蚡亦膝席相答，且向夫说道："不能满觞！"夫忍不住调笑道："丞相原是当今贵人，但此觞亦应毕饮。"蚡不肯依言，勉强喝了一半。夫不便再争，乃另敬他客，依次挨到临汝侯灌贤。灌贤方与程不识密谈，并不避席。夫正怀怒意，便借贤泄忿，开口骂道："平日毁程不识不值一钱，今日长者敬酒，反效那儿女子态，絮絮耳语么？"灌贤未及答言，蚡却从旁插嘴道："程李尝并为东西宫卫尉，今当众毁辱程将军，独不为李将军留些余地，未免欺人？"这数语明是双方挑衅，因灌夫素推重李广，所以把程李一并提及，使他结怨两人。偏灌夫性子发作，不肯少耐，竟张目厉声道："今日便要斩头洞胸，夫也不怕！顾什么程将军，李将军？"狂夫任性，有何好处？座客见灌夫闹酒，大杀风景，遂托词更衣，陆续散去。窦婴见夫已惹祸，慌忙用手挥夫，令他出去。谁叫你邀他同来？

夫方趋出，蚡大为懊恼，对众宣言道："这是我平时骄纵灌夫，反致得罪座客，今日不能不稍加惩戒了！"说着，即令从骑追留灌夫，不准出门，从骑奉命，便将灌夫牵回。籍福时亦在座，出为劝解，并使灌夫向蚡谢过。夫怎肯依从？再由福按住夫项，迫令下拜，夫越加动怒，竟将福一手推开。蚡至此不能再忍，便命从骑缚住灌夫，迫居传舍。座客等未便再留，统皆散去，窦婴也只好退归。蚡却召语长史道："今日奉诏开宴，灌夫乃敢来骂座，明明违诏不敬，应该劾奏论罪！"好一个大题目。长史自去办理，拜本上奏。蚡自思一不做，二不休，索性追究前事，遣吏分捕灌夫宗族，并皆论死。一面把灌夫徙系狱室，派人监守。断绝交通。灌夫要想告讦田蚡，无从得出，只好束手待毙。

独窦婴返回家中，自悔从前不该邀夫同去，现既害他入狱，理应挺身出救。婴妻在侧，问明大略，亟出言谏阻道："灌将军得罪丞相，便是得罪太后家，怎可救得？"婴喟然道："一个侯爵，自我得来，何妨自我失去？我怎忍独生，乃令灌仲孺独死？"说罢，即自入密室，缮成一书，竟往朝堂呈入。有顷，即由武帝传令进见。婴谒过武帝，便言灌夫醉后得罪，不应即诛。武帝点首，并赐婴食，且与语道："明日可至东朝辩明便了。"婴拜谢而出。

到了翌晨，就遵着谕旨，径往东朝。东朝便是长乐宫，为王太后所居，田蚡系王太后母弟，武帝欲审问此案，也是不便专擅，所以会集大臣，同至东朝决狱。婴驰入东朝，待了片刻，大臣陆续趋集，连田蚡也即到来。未几便由武帝御殿，面加质讯，各大臣站列两旁，婴与蚡同至御案前，辩论灌夫曲直。为这一番讼案，有分教：

　　　　刺虎不成终被噬，飞蛾狂扑自遭灾。

欲知两人辩论情形，俟至下回再表。

王恢之应坐死罪，前回中已经评论，姑不赘述。唯田蚡私受千金，即恳太后代为缓颊。诚使武帝明哲，便当默察几微，撤蚡相位，别用贤良，岂徒拒绝所请，即足了事耶？况壹意诛恢，亦属有激使然。非真知有公不知有私也。窦婴既免相职，正可退居林下，安享天年，乃犹涸迹都中，流连不去，果胡为者！且灌夫好酒使性，引与为友，益少损多，无端而亲田蚡，无端而忤田蚡，又无端而仇田蚡，卒至招尤取辱，同归于尽，天下之刚愎自用者，皆可作灌夫观！天下之游移无主者，亦何不可作窦婴观也？田蚡不足责，窦婴灌夫，其亦自贻伊戚乎！

第二十九回

 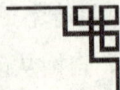

遭鬼祟田蚡毙命
抚夷人司马扬镳

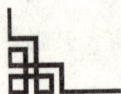 

却说窦婴田蚡，为了灌夫骂座一事，争论廷前。窦婴先言灌夫曾有大功，不过醉后忘情，触犯丞相，丞相竟挟嫌诬控，实属非是。田蚡却继陈灌夫罪恶，极言夫纵容家属，私交豪猾，居心难问，应该加刑，两人辩论多时，毕竟窦婴口才，不及田蚡，遂致婴忍耐不住，历言蚡骄奢无度，贻误国家。蚡随口答辩道："天下幸安乐无事，蚡得叨蒙恩遇，置田室，备音乐，畜倡优，弄狗马，坐享承平，但却不比那魏其灌夫，日夜招聚豪猾，秘密会议，腹诽心谤，仰视天，俯画地，睥睨两宫间，喜乱恶治，冀邀大功。这乃蚡不及两人，望陛下明察！"舌上有刀。武帝见他辩论不休，便顾问群臣，究竟孰是孰非？群臣多面面相觑，未敢发言。只御史大夫韩安国启奏道："魏其谓灌夫为父死事，只身荷戟，驰入吴军，身被数十创，名冠三军，足为天下壮士，现在并无大恶，不过杯酒争论，未可牵入他罪，诛戮功臣，这言也未尝不是。丞相乃说灌夫通奸猾，虐细民，家资累万，横恣颍川，恐将来枝比干大，不折必披，丞相言亦属有理。究竟如何处置，应求明主定夺！"武帝默然不答，又有主爵都尉汲黯，及内史郑当时，相继上陈，颇为窦婴辩护，请武帝曲宥灌夫。蚡即怒目注视两人，汲黯素来刚直，不肯改言，郑当时生得胆小，遂致语涉游移。武帝也知田蚡理屈，不过碍着太后面子，未便斥蚡，因借郑当时泄忿道："汝平日惯谈魏其武安长短，今日廷论，乃局促效辕下驹，究怀何意，我当一并处斩方好哩！"郑当时吓得发颤，缩做一团，此外还有何人，再敢饶舌，乐得寡言免尤。保身之道莫逾于此。武帝拂袖起座，掉头趋入，群臣自然散归，窦婴亦去。

田蚡徐徐引退，走出宫门，见韩安国尚在前面，便呼与同载一车，且呼安国表字道："长孺，汝应与我共治一秃翁，窦婴年老发秃。为何首鼠两端？"首鼠系一前一却之意。安国沉吟半晌，方答说道："君何不自谦？魏其既说君短，君当免冠解印，向主上致谢道：'臣幸托主上肺腑，待罪宰相，愧难胜任，魏其所言皆是，臣愿免职。'如此进说，主上必喜君能让，定然慰留，魏其亦自觉怀惭，杜门自杀。今人毁君短，君亦毁人，好似乡村妇孺，互相口角，岂不是自失大体么？"田蚡听了，也觉得自己性急，乃对韩安国谢过道："争辩时急不暇择，未知出此。长孺幸勿怪我呢！"及田蚡还第，安国当然别去，蚡回忆廷争情状，未能必胜，只好暗通内线，请太后出来作主，方可推倒窦婴。乃即使人进白太后，求为援助。

王太后为了此事，早已留心探察，闻得朝议多袒护窦婴，已是不悦，及蚡使人入白，越觉动怒，适值武帝入宫视膳，太后把箸一掷，顾语武帝道："我尚在世，人便凌践我弟，待我百年后，恐怕要变做鱼肉了！"妇人何知大体？武帝忙上前谢道："田窦俱系外戚，故须廷论；否则并非大事，一狱吏便能决断了。"王太后面色未平，武帝只得劝她进食，说是当重惩窦婴。及出宫以后，郎中令石建复与武帝详言田窦事实，武帝原是明白，但因太后力护田蚡，不得不从权办理。事父母几谏，岂可专徇母意？乃再使御史召问窦婴，责他所言非实，拘留都司空署内。都司空系汉时宗正属官。婴既被拘，怎能再营救灌夫，有司希承上旨，竟将灌夫拟定族诛。这消息为婴所闻，越加惊惶，猛然记得景帝时候，曾受遗诏云："事有不便，可从便宜上白。"此时无法解免，只好把遗诏所言，叙入奏章，或得再见武帝，申辩是非。会有从子入狱探视，婴即与说明，从子便去照办，即日奏上。武帝览奏，命尚书复查遗诏，尚书竟称查无实据，只有窦婴家丞，封藏诏书，当系由婴捏造，罪当弃市等语。武帝却知尚书有意陷婴，留中不发，但将灌夫处死，家族骈诛，已算对得住太后母舅。待至来春大赦，便当将婴释放。婴闻尚书劾他矫诏，自知越弄越糟，不如假称风疾，绝粒自尽。嗣又知武帝未曾批准，还有一线生路，乃复饮食如常。那知田蚡煞是利害，只恐窦婴不死，暗中造出谣言，诬称婴在狱怨望，肆口讪谤。一时传入宫中，致为武帝所闻，不禁怒起，饬令将婴斩首，时已为十二月晦日。可怜婴并无死罪，冤冤枉枉地被蚡播弄，陨首渭城，就是灌夫触忤田蚡，也没有什么大罪，偏把他身诛族灭，岂非奇冤，两道冤气，无从伸雪，当然要扑到田蚡身上，向他索命。

元光五年春月，蚡正志得气骄，十分快活，出与诸僚吏会聚朝堂，颐指气使，入与新夫人食前方丈，翠绕珠围，朝野上下，那个敢动他毫毛，偏偏两冤鬼寻入相府，互击蚡身，蚡一声狂叫，扑倒地上，接连呼了几声知罪，竟致晕去，妻妾仆从等，慌忙上前施救，一面延医诊治，闹得一家不宁，好多时才得苏醒。还要他吃些苦楚，方肯死去。口眼却能开闭，身子却不能动弹。当由家人舁至榻上，昼夜呻吟，只说浑身尽痛，无一好肉。有时狂言谵语，无非连声乞怨，满口求饶。家中虽不见有鬼魅，却亦料他为鬼所祟，代他祈祷，始终无效。武帝亲往视疾，也觉得病有奇异，特遣术士看验虚实，复称有两鬼为祟，更迭笞击，一是窦婴，一是灌夫，武帝叹息不已，就是王太后亦追悔无及。约莫过了三五天，蚡满身青肿，七窍流血，呜呼毕命！报应止及一身。还是田氏有福。武帝乃命平棘侯薛泽为丞相，待后再表。

且说武帝兄弟，共有十三人，皆封为王，临江王阏早死，接封为故太子荣，被召自杀，江都王非，广川王越，清河王乘，亦先后病亡。累见前文。尚有河间王德，鲁王余，胶西王端，赵王彭祖，中山王胜，长沙王发，胶东王寄，常山王舜，受封就国，并皆无恙。就中要算河间王德，为最贤，德修学好古，实事求是，尝购求民间遗书，不吝金帛，因此古文经籍，先秦旧书，俱由四方奉献，所得甚多。平时讲习礼乐，被服儒术，造次不敢妄为，必循古道。元光五年，入朝武帝，面献雅乐，对三雍宫，辟雍，明堂，灵台，号三雍宫，对字联属下文。及诏策所问三十余事，统皆推本道术，言简意赅。武帝甚为嘉叹，并饬太常就肄雅声，岁时进奏。已而德辞别回国，得病身亡，中尉常丽，入都讣丧，武帝不免哀悼，且称德身端行治，应予美谥。有司应诏复陈，援据谥法，谓聪明睿知曰献，可即谥为献王，有诏依议，令王子不害嗣封。河间献王，为汉代贤王之一。故特笔提叙。

河间与鲁地相近，鲁秉礼义，尚有孔子遗风，只鲁王余，自淮阳徙治，不好文学，只喜宫室狗马等类，甚且欲将孔子旧宅，尽行拆去，改作自己宫殿。当下亲自督工，饬令毁壁，见壁间有藏书数十卷，字皆作蝌蚪文，鲁王多不认识，却也称奇。嗣入孔子庙堂，忽听得钟磬声，琴瑟声，同时并作，还疑里面有人作乐，及到处搜寻，并无人迹，唯余音尚觉绕梁，吓得鲁王余毛发森竖，慌忙命工罢役，并将坏壁修好，仍使照常，所有壁间遗书，给还孔裔，上车自去。相传遗书为孔子八世孙子襄所藏，就是《尚书》《礼记》《论语》《孝经》等书，当时欲避秦火，因将原简置入壁内，至此才得发现，故后人号为壁经。毕竟孔圣有灵，保全祠宇。鲁王余经此一吓，方不敢藐视儒宗。但旧时一切嗜好，相沿不改，费用不足，往往妄取民间。亏得鲁相田叔，弥缝王阙，稍免怨言。田叔自奉命到鲁，见前文。便有人民拦舆诉讼，告王擅夺民财，田叔佯怒道："王非汝主么？怎得与王相讼！"说着，即将为首二十人，各笞五十，余皆逐去。鲁王余得知此事，也觉怀惭，即将私财取出，交与田叔，使他偿还人民。还是好王。田叔道："王从民间取来，应该由王自偿。否则，王受恶名，相得贤声？窃为王不取哩！"鲁王依言，乃自行偿还，不再妄取。独逐日游畋，成为习惯。田叔却不加谏阻，唯见王出猎，必然随行，老态龙钟，动致喘息。鲁王余却还敬老，辄令他回去休息。他虽当面应允，步出苑外，仍然露坐相待。有人入报鲁王，王仍使归休，终不见去。待至鲁王猎毕，出见田叔，问他何故留着？田叔道："大王且暴露苑中，臣何敢就舍？"说得鲁王难以为情，便同与载归，稍知敛迹。未几田叔病逝，百姓感他厚恩，凑集百金，送他祭礼。叔少子仁，却金不受，对众作谢道："不敢为百金累先人名！"众皆叹息而退。鲁王余也得优游卒岁，不致负疚。这也是幸得田叔，辅导有方，所以保全富贵，颐养终身哩。叙入此段，全为田叔扬名。

武帝因郡国无事，内外咸安，乃复拟戡定蛮夷，特遣郎官司马相如，往抚巴蜀，通道西南。先是王恢出征闽越，见六十二回。曾使番阳令唐蒙，慰谕南越，南越设席相待，肴馔中有一种枸酱，味颇甘美。枸亦作蒟，音矩，草名，缘木而生，子可作酱。蒙问明出处，才知此物由牂牁江运来。牂牁江西达黔中，距南越不下千里，输运甚艰，如何南越得有此物？所以蒙虽知出处，尚觉怀疑。及返至长安，复问及蜀中贾人，贾人答道："枸酱出自蜀地，并非出自黔中，不过土人贪利，往往偷带此物，卖与夜郎国人。夜郎是黔中小国，地临牂牁江，尝与南越交通，由江往来，故枸酱遂得送达。现在南越屡出财物，羁縻夜郎，令为役属，不过要他甘心臣服，尚非易事呢。"蒙听了此言，便想拓地徼功，即诣阙上书，略云：

南越王黄屋左纛，地东西万余里，名为外臣，实一州主也。今若就长沙豫章，通道南越，水绝难行。窃闻夜郎国所有精兵，可得十万，浮舰牂牁，出其不意，亦制越一奇也。诚以大汉之强，巴蜀之饶，通夜郎道，设官置吏，则取南越不难矣。谨此上闻。

武帝览书，立即允准，擢蒙为中郎将，使诣夜郎。蒙多带缯帛，调兵千人为卫，出都南下。沿途经过许多险阻，方至巴地笮关，再从笮关出发，才入夜郎国境。夜郎国王，以竹为姓，名叫多同，向来僻处南方，世人号为南夷。南夷部落，约有十余，要算夜郎最大。素与中国不通闻问，所以夜郎王坐井观天，还道是世界以上，唯我独尊。后世相传夜郎自大，便是为此。及唐蒙入见，夜郎王多同，得睹汉官威仪，才觉相形见绌。蒙更极口铺张。具说汉朝如何强盛，如何富饶，又把缯帛取置帐前，益显得五光十色，锦绣成章。夜郎王见所未见，闻所未闻，不由得瞠目伸舌，愿听指挥。*比南越何如？* 蒙乃叫他举国内附，不失侯封，并可使多同子为县令，由汉廷置吏为助。多同甚喜，召集附近诸部酋，与他们说明。各部酋见汉缯帛，统是垂涎，且因汉都甚远，料不至发兵进攻，乃皆怂恿多同，请依蒙约。多同遂与蒙订定约章，蒙即将缯帛分给，告别还都。入朝复命，武帝闻报，遂特置键为郡，统辖南夷，复命蒙往治道路，由僰*音帛*道直达牂牁江。蒙再至巴蜀，调发士卒，督令治道，用着军法部勒，不得少懈，逃亡即诛。地方百姓，大加惶惑，遂至讹言百出，物议沸腾。

事为武帝所闻，不得不另派妥员，出去宣抚，自思司马相如本是蜀人，应该熟悉地方情形，派令出抚，较为妥当。乃使相如赴蜀，一面责备唐蒙，一面慰谕人民。相如驰至蜀郡，凭着那梨花妙手，作了一篇檄文，晓谕各属，果得地方谅解，渐息浮言。*莫谓毛锥无用。* 可巧西夷各部，闻得南夷内附，多蒙赏赐，也情愿仿照办法，归属汉朝，当即与蜀中官吏通书，表明诚意，官吏自然奏闻。武帝正拟派使调查，适相如由蜀还朝，正好问明原委。相如奏对道："西夷如邛莋*音昨*。冉駹，并称大部，地近蜀郡，容易交通，秦时尝通道置吏，尚有遗辙。今若规复旧制，更置郡县。比南夷还要较胜哩。"武帝甚喜，即拜相如为中郎将，持节出使，令王然于壶充国吕越人为副，分乘驿车四辆，往抚西夷。

此次相如赴蜀，与前次情形不同。前次官职尚卑，又非朝廷特派正使，所以地方官虽尝迎送，不过照例相待，没甚殷勤。到了此次出使，前导后呼，拥旌旄，饰舆卫，声威赫濯，冠冕堂皇。一入蜀郡，太守以下，俱出郊远迎，县令身负弩矢，作为前驱。道旁士女，无不叹羡，就是临邛富翁卓王孙，亦邀同程郑诸人，望风趋集，争献牛酒。相如尚高自位置，托言皇命在身，不肯轻与相见。卓王孙等只好恳求从吏，表示殷勤。相如才不便却还牛酒，特使从吏向他复报，全数收受。卓王孙还道相如有情，竟肯赏受，自觉得叨受光荣，对着同来诸亲友，喟然叹息道："我不意司马长卿，果有今日！"诸亲友齐声附和，盛称文君眼光，毕竟过人。就是卓王孙拈须自思，也悔从前目光短小，未知当筵招赘，以致诸多唐突，不但对不住相如，并且对不住自己女儿！并非从前寡识，实是始终势利，故先后不同。于是顺道访女，即将文君接回临邛。昔日当垆，今日乘轩，也不枉一番慧眼，半世苦心。褒中寓贬。卓王孙复分给家财，与子相等。红颜有幸，因贵致富，相如亦得为妻吐气，安心西行。及驰入西夷境内，也是照着唐蒙老法，把车中随带的币物，使人赍去，分给西夷。邛筰冉駹各部落，原是为了财帛，来求内附。此时既得如愿，当然奉表称臣。于是拓边关，广绝域，西至沫若水，南至牂牁江，凿灵山道，架桥孙水，直达邛都。共设一都尉，十县令，归蜀管辖。规画已毕，仍从原路回蜀。

蜀中父老，本谓相如凿通西夷。无甚益处。原是无益。经相如作文诘难，蜀父老始不敢多言。卓王孙闻相如归来，亟将文君送至行辕，夫妻相见，旧感新欢，不问可知。相如遂挈文君至长安，自诣朝堂复命。武帝大悦，慰劳有加，相如亦沾沾自喜，渐有骄色。偏同僚从旁加忌，劾他出使时私受赂金，竟致坐罪免官。相如遂与文君寓居茂陵，不复归蜀。后来武帝又复记着，再召为郎。偶从武帝至长杨宫射猎，武帝膂力方刚，辄亲击熊豕，驰逐野兽，相如上书谏阻，颇合上意，乃罢猎而还。路过宜春宫，系是秦二世被弑处，相如又作赋凭吊，奏闻武帝。武帝览辞叹赏，因拜相如为孝文园令。既而武帝好仙，相如又呈入一篇《大人赋》，借讽作规。武帝见相如文，往往称为奇才。才人多半好色，相如前时勾动文君，全为好色起见，及文君华色渐衰，相如又有他念，欲纳茂陵女为妾，嗣得文君"白头吟"，责他薄幸，方才罢议。未几消渴病发，乞假家居，好多时不得入朝。忽由长门宫遣出内侍，赍送黄金百斤，求相如代作一赋。相如问明来使，得悉原因，免不得挥毫落墨，力疾成文。小子有诗叹道：

富贵都从文字邀，入都献赋姓名标。

词人翰墨原推重，可惜长门已寂廖！

究竟相如作赋，是为何人费心，待至下回再叙。

鬼神非尽有凭，而报应却真不爽，田蚡以私憾而族灌夫，杀窦婴，假使作威作福，长享荣华，则世人尽可逞习，何苦行善？观其暴病之来，非必窦婴灌夫之果为作祟，然天夺之魄而益其疾，使其自呼服罪，痛极致亡，乃知善恶昭彰，无施不报，彼田蚡之但毙一身，未及全族，吾犹不能不为窦灌呼冤也。西南夷之通道，议者辄以好大喜功，为汉武咎，吾谓拓边之举，非不可行，误在知拓土而不知殖民，徒买服而未尝柔服耳。若司马相如之入蜀，蜀中守令，郊迎前驱，卓王孙辈，争送牛酒，恍如苏季之路过洛阳，后先一辙。炎凉世态，良可慨也！本回曲笔描摹，觉流俗情形，跃然纸上。

第三十回

窦太主好淫甘屈膝

公孙弘变节善承颜

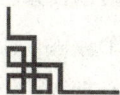

却说司马相如，因病家居，只为了长门宫中，赠金买赋，不得已力疾成文，交与来使带回。这赋叫做《长门赋》，乃是皇后被废，尚思复位，欲借那文人笔墨，感悟主心，所以不惜千金，购求一赋。皇后为谁？就是窦太主女陈阿娇。陈后不得生男，又复奇妒，自与卫子夫争宠后，竟失武帝欢心。见前文。子夫越加得宠，陈后越加失势，穷极无聊，乃召入女巫楚服，要她设法祈禳，挽回武帝心意。楚服满口承认，且自夸玄法精通，能使指日有效。陈后是个女流见识，怎知她妄语骗钱？便即叫她祈祷起来。楚服遂号召徒众，设坛斋醮，每日必入宫一二次，喃喃诵咒，不知说些什么话儿。好几月不见应验，反使武帝得知消息，怒不可遏，好似火上添油一般。当下彻底查究，立将楚服拿下，饬吏讯鞫，一吓二骗，不由楚服不招，依词定谳，说她为后咒诅，大逆无道，罪应枭斩。此外尚有一班徒众，及宫中女使太监，统皆连坐，一概处死。这篇谳案奏将上去，武帝立即批准，便把楚服推出市曹，先行枭首，再将连坐诸人，悉数牵出，一刀一个，杀死至三百余人。楚服贪财害命，咎由自取，必连坐至三百余人，冤乎不冤？陈后得报，吓得魂不附体，数夜不曾合眼，结果是册书被收，玺绶被夺，废徙长门宫，窦太主也觉惭惧，忙入宫至武帝前，稽颡谢罪。武帝尚追念旧情，避座答礼，并用好言劝慰，决不令废后吃苦，窦太主乃称谢而出。

本来窦太主是武帝姑母，且有拥立旧功，应该入宫谯责，为何如此谦卑，甘心屈膝？说来又有一段隐情，从头细叙，却是汉史中的秽闻。窦太主尝养一弄儿，叫做董偃。偃母向以卖珠为业，得出入窦太主家，有时挈偃同行，进谒太主。太主见他童年貌美，齿白唇红，不觉心中怜爱。询明年龄，尚只一十三岁，遂向偃母说道："我当为汝教养此儿。"偃母听了此言，真是喜从天降，忙即应声称谢。窦太主便留偃在家，令人教他书算，并及骑射御车等事。偃却秀外慧中，有所授受，无不心领神会，就是侍奉窦太主，亦能曲承意旨，驯谨无违。光阴易过，又是数年，窦太主夫堂邑侯陈午病殁，一切丧葬，皆由偃从中襄理。井井有条。窦太主年过五十，垂老丧夫，也是意中情事，算不得什么苦孀。偏她生长皇家，华衣美食，望去尚如三十许人，就是她的性情，也还似中年时候，不耐嫠居。可巧得了一个董偃，年已十八，出落得人品风流，多能鄙事，自从陈午逝世，偃更穿房入户，不必避嫌。窦太主由爱生情，居然降尊就卑，引同寝处。偃虽然不甚情愿，但主人有命，未敢违慢，只好勉为效力，日夕承欢。老妇得了少夫，自然惬意，当即替他行了冠礼，肆筵设席，备极奢华。**不如行合婚礼，较为有名。**一班趋炎附势的官僚，相率趋贺。区区卖珠儿，得此奇遇，真是梦想不到。窦太主恐贻众谤，且令偃广交宾客，笼络人心，所需资财，任令恣取，必须每日金满百斤，钱满百万，帛满千匹，方须由自己裁夺。偃好似得了金窟，取不尽，用不竭，乐得任情挥霍，遍结交游。就是名公臣卿，亦与往来，统称偃为董君。

安陵人袁叔，系袁盎从子，与偃友善，无隐不宣。一日密与偃语道："足下私侍太主，蹈不测罪，难道能长此安享么？"偃被他提醒。颦眉问计。袁叔道："我为足下设想，却有一计在此，顾城庙系汉祖祠宇，**文帝庙。**旁有揪竹籍田，主上岁时到此，恨无宿宫，可以休息。准窦太主长门园与庙相近，足下若预白太主，将此园献与主上，主上必喜，且知此意出自足下，当然记功赦过，足下便可高枕无忧了。"偃欣然受教，入告窦太主，窦太主也是乐从，当日奉书入奏，愿献长门园，果然武帝改园为宫，袁叔却从中取巧，坐得窦太主赠金一百斤。**可谓计中有计。**

已而陈后被废，出居长门宫中，尚觉生死难卜，窦太主为亲女计，复为自己计，没奈何婢颜奴膝，入求武帝，至武帝面加慰谕，方才安心回家。袁叔复替偃画策，再向偃密进秘谋，偃即转告窦太主，令她装起假病，连日不朝。武帝怎知真伪？亲自探疾，问她所欲，窦太主故意唏嘘，且泣且谢道："妾蒙陛下厚恩，先帝遗德，列为公主，赏赐食邑，天高地厚，愧无以报，设有不测，先填沟壑，遗恨实多！故窃有私愿，愿陛下政躬有暇，养精游神，随时临妾山林，使妾得奉觞上寿，娱乐左右，妾虽死亦无恨了！"武帝答说道："太主何必忧虑，但愿早日病愈，自当常来游宴，不过群从太多，免不得要太主破费哩。"窦太主谢了又谢，武帝即起驾还宫。过了数日，窦太主便自称病愈，进见武帝。武帝却命左右取钱千万，给与窦太主，一面设宴与饮。席间谈笑，暗寓讽词，窦太主知他言中有意，却也未尝抵赖，含糊答了数语，宴毕始归。又阅数日，武帝果亲临窦太主家，窦太主闻御驾将到，急忙脱去华衣，改穿贱服，下身着了一条蔽膝的围裙，仿佛与灶下婢相似，乃出门伫候，待至武帝到来，伛偻迎入，登阶就座。武帝见她这般服饰，已是一眼窥透，便笑语窦太主道："愿谒主人翁！"天子无戏言，奈何武帝不知？窦太主听着，不禁赧颜，下堂跪伏，自除簪珥，脱履叩首道："妾自知无状，负陛下恩，罪当伏诛，陛下不忍加刑，愿顿首谢罪！"亏她老脸。武帝又微笑道："太主不必多礼，且请主人翁出来，自有话说。"窦太主乃起，戴簪著履，步往东厢，引了董偃，前谒武帝。偃首戴绿帻，臂缠青韝，皆厨人服。随窦太主至堂下，惶恐匍伏。窦太主代为致辞道："馆陶公主庖人臣偃，昧死拜谒！"好一个厨宰。武帝笑着，特为起座，嘱赐衣冠，上堂与宴。偃再拜起身，入著衣冠。窦太主吩咐左右，开筵飨帝，奉食进觞，偃亦出来进爵，武帝一饮而尽，且顾左右斟酒，回敬主人，并命与窦太主分坐侍饮。居然是敕赐为夫妇。窦太主格外献媚，引动武帝欢心，饮至日落西山，方才撤席。及车驾将行，窦太主又献出许多金银杂缯，请武帝颁赐将军列侯从官，武帝应声称善，顾命从骑搬运了去。次日即传诏分赐，大众得了财帛，都感窦太主厚惠，无不倾心。窦太主本来贪财，所以平时积贮，不可胜计，且自窦太后去世，遗下私财，都归窦太主受用，此次为了董偃一人，却毫不吝惜，买动舆情，俗语有言，钱可通灵，无论何等人物，总教慷慨好施，自然人人凑奉，争相趋集。况且偃一时贵宠，连天子都叫他主人翁，还有何人再敢轻视？因此远近闻风，争投董君门下，其实这般做作，统是袁叔教他的妙计。总束一句。不烦琐叙。

窦太主既显出丑事，遂公然带偃入朝。武帝亦爱偃伶俐，许得自由往返，偃从此出入宫禁，亲近天颜，尝从武帝游戏北宫，驰逐平乐，系上林苑中台观名。狎狗马，戏蹴鞠，大邀主眷。会窦太主复入宫朝谒，武帝特为置酒宣室，召偃共饮，与主合欢。

可巧东方朔执戟为卫，侍立殿侧，闻武帝使人召偃，亟置戟入奏道："董偃有斩罪三，怎得进来？"武帝问为何因？朔申说道："偃以贱臣私侍太主，便是第一大罪；败常渎礼，敢违王制，便是第二大罪；陛下春秋日富，正应披览六经，留心庶政，偃不遵经劝学，反以靡丽纷华，蛊惑陛下，是乃国家大贼，人主火蜮，罪无逾此，死有余辜！陛下不责他三罪，还要引进宣室，臣窃为陛下生忧哩！"朝阳鸣凤。武帝默然不应，良久方答说道："此次不妨暂行，后当改过。"朔正色道："不可不可！宣室为先帝正殿，非正人不得引入，自来篡逆大祸，多从淫乱酿成，竖刁为淫，齐国大乱，庆父不死，鲁难未平，陛下若不预防，祸胎从此种根了！"武帝听说，也觉悚然，当即点首称善，移宴北宫，命董偃从东司马门入宴，改称东司马门为东交门。改名曰交，适自增丑。唯武帝天姿聪颖，一经旁人提醒，便知董偃不是好人，赐朔黄金三十斤，不复宠偃。后来窦太主年逾六十，渐渐的头童齿豁，不合浓妆，董偃甫及壮年，怎肯再顾念老妪，不去寻花问柳？窦太主怨偃负情，屡有责言，武帝乘机罪偃，把他赐死。偃年终三十，窦太主又活了三五年，然后病殁。武帝竟令二人合葬霸陵旁。霸陵即文帝陵，见前文。

只废后陈氏，心尚未死，暗思老母做出这般歹事，尚能巧计安排，不致获谴，自己倘能得人斡旋，或即挽回主意，亦未可知，犹记从前在中宫时，尝闻武帝称赞相如，因此不惜重金，买得一赋，命宫人日日传诵，冀为武帝所闻，感动旧念。那知此事与乃母不同，乃母所为，无人作梗，自己有一卫氏在内，做了生死的对头，怎肯令武帝再收废后？所以"长门赋"虽是佳文，挽不转汉皇恩意，不过陈氏的饮食服用，总由有司按时拨给，终身无亏。到了窦太主死后，陈氏愈加悲郁，不久亦即病死了。收束净尽。

话分两头，且说陈废后巫蛊一案，本来不至株连多人，因有侍御史张汤参入治狱，主张严酷，所以锻炼周纳，连坐至三百余名。汤系杜陵人氏，童年敏悟，性最刚强。乃父尝为长安丞，有事外出，嘱汤守舍。汤尚好嬉戏，未免疏忽。至乃父回来，见厨中所藏食肉，被鼠啮尽，不禁动怒，把汤笞责数下。汤为鼠遭笞，很不甘心，遂熏穴寻鼠。果有一鼠跃出，被汤用铁网罩住，竟得捕获。穴中尚有余肉剩着，也即取出，戏做一篇谳鼠文，将肉作证，处他死刑，磔毙堂下。父见他谳鼠文辞，竟与老狱吏相似，暗暗惊奇，当即使习刑名，抄写案牍。久久练习，养成一个法律家。嗣为中尉宁成掾属。宁成为有名酷吏，汤不免效尤，习与性成，尚严务猛。及入为侍御史，与治巫蛊一案，不管人家性命，一味罗织，害及无辜。武帝还道他是治狱能手，升任大中大夫，同时又有中大夫赵禹，亦尚苛刻，与汤交好，汤尝事禹如兄，交相推重，武帝遂令两人同修律令，加添则例，特创出见知故纵法，钳束官僚。凡官吏见人犯法，应即出头告发，否则与犯人同罪，这就是见知法。问官断狱，宁可失入，不可失出，失出便是故意纵犯，应该坐罪，这叫作故纵法。自经两法创行，遂致狱讼繁苛，赭衣满路。汤又巧为迎合，见武帝性好文学，就附会古义，引作狱辞。又请令博士弟子，分治《尚书》《春秋》。

《春秋》学要算董仲舒，武帝即位，曾将他拔为首选，出相江都。**见前文。**江都王非，本来骄恣不法，经仲舒从旁匡正，方得安分终身。那知有功不赏，反且见罚，竟因别案牵连，被降为中大夫。**无非是不善逢迎。**建元六年，辽东高庙及长陵高园殿两处失火，仲舒援据春秋，推演义理。属稿方就，适辩士主父偃过访，见着此稿，竟觑隙窃去，背地奏闻。武帝召示诸儒，儒生吕步舒，本是仲舒弟子，未知稿出师手，斥为下愚。偃始说出仲舒所作，且劾他语多讥刺，遂致仲舒下狱，几乎论死。**偃之阴险如此，怎能善终？**幸武帝尚器重仲舒，特诏赦罪，仲舒乃得免死。但中大夫一职，已从此褫去了。

先是菑川人公孙弘，与仲舒同时被征，选为博士，嗣奉命出使匈奴，还白武帝，不合上意，没奈何托病告归。至元光五年，复征贤良文学诸士，菑川国又推举公孙弘。弘年将八十，精神尚健，筋力就衰，且经他前次蹉跌，不愿入都，无奈国人一致怂恿，乃襆被就道，再至长安，谒太常府中对策。太常先评甲乙，见他语意近迂，列居下第，仍将原卷呈入。偏武帝特别鉴赏，擢居第一，随即召入，面加咨询。弘预为揣摩，奏对称旨，因复拜为博士，使待诏金马门。齐人辕固，时亦与选，年已九十有余，比弘貌还要高古。弘颇怀妒意，侧目相视。辕固本与弘相识，便开口戒弘道："公孙子，务正学以立言，毋曲学以阿世！"弘佯若不闻，掉头径去。辕固老不改行，前为窦太后所不容，**见前文。**此次又为公孙弘等所排斥，仍然罢归。独公孙弘重入都门，变计求合，曲意取容，第一着是逢迎主上，第二着是结纳权豪。他见张汤方得上宠，屡次往访，与通声气。又因主爵都尉汲黯，为武帝所敬礼，亦特与结交。

汲黯籍隶濮阳，世为卿士，生平治黄老言，不好烦扰，专喜谅直。初为谒者，旋迁中大夫，继复出任东海太守，执简御民，卧病不出，东海居然大治。武帝闻他藉藉有声。又诏为主爵都尉。名列九卿。当田蚡为相时，威赫无比，僚吏都望舆下拜，黯不屑趋承，相见不过长揖，蚡亦无可如何。武帝尝与黯谈论治道，志在唐虞，黯竟直答道："陛下内多私欲，外施仁义，奈何欲效唐虞盛治呢！"一语中的。武帝变色退朝，顾语左右道："汲黯真一个憨人！"朝臣见武帝骤退，都说黯言不逊，黯朗声道："天子位置公卿，难道叫他来作谀臣，陷主不义么？况人臣既食主禄，应思为主尽忠，若徒爱惜身家，便要贻误朝廷了！"说毕，夷然趋出。武帝却也未尝加谴，及唐蒙与司马相如，往通西南夷，黯独谓徒劳无益，果然治道数年，士卒多死，外夷亦叛服无常。适公孙弘入都待诏，奉使往视，至还朝奏报，颇与黯议相同。偏武帝不信弘言，再召群臣会议，黯也当然在列。他正与公孙弘往来，又见弘与己同意，遂在朝堂预约，决议坚持到底，弘已直认不辞。那知武帝升殿，集众开议，弘竟翻去前调，但说由主圣裁。顿时恼动黯性，厉声语弘道："齐人多诈无信，才与臣言不宜通夷，忽又变议，岂非不忠！"武帝听着，便问弘有无食言？弘答谢道："能知臣心，当说臣忠；不知臣心，便说臣不忠！"老奸巨猾。武帝颔首退朝，越日便迁弘为左内史。未几又超授御史大夫。小子有诗叹道：

> 八十衰翁待死年，如何尚被利名牵！
> 岂因宣圣遗言在，求富无妨暂执鞭？

欲知后事如何，且至下回分解。

窦太主以五十岁老妪，私通十八岁弄儿，渎伦伤化，至此极矣。武帝不加惩戒，反称董偃为主人翁，是导人淫乱，何以为治？微东方朔之直言进谏，几何不封偃为堂邑侯也。张汤赵禹，以苛刻见宠，无非由迎合主心。公孙弘则智足饰奸，取容当世，以视董子辕固之守正不阿，固大相径庭矣。然笑骂由他笑骂，好官我自为之，古今之为公孙弘者，比比然也。于公孙弘乎何诛？

第三十一回

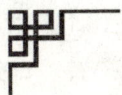

飞将军射石惊奇
愚主父受金拒谏

却说元光六年，匈奴兴兵入塞，杀掠吏民，前锋进至上谷，当由边境守将，飞报京师。武帝遂命卫青为车骑将军，带领骑兵万人，直出上谷，又使骑将军公孙敖，出代郡，轻车将军公孙贺出云中，骁骑将军李广出雁门。部下兵马，四路一律，李广资格最老，雁门又是熟路，总道是旗开得胜，马到成功。那知匈奴早已探悉，料知李广不好轻敌，竟调集大队，沿途埋伏，待广纵骑前来，就好将他围住，生擒活捉。广果自恃骁勇，当然急进，匈奴兵佯作败状，诱他入围，四面攻击，任汝李广如何善战，终究是寡不敌众，杀得势穷力竭，竟为所擒。匈奴将士，获得李广，非常欢喜，遂将广缚住马上，押去献功。广知此去死多活少，闭目设谋，约莫行了数十里，只听胡儿口唱凯歌，自鸣得意，偷眼一瞧，近身有个胡儿，坐着一匹好马，便尽力一挣，扯断绳索，腾身急起，跃上胡儿马背，把胡儿推落马下，夺得弓箭，加鞭南驰。胡兵见广走脱，回马急追，却被广射死数人，竟得逃归。代郡一路的公孙敖，遇着胡兵，吃了一个败仗，伤兵至七千余人，也即逃回。公孙贺行至云中，不见一敌，驻扎了好几日，闻得两路兵败，不敢再进，当即收兵回来，总算不折一人。独卫青出兵上谷，径抵笼城，匈奴兵已多趋雁门，不过数千人留着，被青驱杀一阵，却斩获了数百人，还都报捷。全是运气使然。武帝闻得四路兵马，两路失败，一路无功，只有卫青得胜，当然另眼相待，加封关内侯。公孙贺无功无过，置诸不问，李广与公孙敖，丧师失律，并应处斩，经两人出钱赎罪，乃并免为庶人，看官听说！这卫青初次领兵，首当敌冲，真是安危难料，偏匈奴大队，移往雁门，仅留少数兵士，抵敌卫青，遂使青得着一回小小胜仗。这岂不是福星照临，应该富贵么？李广替灾。

事有凑巧，他的同母姊卫子夫，选入宫中。接连生下三女，偏此次阿弟得胜，阿姊也居然生男。正是喜气重重。武帝年已及壮，尚未有子，此次专宠后房的卫夫人，竟得产下麟儿，正是如愿以偿，不胜快慰！三日开筵，取名为据，且下诏命立禖祠。古时帝喾元妃姜嫄，三妃简狄，皆出祀郊禖，得生贵子。姜嫄生弃，简狄生契。武帝仿行古礼，所以立祠祭神，使东方朔枚皋等作禖祝文，垂为纪念。一面册立卫子夫为皇后，满朝文武，一再贺喜，说不尽的热闹，忙不了的仪文。唯枚皋为了卫后正位，献赋戒终，却是独具只眼，言人未言。暗伏后文。武帝虽未尝驳斥，究不过视作闲文，没甚注意，并即纪瑞改元，称元光七年为元朔元年。是年秋月，匈奴又来犯边，杀毙辽西太守，掠去吏民二千余人，武帝方遣韩安国为材官将军，出戍渔阳。部卒不过数千，竟被胡兵围住，安国出战败绩，回营拒守，险些儿覆没全巢，还亏燕兵来援，方得突围东走，移驻右北平。武帝遣使诘责，安国且惭且惧，呕血而亡。讣闻都中。免不得择人接任，武帝想了多时，不如再起李广，使他防边。乃颁诏出去，授广为右北平太守。

广自赎罪还家，与故颍阴侯灌婴孙灌强，屏居蓝田南山中，射猎自娱。尝带一骑兵出饮，深夜方归，路过亭下，正值霸陵县尉巡夜前来，厉声喝止。广未及答言，从骑已代为报名，说是故李将军。县尉时亦酒醉，悍然说道："就是现任将军，也不宜犯夜，何况是故将军？"广不能与校，只好忍气吞声，留宿亭下，待至黎明，方得回家。未几即奉到朝命，授职赴任，奏调霸陵尉同行。霸陵尉无从推辞，过谒李广，立被广喝令斩首，广虽数奇，亦非大器。然后上书请罪，武帝方倚重广才，反加慰勉，因此广格外感奋，戒备极严。匈奴不敢进犯，且赠他一个美号，叫做飞将军。

右北平向多虎患，广日日巡逻，一面了敌，一面逐虎，靠着那百步穿杨的绝技，射毙好几个大虫。一日，复巡至山麓，遥望丛草中间，似有一虎蹲着，急忙张弓搭箭，射将过去。他本箭不虚发，当然射着。从骑见他射中虎身，便即过去牵取，谁知走近草丛，仔细一瞧，并不是虎，却是一块大石！最奇怪的是箭透石中，约有数寸，上面露出箭羽，却用手拔它不起。大众互相诧异，返报李广。广亲自往观，亦暗暗称奇，再回至原处注射，箭到石上，全然不受，反将箭镞折断。这大石本甚坚固，箭锋原难穿入，独李广开手一箭，得把石头射穿，后来连射数箭，俱不能入，不但大众瞧着，惊疑不置，就是李广亦莫名其妙，只好拍马自回。但经此一箭，越觉扬名，都说他箭能入石，确具神力，还有何人再敢当锋？所以广在任五年，烽燧无惊，后至郎中令石建病殁，广乃奉召入京，代任郎中令。事见后文。

唯右北平一带，匈奴原未敢相侵，此外边境袤延，守将虽多，没有似李广的声望，匈奴既与汉朝失和，怎肯敛兵不动，所以时出时入，飘忽无常。武帝再令车骑将军卫青，率三万骑出雁门，又使将军李息出代郡。青与匈奴兵交战一场，复斩首虏数千人，得胜而回。青连获胜仗，主眷日隆，凡有谋议，当即照行，独推荐齐人主父偃，终不见用。偃久羁京师，资用乏绝，借贷无门，不得已乞灵文字，草成数千言，诣阙呈入。书中共陈九事，八事为律令，一事谏伐匈奴。大略说是：

臣闻怒为逆德，兵为凶器，争为末节，盖务战胜，穷武事者，未有不悔者也。昔秦皇帝并吞六国，务胜不休，尝欲北攻匈奴，不从李斯之谏，卒使蒙恬将兵攻胡，辟地千里，发天下丁男，以守北河，暴兵露师，十有余年，死者不可胜数。又使天下飞刍挽粟，起自负海，转输北河，率三十钟而至一石，男子疾耕，不足于粮饷，女子纺绩，不足于帷幕，百姓靡敝，孤寡老弱，不能相养，天下乃始叛秦也。

及高皇帝平定天下，略地于边，闻匈奴聚于代谷之外，而欲击之。御史成进谏不听，遂北至代谷，果有平城之围。高帝悔之，乃使刘敬往结和亲，然后天下无兵戈之事。

夫匈奴难得而制，非一世也，行盗侵驱，所以为业也，天性固然，上自虞夏商周，固弗程督，禽兽畜之，不比为人。若不上观虞夏殷周之统，而下循近世之失，此臣之所以大恐，百姓之所疾苦也。且夫兵久则变生，事苦则虑易，使边境之民，靡敝愁苦，将吏相疑而外市，故尉佗章邯，得成其私，而秦政不行，权分二子，此得失之效也。故周书曰：安危在出令，存亡在所用。愿陛下熟计之而加察焉！

这封书呈将进去，竟蒙武帝鉴赏，即日召见，面询数语，也觉应对称旨，遂拜偃为郎中。故丞相史严安，与偃同为临淄人，见偃得邀主知，也照样上书，无非是举秦为戒，还有无终人徐乐，也来凑兴，说了一番土崩瓦解的危言，拜本上呈，具由武帝召入，当面奖谕道："公等前在何处？为何至今才来上书？朕却相见恨晚了！"遂并授官郎中，主父偃素擅辩才，前时尝游说诸侯，不得一遇，至此时来运凑，因言见幸，乐得多说几语，连陈数书。好在武帝并不厌烦，屡次采用，且屡次超迁。俄而使为谒者，俄而使为中郎，又俄而使为中大夫，为期不满一载，官阶竟得四迁，真是步步青云，联梯直上。严安徐乐，并皆瞠乎落后，让着先鞭。偃越觉兴高彩烈，遇事敢言。适梁王刘襄，刘买子。与城阳王刘延，刘章孙。先后上书，愿将属邑封弟，偃即乘机献议道：

古者诸侯，地不过百里，强弱之形易制，今诸侯或连城数十，地方千里，缓则骄奢，易为淫佚，急则恃强合纵，以逆京师，若依法割削，则逆节萌起，前日晁错是也。今诸侯子弟或十数。而嫡嗣代立，余虽骨肉，无尺地之封，则仁孝之道不宣。愿陛下令诸侯推恩，分封子弟，以地侯之，彼人人喜得所愿，靡不感德。实则国土既分，无尾大不掉之弊，安上全下，无逾于此。愿陛下采择施行！

武帝依议，先将梁王城阳王奏牍，一律批准，并令诸侯得分国邑，封子弟为列侯，因此远近藩封，削弱易制，比不得从前骄横了。贾长沙早有此议，偃不过拾人牙慧，并非奇谋，然尚有淮南之叛。元朔二年春月，匈奴又发兵侵边，突入上谷渔阳，武帝复遣卫青李息两将军，统兵出讨，由云中直抵陇西，屡败胡兵，击退白羊楼烦二王，阵斩敌首数千，截获牛羊百余万，尽得河套南地。捷书到达长安，武帝大悦，即派使犒劳两军。嗣由使臣返报，归功卫青。无非趋奉卫皇后。因下诏封青为长平侯，连青属下部将，亦邀特赏。校尉苏建，得封平陵侯，张次公得封岸头侯。

主父偃复入朝献策，说是河南地土肥饶，外阻大河，秦时蒙恬尝就地筑城，控制匈奴，今可修复故塞，特设郡县，内省转输，外拓边陲，实是灭胡的根本云云。但知迎合主心，不管前后矛盾。武帝见说，更命公卿会议，大众多有异言。御史大夫公孙弘，且极力驳说道："秦时尝发三十万众筑城北河，终归无成，今奈何复蹈故辙呢？"武帝不以为然，竟从偃策，特派苏建，调集丁夫，筑城缮塞，因河为固，特置朔方五原两郡，徙民十万口居住。自经此次兴筑，费用不可胜计，累得府库日竭，把文景两朝的蓄积，搬发一空了。

主父偃又请将各地豪民，徙居茂陵。茂陵系武帝万年吉地，在长安东北，新置园邑，地广人稀，所以偃拟移民居住，谓可内实京师，外销奸猾等语。武帝亦唯言是听，诏令郡国调查富豪，徙至茂陵，不得违延。**也是秦朝敝法**。郡国自然遵行，陆续派吏驱遣，越是有财有势，越要他赶早启程。时有河内轵人郭解，素有侠名，乃是鸣雌侯许负外孙，短小精悍，动辄杀人。不过他生性慷慨，遇有乡里不平事件，往往代为调停，任劳任怨，甚至自己的身家性命，亦可不顾。因此关东一带，说起郭解二字，无不知名，称为大侠。此次亦名列徙中。解不欲迁居，特托人转恳将军卫青，代为求免。青因入白武帝，但言解系贫民，无力迁徙。偏武帝摇首不答，待至青退出殿门，却笑顾左右道："郭解是一个布衣，乃能使将军说情，这还好算得贫穷么？"青不得所求，只好回复郭解，解未便违诏，没奈何整顿行装，挈眷登程。临行时候，亲友争来饯送，赆仪多至千余万缗，解悉数收受，谢别入关。关中人相率欢迎，无论知与不知，竟与交结，因此解名益盛。会有轵人杨季主子，充当县掾，押解至京，见他拥资甚厚，未免垂涎，遂向解一再需索。解却也慨与，偏解兄子代为不平，竟把杨掾刺死，取去首级。事为杨季主所闻，立命人入京控诉，谁知来人又被刺死，首亦不见。都下出了两件无头命案，当然哄动一时，到了官吏勘验尸身，察得来人身上，尚有诉冤告状，指明凶手郭解，于是案捕首犯，大索茂陵。解闻风潜遁，东出临晋关。关吏籍少翁，未识解面，颇慕解名，一经盘诘，解竟直认不讳。少翁越为感动，竟将他私放出关，嗣经侦吏到了关下，查问少翁，少翁恐连坐得罪，不如舍身全解，乃即自杀。解竟得安匿太原。越年遇赦，回视家属，偏被地方官闻知，把他拿住，再向轵县调查旧事。解虽犯案累累，却都在大赦以前，不能追咎。且全邑士绅，多半为解延誉，只有一儒生对众宣言，斥解种种不法，不意为解客所闻，待他回家时候，截住途中，把他杀死，截舌遁去。为此一案，又复提解讯质。解全未预闻，似应免罪，独公孙弘主张罪解，且说他私结党羽，睚眦杀人，大逆不道，例当族诛。武帝竟依弘言，便命把郭解全家处斩，**解非不可诛，但屠及全家，毋乃太酷**。还是郭解朋友，替他设法，救出解子孙一二人，方得不绝解后。东汉时有循吏郭伋，就是郭解的玄孙，这些后话不提。

且说燕王刘泽孙定国，承袭封爵，日夕肆淫，父死未几，便与庶母通奸，私生一男。又把弟妇硬行占住，作为己妾。后来越加淫纵，连自己三个女儿，也逼之侍寝，轮流交欢。禽兽不如。肥如令郢人，上书切谏，反触彼怒，意欲将郢人论罪。郢人乃拟入都告发，偏被定国先期劫捕，杀死灭口。定国妹为田蚡夫人，事见六十三回。田蚡得宠，定国亦依势横行，直至元朔二年，蚡已早死，郢人兄弟，乃诣阙诉冤，并托主父偃代为申理。偃前曾游燕，不得见用，至是遂借公济私，极言定国行同禽兽，不能不诛。武帝遂下诏赐死。定国自杀，国除为郡。定国应该受诛，与偃无尤。

　　朝臣等见偃势盛，一言能诛死燕主，夷灭燕国，只恐自己被他寻隙，构成罪名，所以格外奉承，随时馈遗财物，冀免祸殃。偃毫不客气，老实收受。有一知友，从旁诚偃，说偃未免太横，偃答说道："我自束发游学，屈指已四十余年，从前所如不合，甚至父母弃我，兄弟嫉我，宾朋疏我，我实在受苦得够了。大丈夫生不五鼎食，死就五鼎烹，亦属何妨！古人有言，日暮途远，故倒行逆施，语本伍子胥。我亦颇作此想呢！"

　　既而齐王次昌，与偃有嫌，又由偃讦发隐情。武帝便令偃为齐相，监束齐王。偃原籍临淄，得了这个美差，即日东行，也似衣锦还乡一般。那知福为祸倚，乐极悲生，为了这番相齐，竟把身家性命，一股脑儿灭得精光。小子有诗叹道：

　　　　谦能受益满招灾，得志骄盈兆祸胎，
　　　　此日荣归犹衣锦，他时暴骨竟成堆。

　　欲知主父偃如何族灭，待至下回叙明。

　　李广射石一事，古今传为奇闻，吾以为未足奇也。石性本坚，非箭镞所能贯入，夫人而知之矣，然有时而泐，非必无罅隙之留，广之一箭贯石，乃适中其隙耳。且广曾视石为虎，倾全力以射之，而又适抵其隙，则石之射穿，固其宜也，何足怪乎！夫将在谋不在勇，广有勇寡谋，故屡战无功，动辄得咎，后人惜其数奇，亦非确论。彼主父偃所如不合，挟策干进，一纸书即邀主眷，立授官阶，前何其难，后何其易，甚至一岁四迁，无言不用，当时之得君如偃者，能有几人？然有无妄之福，必有无妄之灾，此古君子所以居安思危也。偃不知此，反欲倒行逆施，不死何为？乃知得不必喜，失不必忧，何数奇之足惜云！

第三十二回

失俭德故人烛隐
庆凯旋大将承恩

　　却说齐王次昌，乃故孝王将闾孙，将闾见前文。元光五年，继立为王，却是一个翩翩少年，习成淫佚。母纪氏替他择偶，特将弟女配与为婚，次昌素性好色，见纪女姿貌平常，当然白眼相看，名为夫妇，实同仇敌，纪女不得夫欢，便向姑母前泣诉，姑母就是齐王母，也算一个王太后，国内统以纪太后相称。这纪太后顾恋侄女，便想替她设法，特令女纪翁主入居宫中，劝戒次昌，代为调停，一面隐加监束，不准后宫姬妾，媚事次昌。纪翁主已经适人，年比次昌长大，本是次昌母姊，不过为纪太后所生，因称为纪翁主。汉称王女为翁主，说见前文。纪翁主的容貌性情，也与次昌相似。次昌被她管束，不能私近姬妾，索性与乃姊调情，演那齐襄公鲁文姜故事，只瞒过了一位老母。齐襄与文姜私通，见《春秋左传》。纪女仍然冷落宫中。

　　是时复有一个齐人徐甲，犯了阉刑，充作太监，在都备役，得入长乐宫当差。长乐宫系帝母王太后所居，见他口齿敏慧，常令侍侧，甲因揣摩求合，冀博欢心。王太后有女修成君，为前夫所生，自经武帝迎入，视同骨肉，相爱有年。见五十九回。修成君有女名娥，尚未许字，王太后欲将她配一国王，安享富贵。甲离齐已久，不但未闻齐王奸姊，并至齐王纳后，尚且茫然，因此禀白太后，愿为修成君女作伐，赴齐说亲。王太后自然乐允，便令甲即日东行。主父偃也有一女，欲嫁齐王，闻甲奉命

215

赴齐，亟托他乘便说合，就使为齐王妾媵，也所甘心。*好好一个卿大夫女儿，何必定与人作妾？* 甲应诺而去，及抵齐都，见了齐王次昌，便将大意告知，齐王听说，却甚愿意。*纪女原可撇去，如何对得住阿姊！* 偏被纪太后得知，勃然大怒道："王已娶后，后宫也早备齐，难道徐甲尚还未悉么？况甲系贱人，充当一个太监，不思自尽职务，反欲乱我王家，真是多事！主父偃又怀何意，也想将女儿入充后宫？"说至此，即顾令左右道："快与我回复徐甲，叫他速还长安，不得在此多言！"左右奉命，立去报甲，甲乘兴而来，怎堪扫兴而返？当下探听齐事，始知齐王与姊相奸。自思有词可援，乃即西归，复白王太后道："齐王愿配修成君女，唯有一事阻碍，与燕王相似，臣未敢与他订婚。"这数语，未免捏造，欲挑动太后怒意，加罪齐王，太后却不愿生事，随口接说道："既已如此，可不必再提了！"

甲怅然趋出，转报主父偃。偃最喜捕风捉影，侮弄他人。况齐王不肯纳女，毫无情面，乐得乘此奏闻，给他一番辣手，计画已定，遂入朝面奏道："齐都临淄，户口十万，市租千金，比长安还要富庶，此唯陛下亲弟爱子，方可使王。今齐王本是疏属，近又与姊犯奸，理应遣使究治，明正典刑。"武帝乃使偃为齐相，但嘱他善为匡正，毋得过急。偃阳奉阴违，一到齐国，便要查究齐王阴事。一班兄弟朋友，闻偃荣归故乡，都来迎谒。偃应接不暇，未免增恨。且因从前贫贱，受他奚落，此时正好报复前嫌，索性一并召入，取出五百金，按人分给，正色与语道："诸位原是我兄弟朋友，可记得从前待我情形否？我今为齐相，不劳诸位费心，诸位可取金自去，此后不必再入我门！"*语虽近是，终嫌器小。* 众人听了，很觉愧悔，不得已取金散去。

偃乐得清净，遂召集王宫侍臣，鞫问齐王奸情。侍臣不敢隐讳，只好实供。偃即将侍臣拘住，扬言将奏闻武帝，意欲齐王向他乞怜，好把一国大权，让归掌握。那知齐王次昌，年轻胆小，一遭恐吓，便去寻死。偃计不能遂，反致惹祸，也觉悔不可追，没奈何据实奏报。武帝得书，已恨偃不遵前命，逼死齐王，再加赵王彭祖，上书劾偃，说他私受外赂，计封诸侯子弟，惹得武帝恨上加恨，即命褫去偃官。下狱治罪。这赵王彭祖，本与偃无甚仇隙，不过因偃尝游赵，未尝举用，自恐蹈燕覆辙，所以待偃赴齐，出头告讦。还有御史大夫公孙弘，好似与偃有宿世冤仇，必欲置偃死地。武帝将偃拿问，未尝加偃死罪，偏弘上前力争，谓齐王自杀无后，国除为郡，偃本首祸，不诛偃，无以谢天下。武帝乃下诏诛偃，并及全家。偃贵幸时，门客不下千人，至是俱怕连坐，无敢过问。独浚县人孔车，替他收葬，武帝闻知，却称车为忠厚长者，并不加责。可见得待人以义，原是有益无损呢！借孔车以讽世，非真誉偃。

严安徐乐，贵宠不能及偃，却得安然无恙，备员全身。高而危，何如卑而安。独公孙弘排去主父偃，遂得专承主宠，言听计从，主爵都尉汲黯，为了朔方筑城，弘言反复，才知他是伪君子，不愿与交。朔方事见六十五回。会闻弘饰为俭约，终身布被，遂入见武帝道："公孙弘位列三公，俸禄甚多，乃自为布被，佯示俭约，这不是挟诈欺人么？"假布被以劾弘，失之琐屑。丞相、太尉、御史大夫称为三公。武帝乃召弘入问，弘直答道："诚有此事。现在九卿中，与臣交好，无过汲黯，黯今责臣，正中臣病。臣闻管仲相齐，拥有三归，侈拟公室，齐赖以霸，及晏婴相景公，食不重肉，妾不衣帛，齐亦称治。今臣位为御史大夫，乃身为布被，与小吏无二，怪不得黯有微议，斥臣钓名。且陛下若不遇黯，亦未必得闻此言。"武帝闻他满口认过，越觉得好让不争，却是一个贤士。就是黯亦无法再劾，只好趋退。弘与董仲舒并学春秋，唯所学不如仲舒。仲舒失职家居，武帝却还念及，时常提起。弘偶有所闻，未免加忌，且又探得仲舒言论，常斥自己阿谀取容，因此越加怀恨，暗暗排挤。武帝未能洞悉，总道弘是个端人，始终信任。到了元朔五年，竟将丞相薛泽免官，使弘继任，并封为平津侯。向例常用列侯为丞相，弘未得封侯，所以特加爵邑。

弘既封侯拜相，望重一时，特地开阁礼贤，与参谋议，什么钦贤馆，什么翘材馆，什么接士馆，开出了许多条规，每日延见宾佐，格外谦恭。有故人高贺进谒，弘当然接待，且留他在府宿食。唯每餐不过一肉，饭皆粗粝，卧止布衾。贺还道他有心简慢，及问诸待人，才知弘自己服食，也是这般。勉强住了数日，又探悉内容情形，因即辞去。有人问贺何故辞归？贺愤然说道："弘内服貂裘，外著麻枲，内厨五鼎，外膳一肴，如此矫饰，何以示信？且粗粝布被，我家也未尝不有，何必在此求人呢！"自经贺说破隐情，都下士大夫，始知弘浑身矫诈，无论行己待人，统是作伪到底，假面目渐渐揭露了。只一武帝尚似梦未醒。

汲黯与弘有嫌，弘竟荐黯为右内史。右内史部中，多系贵人宗室，号称难治。黯也知弘怀着鬼胎，故意荐引，但既奉诏命，只好就任，随时小心，无瑕可指，竟得安然无事。又有董仲舒闲居数年，不求再仕，偏弘因胶西相出缺，独将仲舒推荐出去。仲舒受了朝命，并不推辞，居然赴任。胶西王端，是武帝异母兄弟，阴贼险狠，与众异趋，只生就一种缺陷，每近妇人，数月不能起床，所以后宫虽多，如同虚设。有一少年为郎，狡黠得幸，遂替端暗中代劳，与后宫轮流同寝。不意事机被泄，被端支解，又把他母子一并诛戮，此外待遇属僚，专务残酷，就是胶西相，亦辄被害死。弘无端推荐仲舒，亦是有心加害，偏仲舒到了胶西，刘端却慕他大名，特别优待，反令仲舒闻望益崇。不过仲舒也是知机，奉职年余，见端好饰非拒谏，不如退位鸣高，乃即向朝廷辞职，仍然回家。**不愧贤名。**著书终老，发明春秋大义，约数十万言，流传后世。所著《春秋繁露》一书，尤为脍炙人口，这真好算一代名儒呢。**收束仲舒，极力推崇。**

　　大中大夫张汤，平时尝契慕仲舒，但不过阳为推重，有名无实。他与公孙弘同一使诈，故脾气相投，很为莫逆。弘称汤有才，汤称弘有学，互相推美，标榜朝堂。武帝迁汤为廷尉，**景帝时尝改称廷尉为大理，武帝仍依旧名。**汤遇有疑谳，必先探察上意，上意从轻，即轻予发落，上意从重，即重加锻炼，总教武帝没有话说，便算判决得宜。一日有谳案上奏，竟遭驳斥，汤连忙召集属吏，改议办法，仍复上闻。偏又不合武帝意旨，重行批驳下来，弄得忐忑不安，莫名其妙。再向属吏商议，大众统面面相觑，不知所为。延宕了好几日，尚无良法，忽又有掾史趋入，取出一个稿底，举示同僚。众人见了，无不叹赏，当即向汤说知。汤也为称奇，便嘱掾属交与原手，使他缮成奏牍，呈报上去，果然所言中旨，批令照办。究竟这奏稿出自何人？原来是千乘人倪宽。**倪宽颇有贤名，故从特叙。**宽少学尚书，师事同邑欧阳生。欧阳生表字和伯，为伏生弟子，**伏生事见前文。**通尚书学，宽颇得所传。武帝尝置五经博士，公孙弘为相，更增博士弟子员，令郡国选取青年学子，入京备数。宽幸得充选，草草入都。是时孔子九世孙孔安国，方为博士，教授弟子员，宽亦与列。无如家素贫乏，旅费无出，不得已为同学司炊。又乘暇出去佣工，博资度活，故往往带经而锄，休息辄读。受了一两年辛苦，才得射策中式，补充掌故。嗣又调补廷尉文学卒史，廷尉府中的掾属，多说他未谙刀笔，意在蔑视，但派他充当贱役，往北地看管牲畜，宽只好奉差前去。好多时还至府中，呈缴畜簿，巧值诸掾史为了驳案，莫展一筹。当由宽问明原委，据经折狱，援笔属稿。为此一篇文字，竟得出人头地，上达九重。**运气来了。**

　　武帝既批准案牍，复召汤入问道："前奏非俗吏所为，究出何人手笔？"汤答称倪宽。武帝道："我亦颇闻他勤学，君得此人，也算是一良佐了。"汤唯唯而退，还至府舍，忙将倪宽召入，任为奏谳掾，宽不工口才，但工文笔，一经判案，往往有典有则，要言不烦。汤自是愈重文人，广交宾客，所有亲戚故旧，凡有一长可取，无不照顾，因此性虽苛刻，名却播扬。

只汲黯见他纷更法令，易宽为残，常觉看不过去，有时在廷前遇汤，即向他诘责道："公位列正卿，上不能广先帝功业，下不能遏天下邪心，徒将高皇帝垂定法律，擅加变更，究是何意？"汤知黯性刚直，也不便与他力争，只得无言而退。嗣黯又与汤会议政务，汤总主张严劲，吹毛索瘢。三句不离本行。黯辩不胜辩，因发忿面斥道："世人谓刀笔吏，不可作公卿，果然语不虚传！试看张汤这般言动，如果得志，天下只好重足而走，侧目而视了！这难道是致治气象么？"说毕自去。已而入见武帝，正色奏陈道："陛下任用群臣，好似积薪，后来反得居上，令臣不解。"武帝被黯一诘，半晌说不出话来，只面上已经变色。俟黯退朝后，顾语左右道："人不可无学，汲黯近日比前益憨，这就是不学的过失呢。"原来黯为此言，是明指公孙弘张汤两人，比他后进。此时反位居已上，未免不平，所以不嫌唐突，意向武帝直陈。武帝也知黯言中寓意，但已宠任公孙弘张汤，不便与黯说明，因即含糊过去，但讥黯不学罢了。黯始终抗正，不肯媚人，到了卫青封为大将军，尊宠绝伦，仍然见面长揖，不屑下拜。或谓大将军功爵最隆，应该加敬，黯笑说道："与大将军抗礼，便是使大将军成名，若为此生憎，便不成为大将军了！"这数语却也使乖。卫青得闻黯言，果称黯为贤士，优礼有加。

唯卫青何故得升大将军？查考原因，仍是为了征虏有功，因得超擢。自从朔方置郡，匈奴右贤王连年入侵，欲将朔方夺还。元朔五年，武帝特派车骑将军卫青，率三万骑出高阙，锐击匈奴，又使卫尉苏建为游击将军，左内史李沮为强弩将军，太仆公孙贺为骑将军，代相李蔡为轻车将军，俱归卫青节制，并出朔方。再命大行李息，岸头侯张次公为将军，出右北平，作为声援，统计人马十余万，先后北去。匈奴右贤王，探得汉兵大举来援，倒也自知不敌，退出塞外，依险驻扎。一面令人哨探，不闻有什么动静，总道汉兵路远，未能即至，乐得快乐数天。况营中带有爱妾，并有美酒，拥娇夜饮，趣味何如。不料汉将卫青，率同大队，星夜前来，竟将营帐团团围住。胡儿突然遇敌，慌忙入报，右贤王尚与爱妾对饮，酒意已有八九分，蓦闻营帐被围，才将酒意吓醒，令营兵出寨御敌，自己抱妾上马，带了壮骑数百，混至帐后。待至前面战鼓喧天，杀声不绝，方一溜烟似的逃出帐外，向北急遁。汉兵多至前面厮杀，后面不过数百兵士，擒不住右贤王，竟被逃脱。还是忙中有智。唯前面的胡兵，仓皇接仗，眼见是有败无胜，一大半作为俘虏，溜脱的甚属寥寥，汉兵破入胡营，擒得裨王即小王。十余人，男女一万五千余人，牲畜全数截住，约有数十百万，再去追捕右贤王，已是不及，乃收兵南还。

这次出兵，总算是一场大捷，露布入京，盈廷相贺。武帝亦喜出望外，即遣使臣往劳卫青，传旨擢青为大将军，统领六师，加封青食邑八千七百户，青三子尚在襁褓，俱封列侯。青上表固辞，让功诸将，武帝乃更封公孙贺为南窌侯，李蔡为乐安侯，余如属将公孙敖、韩说、李朔、赵不虞、公孙戎奴等，也并授侯封。及青引军还朝，公卿以下，统皆拜谒马前，就是武帝，也起座慰谕，亲赐御酒三杯，为青洗尘。旷古恩遇，一时无两，宫廷内外，莫不想望丰仪，甚至引动一位孀居公主，也居然贪图利欲，不惜名节，竟与卫大将军愿结丝萝，成为夫妇。小子有诗叹道：

> 妇道须知从一终，不分贵贱例相同；
> 如何帝女淫痴甚，也学文君卓氏风！

究竟这公主为谁，试看下回续叙。

主父偃谓日暮途穷，故倒行逆施，卒以此罹诛夷之祸。彼公孙弘之志，亦犹是耳。胡为偃以权诈败，而弘以名位终？此无他，偃过横而弘尚自知止耳。高贺直揭其伪，而弘听之，假使偃易地处此，度未必有是宽容也。即如汲黯之为右内史，董仲舒之为胶西相，未免由弘之故意推荐，为嫁祸计。但黯与仲舒，在位无过，而弘即不复生心，以视偃之逼死齐王，固相去有间矣。夫天道喜谦而恶盈，偃之致死，死于骄盈，弘固尚不若偃也。彼卫青之屡战得胜，超迁至大将军，而汲黯与之抗礼。反且以黯为贤，优待有加，青其深知持满戒盈之道乎？弘且幸免，而青之考终，宜哉！

第三十三回

舅甥踵起一战封侯
父子败谋九重讨罪

却说卫青得功专宠，恩荣无比，有一位孀居公主，竟愿再嫁卫青。这公主就是前时卫青的女主人，叫做平阳公主。一语已够奚落。平阳公主，曾为平阳侯曹寿妻，此时寿已病殁，公主寡居，年近四十，尚耐不住寂寞嫠帏，要想择人再醮。当下召问仆从道："现在各列侯中，何人算是最贤？"仆从听说，料知公主有再醮意，便把卫大将军四字，齐声呼答。平阳公主微答道："他是我家骑奴，曾跨马随我出入，如何是好！"如果尚知羞耻，何必再醮！仆从又答道："今日却比不得从前了！身为大将军，姊做皇后，子皆封侯，除当今皇上外，还有何人似他尊贵哩！"平阳公主听了，暗思此言，原是有理。且卫青方在壮年，身材状貌，很是雄伟，比诸前夫曹寿，大不相同，我若嫁得此人，也好算得后半生的福气，只是眼前无人作主，未免为难。何不私奔！左思右想，只有去白卫皇后求她撮合，或能如愿，于是淡妆浓抹，打扮得齐齐整整，自去求婚。看官听说！此时候皇太后王氏，已经崩逝，约莫有一年了。王太后崩逝，正好乘此带叙。公主夫丧已阕，母服亦终，所以改著艳服，乘车入宫。卫皇后见她衣饰，已经瞧透三分，及坐谈片刻，听她一派口气，更觉了然，索性将它揭破，再与作撮合山。平阳公主也顾不得什么羞耻，只好老实说明，卫后乐得凑趣，满口应允。俟公主退归，一面召入卫青，与他熟商，一面告知武帝，恳为玉成，双方说妥，竟颁出一道诏书：令卫大将军得尚平阳公主。不知诏书中如何说法，可惜史中不载！成婚这一日，大将军府中，布置礼堂，靡丽纷华，不消细说。到了凤辇临门，请出那再醮公主，与大将军行交拜礼，仪文繁缛，雅乐铿锵。四座宾朋，男红女绿，都为两新人道贺，那个不说是美满良缘！至礼毕入房，夜阑更转，展开那翡翠衾，成就那鸳鸯梦。看官多是过来人，毋庸小子演说了。卫青并未断弦，又尚平阳公主，此后将如何处置故妻，史皆未详，公主不足责，青有愧宋弘多矣。

　　卫青自尚公主以后，与武帝亲上加亲，越加宠任，满朝公卿，亦越觉趋奉卫青，唯汲黯抗礼如故。青素性宽和，原是始终敬黯，毫不介意。最可怪的是好刚任性的武帝，也是见黯生畏，平时未整衣冠，不敢使近。一日御坐武帐，适黯入奏事，为武帝所望见，自思冠尚未戴，不便见黯，慌忙避入帷中，使人出接奏牍，不待呈阅，便传旨准奏。俟黯退出，才就原座。这乃是特别的待遇。此外无论何人，统皆随便接见。就是丞相公孙弘进谒，亦往往未曾戴冠，至如卫青是第一贵戚，第一勋臣，武帝往往踞床相对，衣冠更不暇顾及。可见得大臣出仕，总教正色立朝，就是遇着雄主，亦且起敬，自尊自重人尊重，俗语原有来历呢。警世之言。黯常多病，一再乞假，假满尚未能视事，乃托同僚严助代为申请。武帝问严助道："汝看汲黯为何如人？"助即答道："黯居官任职，却亦未必胜人，若寄孤托命，定能临节不挠，虽有孟贲夏育，也未能夺他志操哩。"武帝因称黯为社稷臣。不过黯学黄老，与武帝志趣不同，并且言多切直，非雄主所能容，故武帝虽加敬礼，往往言不见从。就是有事朔方，黯亦时常谏阻，武帝还道他胆怯无能，未尝入耳。况有卫青这般大将，数次出塞，不闻挫失，正可乘此张威，驱除强虏。

　　那匈奴却亦猖獗得很，入代地，攻雁门，掠定襄上郡，于是元朔六年，再使大将军卫青，出讨匈奴，命合骑侯公孙敖为中将军，太仆公孙贺为左将军，翕侯赵信为前将军，卫尉苏建为右将军，郎中令李广为后将军，左内史李沮为强弩将军，分掌六师，统归大将军节制，浩浩荡荡，出发定襄。青有甥霍去病，年才十八，熟习骑射，去病已见前文。官拜侍中。此次亦自愿随征，由青承制带去，令为嫖姚校尉，选募壮士八百人，归他带领，一同前进。既至塞外，适与匈奴兵相遇，迎头痛击，斩首约数千级。匈奴兵战败遁去，青亦收军回驻定襄，休养士马，再行决战。约阅月余，又整队出发，直入匈奴境百余里，攻破好几处胡垒，斩获甚多。各将士杀得高兴，分道再进，前将军赵信，本是匈奴小王，降汉封侯，自恃路境素熟，踊跃直前；右将军苏建，也不肯轻落人后，联镳继进；霍去病少年好胜，自领壮士八百骑，独成一队，独走一方；余众亦各率部曲，寻斩胡虏。卫青在后驻扎，专等各路胜负，再定行止。已而诸将陆续还营，或献上虏首数百颗，或捕到虏卒数十人，或说是不见一敌，未便深入，因此回来，青将军士一一点验，却还没有什么大损，唯赵信、苏建两将军，及外甥霍去病，未见回营，毫无音响。青恐有疏虞，忙派诸将前去救应。过了一日一夜，仍然没有回报，急得青惶惑不安。

正忧虑间，见有一将踉跄奔入，长跪帐前，涕泣请罪。卫青瞧着，乃是右将军苏建。便开口问道："将军何故这般狼狈？"建答说道："末将与赵信，深入敌境，猝被虏兵围住，杀了一日，部下伤亡过半，虏兵亦死了多人。我兵正好脱围，不意赵信心变，竟带了八九百人，投降匈奴。末将与信，本只带得三千余骑，战死了千余名，叛去了八九百名，怎堪再当大敌？不得已突围南走，又被虏众追蹑，扫尽残兵，剩得末将一人，单骑奔回，还亏大帅派人救应，才得到此。末将自知冒失，故来请罪！"青听毕建言，便召回军正闳，长史安，及议郎周霸道："苏建败还，失去部军，应处何罪？"周霸道："大将军出师以来，未曾斩过一员偏将，今苏建弃军逃还，例应处斩，方可示威。"闳安二人齐声道："不可！不可！苏建用寡敌众，不随赵信叛去，乃独拚死归来，自明无贰，若将他斩首，是使后来将士，偶然战败，只可弃甲降虏，不敢再还了！"*两人是苏建救星。*青乃徐说道："周议郎所言，原属未合，试想青奉令专阃，不患无威，何必定斩属将！就使有罪当斩，亦宜请命天子，青却未便专擅呢。"军吏齐声称善，*这便是卫青权术。*因将建置入槛车，遣人押送至京。

唯霍去病最后方到，提着一颗血淋淋的首级，入营报功。这首级系是何人？据言系单于大父行藉若侯产，接连由部兵绑进三人，乃是匈奴相国、当户，以及单于季父罗姑。这三人为匈奴头目，由去病活擒了来，此外斩首馘耳，大约二千有余。他自带着八百壮士，向北深入，一路不见胡虏，直走了好几百里，才望见有虏兵营帐，当即掩他不备，驰杀过去。虏兵不意汉军猝至，顿时溃乱，遂为去病所乘，手刃渠魁一人，擒住头目两人，把虏营一力踏破，然后回营报功。卫青大喜，自思得足偿失，不如归休，乃引军还朝。武帝因此次北征，虽得斩首万级，却也覆没两军，失去赵信，功过尽足相抵，不应封赏，但赐卫青千金。唯霍去病战绩过人，授封为冠军侯。还有校尉张骞，前曾出使西域，被匈奴截留十余年，颇悉匈奴地势，能知水草所在，故兵马不至饥渴。当由卫青申奏骞功，也受封博望侯。苏建得蒙恩赦，免为庶人。

赵信败降匈奴，匈奴主军臣单于已早病死，由弟左谷蠡王伊稚斜，逐走军臣子于单，自立有年。于单尝入塞降汉，汉封为陟安侯，未几病死，事在元朔三年。一闻赵信来降，便即召入，好言抚慰，面授为自次王，并将阿姐嫁与为妻。信当然感激，且本来是个胡人，重归故国，乐得替他设策，即教单于但增边幕，不必入塞，俟汉兵往来疲敝，方可一举成功。伊稚斜单于，依言办理，汉边才得少静烽尘。但自元光以后，连岁出兵，军需浩繁。不可胜数，害得国库空虚，司农仰屋。不得已令吏民出资买爵，名为武功，大约买爵一级，计钱十七万，每级递加二万钱，万钱一金，共鬻出十七万级，直三十余万金。嗣是朝廷名器，几与市物相似，但教有钱输入，不论他人品何如，俱好算做命官。试想这般制度，岂不是豪奴得志，名士灰心么！卖官鬻爵之弊，实自此始。

是年冬月，武帝行幸雍郊，亲祠五畤。即五帝祠，称畤不称祠，因畤义训止有神灵依止之意。忽有一兽，在前行走，首上只生一角，全体白毛。众卫士赶将过去，竟得将兽拿住，仔细看验，足有五蹄。当下呈示武帝，武帝瞧着，好似麒麟模样，便问从官道：“这兽可是麒麟否？”从官齐声答是麒麟，且言陛下肃祀明禋，故上帝报享，特赐神兽云云。无非献谀。武帝大悦，因将一角兽荐诸五畤。另外宰牛致祭，礼成驾归。途中又见一奇木，枝从旁出，还附木上，大众又不禁称奇。连武帝也为诧异，既返宫廷，又复召询群臣，给事中终军上奏道：“野兽并角，显系同本，众枝内附，示无外向，这乃是外夷向化的瑞应，陛下好垂裳坐待了。”亏他附会。武帝益喜，令词臣作《白麟歌》，预贺升平。有司复希旨进言，请即应瑞改元。改元每次，相隔六年，此时已值元朔六年初冬，本拟照例改元，不过获得白麟，愈觉改元有名，元狩纪元，便是为此。

谁知外夷未曾归化，内乱却已发生，淮南王安及衡山王赐，串同谋反，居然想摇动江山。亏得逆谋败露，才得不劳兵革，一发即平。安与赐皆淮南王长子，文帝怜长失国自杀，因将淮南故地，作为三分，封长子安勃赐为王。勃先王衡山，移封济北，不久即殁。赐自庐江徙王衡山，与安虽系兄弟，两不相容。安性好读书，更善鼓琴，也欲笼络民心，招致文士。门下食客，趋附至数千人，内有苏飞、李尚、左吴、田由、雷被、伍被、毛被、晋昌八人，最号有才，称为淮南八公。安令诸食客著作内书二十一篇，外书三十三篇，就是古今相传的《淮南子》。另有中篇八卷，多言神仙黄白术。黄金白银，能以术化，故称黄白术。武帝初年，安自淮南入朝，献上内书，武帝览书称善，视为秘宝。又使安作《离骚传》，半日即成，并上颂德，及《长安都国颂》。武帝本好文艺，见安博学能文，当然器重，且又是叔父行，更当另眼相看。当时武安侯田蚡，曾与安秘密订约，有将来推立意，语见六十三回。安为蚡所惑，乃生逆谋。建元六年，天空中出现彗星，当有人向安密说，说是吴楚反时，彗星出现，光芒不过数尺，今长且竟天，眼见是兵戈大起，比前益甚。安也以为然，遂修治兵器，蓄积金钱，为待乱计。庄助出抚南越，安复邀留数日，结作内援。见六十二回。种种计画，尚恐未足，乃更想出一法，密嘱女陵入都，侦察内情。陵青年有色，又工口才，既到长安，借作内省为名，出入宫闱，毫无拘束。随身又带着许多金钱，仗着财色两字，结识廷臣，何人不喜与交往？抢先巴结的叫作鄂但，系故安平侯鄂千秋孙，年貌相符，便与通奸。第二人为岸头侯张次公，壮年封侯，气宇不凡，也与陵秘密往来，作为腻友。偷得馒头狗造化。陵得内外打通，常有密书传报淮南。

淮南王后姓蓼名茶，为安所爱。茶生一男，取名为迁，尚有庶长子不害，素失父宠，不得立储。因立迁为太子。迁年渐长，娶王太后外孙女为妃，就是修成君女金蛾。见前回。安本意欲攀葛附藤，想靠王太后为护符，偏偏王太后告崩，无势可援。又恐太子妃得烛阴谋，暗地报闻，遂又密嘱太子迁，叫他与妃反目，三月不同席。自己又阳为调停，迫迁夜入妃室，迁终不与寝。妃遂赌气求去，安乃使人护送入都，奏陈情迹，表面上尚归罪己子。武帝尚信为真言，准令离婚。迁少好学剑，自以为无人可。闻得郎中雷被，素通剑术，欲与比赛高低，被屡辞不获。两人比试起来，毕竟迁不如被，伤及皮肤。迁因此与被有嫌。被自知得罪太子，不免及祸，适汉廷募士从军，被即向安陈请，愿入都中投效。安先入迁言，知他有意趋避，将被免官，被索性潜奔长安，上书讦安。武帝遣中尉段宏查办，安父子欲将宏刺死。还是宏命不该绝，一到淮南，但略问雷被免官事迹，并未讯及别情，且辞色甚是谦和。安料无他患，不如变计周旋，但托宏善为转圜。宏允诺而别，还白武帝。武帝召问公卿，众谓安格阻明诏，不令雷被入都效力，罪应弃市。武帝不从，只准削夺二县，赦罪勿问。安尚且愧愤道："我力行仁义，还要削地么？"这种仁义，自古罕闻。乃日夜与左吴等查考地图，整备行军路径，指日起军。

时庶长子不害，有男名建，年龄浸长，因见乃父失宠，常觉不平，暗中结交壮士，欲杀太子。偏被太子迁约略闻知，竟将建缚住，一再答责。建更怨恨莫伸，遂使私人严正，入都献书道："臣闻良药苦口，乃足利病，忠言逆耳，也足利行。今淮南王孙建，材能甚高，王后荼及太子迁，屡思加害，建父不害无辜，又尝被囚系，日夜会集宾客，潜议逆谋，建今尚在，尽可召问，一证虚实，免得养痈贻患，累及国家。"武帝得书，又发交廷尉，转饬河南官吏，就便讯治。适有辟阳侯孙审卿，尝怨祖父为厉王长所杀，意图复仇，淮南王长杀审食其事，见前文。便密查安谋逆情迹，告知丞相公孙弘。弘又函饬河南官吏，彻底究治。河南官吏，迭接君相命令，怎敢怠慢？立将刘建传到详细讯明，建将淮南罪状，悉数推到太子迁身上，统是怀私。由问官录供奏闻。安得知此事，谋反益甚。

先是衡山王赐，入朝武帝，道出淮南，安迎入府中，释嫌修好，与商秘谋。赐原有叛意，得安联络，也即乐从，因退归衡山，托病不朝。安部下多浮嚣士，亦屡次劝安起兵，独中郎伍被，极言谏阻，安非但不听被言，且将被父母拘住，逼令同谋，被尚涕泣固谏。至建被传讯，事且益急，安仍向被问计，被乃说道："方今诸侯无异心，百姓无怨气，大王猝思起事，比吴楚还要难成。必不得已，只好伪为丞相御史请书，徙郡国豪杰至朔方，又伪为诏狱书逮诸侯太子幸臣，使民间闻风怀怨，诸侯亦皆疑贰，然后遣辩士四出诱约，或可侥幸万一，还请大王审慎为是！"被不能始终力争，也属自误。安决意起反，遂私铸皇帝御玺，及丞相御史大夫将军等印信，为作伪计。又拟使人诈称得罪，往投大将军卫青，乘间行刺。且私语僚属道："汉廷大臣，只有汲黯正直，尚能守节死义，不为人惑。若公孙弘等随势逢迎，我若起事，好似发蒙振落，毫不足畏呢！"

正部署间，忽由朝廷遣到廷尉监。廷尉府中之监吏。会同淮南中尉，拿问太子迁。迁急禀知乃父，立召淮南相与内史中尉，一并集议，即日发难。偏内史中尉，不肯应召，只有淮南相一人到来，语多支吾。迁料知不能成事，待相退出，索性寻个自尽。趋入别室，拔剑拟颈，毕竟心慌手颤，只割伤一些皮肤，已是不胜痛楚，倒地呻吟。外人闻声入救，忙将他异到床上，延医敷治。安与后荼，亦急来探视。正在忙乱时候，突有一人入报道："不好了！不好了！外面已有朝使至此，领着大兵，把王宫围住了！"正是：

咎由自取难逃死，祸已临头怎解围？

究竟汉使如何围宫，待至下回表明。

卫青之屡次立功，具有天幸，而霍去病亦如之。六师无功，去病独能战捷，臬房侯，擒房且，斩房首至二千余级，虽曰人事，岂非天命！汉武诸将，首推卫霍，一舅一甥，其出身相同，其立功又同，亦汉史中之一奇也。淮南王安，种种诡谋，心劳日拙，彼以子女为足恃，而讵知其身家之绝灭，皆自子女酿成之。家且不齐，遑问治国？尚鳃鳃然欲窥窃神器，据有天下，虽欲不亡，乌得而不亡！